ATÉ QUE VOCÊ ME AME

SÉRIE NOITES EM MIAMI – LIVRO 3

MARIE FORCE

Até que você me ame

Série Noites em Miami — Livro 03

Marie Force

Publicado por HTJB, INC

Copyright © 2021 por HTJB, INC

Tradução Andreia Barboza.

Copidesque da tradução: Luizyana Poletto.

Capa criada por: Ashley Lopez

Diagramação de e-book: E-book Formatting Fairies

ISBN: XXX

A melhor maneira de manter contato é assinando meu boletim informativo. Acesse marieforce.com e inscreva-se na caixa na parte superior da tela que pede seu nome e e-mail. Se você não receber mensagens minhas regularmente, verifique seu filtro de spam e configure seu e-mail para permitir que minhas mensagens cheguem a você para que não perder nenhum livro novo, nem a chance de participar de sorteios ou eventos.

CAPÍTULO 1

Dee

É possível se esconder quando todos sabem onde você está? Pedindo por um amigo. Bem, isso não é verdade, e todos nós sabemos disso. Estou me perguntando porque estou em uma confusão que eu mesma criei. Não há outra maneira de colocar isso. Fui para a cama com um dos padrinhos do casamento da minha prima como vingança e por meses ele tem mandado mensagens de texto bonitinhas diariamente, que me vejo ansiando com muito mais emoção do que deveria para um suposto caso de uma noite.

Wyatt está voltando para Miami para uma entrevista de emprego e quer me ver novamente. Arquive isso em *coisas que não deveriam acontecer* quando decidi me envolver com um *homem que não mora aqui*. Enquanto isso, meu ex – e o motivo pela transa por vingança que ele não sabe que tive – está me mandando mensagens, implorando por uma chance de consertar as coisas.

Deu para entender tudo isso?

Caso você esteja se perguntando, não sou esse tipo de garota. Não sou do tipo que faz malabarismos com os homens e ri quando recebe muita atenção ou vai para a cama com caras com quem não tem um relacionamento. Não. Sou. Esse. Tipo. De. Garota. Garanto que não estou julgando quem é assim. Invejei quem podia fazer isso, como poderia pular de cama em cama e transar sem o estresse de lidar com um "namorado".

Tive um namorado, Marcus, mas antes que ele perdesse a cabeça e se casasse com outra, eu esperava me casar com ele. De alguma forma, ele me trocou por outra mulher que agora nos referimos como "a vaca".

Pena que ele não achou por bem terminar comigo antes de se casar.

Semântica.

Não percebi nada disso e essa situação me derrubou. *Marcus se casou com outra*. Minha irmã, primo e eu não temos ideia se sua *esposa* merece o apelido que demos a ela, mas o que importa? Ela se casou com *meu* Marcus, e ela nunca será outra coisa senão "a vaca" para nós.

Por muito tempo depois que soube que ele se casou, eu me culpei. Fui eu quem se recusou a voltar para Miami depois que nós dois cursamos a faculdade lá e, por um tempo, ele lidou bem com isso. Mas seis meses depois de ir embora de Nova York, ele disse que precisávamos sair com outras pessoas. Então foi o que nós dois fizemos por alguns anos, não que eu "saísse" com tantas pessoas assim.

Cerca de dezoito meses atrás, ele fez contato para me dizer que havia cometido um grande erro ao me deixar e se poderíamos tentar de novo. Como eu não conhecia ninguém que amasse mais do que a ele, aceitei, mas mantive a reconciliação entre nós – e o primo com quem eu morava, que era o único que sabia que estávamos juntos novamente.

Marcus vinha me ver a cada dois meses, ligava todos os dias e dizia todas as coisas certas sobre apoiar meus sonhos e me amar o suficiente para me deixar abrir minhas asas.

Mas depois que ele se casou com outra pessoa de repente, comecei a me perguntar se ele estava se inspirando em cartões da Hallmark.

Meu telefone vibra com uma mensagem de texto. Cometo o

erro de olhar e descubro que Marcus está me implorando – *de novo* – para ligar para ele.

Mencionei que a vaca o largou, e que ele tem dito às pessoas que o maior erro que ele já cometeu foi me deixar escapar? Soube *disso* dois dias antes do casamento de Carmen, há cinco meses.

Assim, transei por vingança com um dos padrinhos de seu marido, um médico incrivelmente sexy de Phoenix que abalou meu mundo de várias maneiras.

Fiquei com muita raiva quando Maria e Carmen, minhas irmã e prima respectivamente, me deram a notícia de que Marcus parecia estar arrependido em relação a mim e como nosso relacionamento terminou. Ah, e que ele ainda está apaixonado por mim e nunca deixou de me amar. Mesmo assim, não contei que tínhamos nos reconciliado recentemente e, até onde eu sabia, ainda estávamos juntos quando ele se casou com a outra.

Você se casou, eu iria gritar se retornasse uma de suas cem ligações nas últimas semanas e meses. *O que mais há pra dizer?* E sim, sei que deveria bloqueá-lo. Só não consegui fazer isso ainda. Pare de me julgar.

Ele tem arrependimentos. Que seja. Quanto tempo depois de seu *casamento* ele se arrependeu de me deixar depois de seis anos de idas e vindas sem sequer conversar? Ele me deixou saber através da formidável fofoca de *Miami para Nova York* que *meu namorado se casou*. Com outra pessoa!

Então, sim, me chame de louca, mas não estou com muita pressa de fazê-lo se sentir melhor ligando para ele e conversando. Ele pode se ferrar. Ele estava pensando em mim quando *se casou com ela*? Quando transou com ela? Quando me deixou ouvir sobre seu "casamento" por outras pessoas?

E você deve estar se perguntando por que estou me escondendo no meu novo apartamento. Há alguns meses, herdei o apartamento, que fica nos fundos da casa dos meus tios, da minha irmã, Maria, que foi morar com seu noivo, Austin. Ela conseguiu ganhar uma aliança de um cara legal que tinha uma linda filha chamada Everly, cuja vida Maria salvou quando doou medula óssea para a menina.

Maria conheceu Austin um ano após o transplante, quando

finalmente puderam conversar um com o outro, e se apaixonou loucamente enquanto trocavam e-mails e mensagens. Austin é arremessador, um astro que vai jogar pelo Miami Marlins na próxima temporada. Ele aceitou uma proposta menor do que poderia ter conseguido em outro lugar para poder morar na cidade de Maria.

Esse é um homem de verdade, que defende a mulher que ama, e eu não poderia estar mais feliz por eles. Eles são adoráveis juntos, e Everly é um amor. Maria tirou a sorte grande, e sou uma vaca nojenta por estar com inveja por minha irmã e minha prima conquistarem tudo isso enquanto eu me escondo, esperando que o mundo inteiro vá embora e me deixe em paz.

Claro, com minha mãe lutando contra o câncer de mama e eu voltando a Miami para ajudar a cuidar dela, não posso me esconder por muito tempo. Meus irmãos, Nico e Milo, estão encarregados do jantar dos nossos pais esta noite, então posso ficar no meu esconderijo por mais algum tempo.

Assisto à TV sem ver e tento não pensar no que vou fazer sobre as mensagens ininterruptas de Marcus; Wyatt, o caso de uma noite, que está tentando marcar um segundo encontro; a doença da minha mãe, ou qualquer outra coisa além de qual dos *Irmãos à Obra* vai ganhar o seu mais recente desafio *Irmão x Irmão*.

Preciso de um emprego de verdade, além de ser garçonete no restaurante da família. Com quase vinte e oito anos, estou morando em um apartamento de propriedade de um casal de tios, enquanto trabalho para outro. Não estou onde pensei que estaria nessa idade, isso é certo. Preciso ir para Nova York e pegar minhas coisas do apartamento do meu primo Domenic. Preciso ter uma vida. Esse é o objetivo.

Meu telefone vibra novamente. Juro por Deus, estou muito perto de bloquear Marcus. Mas a mensagem não é dele.

É a coisa mais estranha como não consigo parar de pensar em como foi ótimo o casamento do meu amigo. Nunca esperei conhecer a madrinha mais doce e sexy da história das madrinhas doces e sexy.

Deus, é de Wyatt, o primeiro caso de uma noite da minha vida.

Pelo menos, eu pretendia que fosse um caso de uma noite. Ele tem outras ideias.

Estou à caminho de Miami para encontrar o Jason e a Carmen antes da entrevista no Miami-Dade, na segunda-feira. Alguma chance de te ver enquanto estiver na cidade?

Meu corpo inteiro parece entrar em colapso enquanto leio e releio suas mensagens. Por que eu tinha dado meu número a ele? Ah, certo, porque me recusei a sair com ele do casamento, então trocamos telefones para que eu pudesse entrar no hotel onde ele estava hospedado como se eu fosse o seu segredinho.

— Argh — digo para as paredes. — Como isso pode estar acontecendo? Por que todo mundo não pode me deixar em paz? — Gosto de ficar sozinha. Estar sozinha faz com que descobrir que alguém com quem eu esperava passar minha vida, não pensava igual, não me machuque.

Nunca mais quero me colocar em uma situação em que algo assim possa acontecer. Me mantendo só, posso evitar esse tipo de drama – e esse tipo de dor. Sim, sei que minha irmã e minha prima encontraram ótimos caras que as fazem delirantemente felizes, e estou feliz por isso. As duas merecem toda a felicidade que puderem encontrar. Carmen passou por um inferno depois que seu primeiro marido, Tony, um policial, foi baleado e morto no trabalho quando eles tinham apenas vinte e quatro anos. Levou muito tempo para ela se recuperar e dar uma chance ao amor novamente com Jason.

E Maria... seu ex a traiu enquanto eles moravam juntos, virando sua vida de cabeça para baixo. Então ela conheceu Austin, que morava em Baltimore quando ficaram juntos pela primeira vez, e conseguiram o impossível: fazer um relacionamento de longa distância dar certo até que a temporada de beisebol terminasse. Ele veio para Miami para o período de entressafra, e agora estão noivos.

Tudo deu certo para Maria e Carmen. Mas não tenho ilusões de que isso vai acontecer comigo também. Minhas ilusões foram quebradas quando Marcus se casou com ela. Não há volta desse tipo de traição, especialmente porque ele nem teve a decência de terminar as coisas entre nós *antes* de se casar com ela.

No começo, ri de Domenic, o primo que me contou com muita gentileza que soube que o Marcus tinha se casado. Como poderia ser? Eu ri da tolice vinda de Dom.

— Marcus é meu *namorado* — eu disse. — Ele não se *casaria* com outra pessoa. — Acusei furiosamente Domenic de espalhar rumores que não eram verdadeiros. Disse a ele que tinha visto Marcus um mês antes, e que estava tudo bem. De jeito nenhum ele podia ter se casado.

Mas ele se casou. E perceber que o *rumor* era verdade foi o momento mais devastador da minha vida até alguns dias depois, quando abortei o bebê que eu nem sabia que estava carregando. Isso foi pior do que o que Marcus fez, mas não muito. Depois do aborto, me escondi no quarto no apartamento que eu dividia com Dom e me recusei a sair, exceto para usar o banheiro.

Domenic ameaçou chamar meus pais, o que finalmente me fez sair, comer alguma coisa e voltar para a terra dos vivos. Ainda assim, eu caminhava pela vida como um zumbi enquanto tentava não imaginar o homem que eu amava vivendo e dormindo com outra mulher.

Naturalmente, tive que procurar os dois na internet e foi assim que descobri que a vaca é uma loira deslumbrante com peitos gran-des. Por que ela não poderia ser um troll? Pelo menos eu poderia viver com o fato de ele ter se casado. Mas ele me trocou por uma estranha que é mais bonita do que eu, sem falar que seus seios são duas vezes maiores do que os meus.

Argh, o que estou fazendo revivendo essa merda? Qual é o ponto?

Antes que eu possa responder minhas perguntas, o telefone toca com uma chamada da irmã de Marcus, Bianca. Recuso a ligação. Não quero falar com ela mais do que quero falar com ele.

Um minuto depois, Bianca me manda uma mensagem. *Por favor, atenda minha ligação. É uma emergência.*

Por que as pessoas não podem simplesmente me deixar em paz?

O telefone toca três vezes antes de eu atender.

— Dee? — Bianca parece frenética. — Estava usando o telefone do Marcus para entrar em contato com você, mas você não estava atendendo. Ele... Ele está no hospital, Dee. Ele foi encontrado inconsciente esta manhã e está na UTI.

Meu coração se aperta. Não quero falar com ele, mas não quero que fique doente.

— O que há de errado com ele?

— Ainda não sabemos. Os médicos acham que talvez ele tenha tomado alguma coisa.

— O que você está dizendo?

— *Não sei*, Dee! só não sei. Ele está realmente doente. Você pode vir aqui?

Houve um tempo em que o pensamento de ele estar doente ou necessitado me faria correr para chegar até ele o mais rápido que pudesse. Mas esse tempo ficou no passado.

— Sinto muito. Não posso.

— Dee! Ele pode *morrer*!

Meus olhos se enchem de lágrimas, mas luto contra a tempestade emocional, determinada a cuidar de mim mesma, ainda que uma parte de mim ainda queira ir até ele.

— Sinto muito. Vou orar por ele, mas não posso ir. Eu simplesmente não posso.

O telefone fica mudo.

Antes que eu tenha um segundo para processar que Bianca desligou na minha cara, alguém bate na porta.

— Abra, Delores. — Minha irmã me chama assim apenas quando fala algo sério ou está querendo brigar.

Eu me arrasto para fora do sofá e destranco a porta para Maria, que entra como se fosse a dona do lugar. Só porque ela morou aqui antes de mim, isso não dá a ela o direito de invadir.

— Que droga, Dee! Nossa mãe me ligou no trabalho hoje para me perguntar por que ela não te vê há dias, e eu disse que não fazia ideia porque você deveria levar o jantar para eles esta semana.

— O Nico levou. Trocamos de semana. — Volto ao meu lugar no sofá que pertencia a Maria até ela se mudar para a mansão de

Austin e não precisar mais. Também herdei a cama, cômoda, a TV e mesa de centro.

— Passei no restaurante, mas me disseram que você não ia trabalhar esta noite. O que está acontecendo com você?

— Nada e este é o fim de semana da Sofia. Nós alternamos, como você sabe.

— Posso dizer só de te olhar que alguma coisa está acontecendo. Você sempre faz isso quando a merda bate no ventilador.

— O que eu faço?

Maria se senta ao meu lado no sofá.

— Se esconde.

Fixo o olhar no enorme anel de diamante em sua mão esquerda. Eu me sinto um idiota por ter inveja do que ela tem com Austin – um homem lindo, uma linda garotinha, uma linda casa e um lindo anel de noivado. Ela é a melhor pessoa que conheço e merece tudo de bom.

— Não estou me escondendo.

Meu telefone toca com uma nova mensagem de texto. Estou quase com medo de olhar. É Marcus – ou devo dizer, Bianca. *Não posso acreditar no quanto você está sendo egoísta.*

Agora eu sou a egoísta? Eu deveria ter perguntado a ela há quanto tempo ele está no hospital para saber quando ele me mandou mensagem pela última vez. A família dele vai me culpar por isso de alguma forma. Não respondi às mensagens, então ele fez algo estúpido e dramático. Será que ele fez isso para chamar minha atenção?

Quase me esqueci de que Maria está aqui. Olho para ela, desejando poder manter isso para mim. Mas não é assim que as coisas funcionam na minha família, que é uma das razões pelas quais eu estava tão ansiosa para me mudar para Nova York em primeiro lugar.

— O Marcus está no hospital.

— Por quê?

— Não sei. A Bianca disse que ele tomou algo que não deveria, e ela está tentando me fazer sentir culpada para eu ir até lá. Ele mandou várias mensagens para mim, mas eu o ignorei, então acho que a culpa é minha que ele esteja no hospital.

— Ela *disse* isso?

— Ela disse que sou egoísta por não ir lá.

— Não, você não é. Você não deve nada a ele.

— Você e eu sabemos disso, mas ela vê de forma diferente. Se o Marcus morrer, eles vão me culpar.

— Deixe-os. Você sabe a verdade do que ele fez com você.

Maria não sabe a metade. Ninguém sabe. Então começo a soluçar. Ela se aproxima e coloca os braços em volta de mim. Estou furiosa porque não deveria doer tanto depois de todo esse tempo.

— Sinto muito, Dee. Ele é um idiota por fazer isso com você, e ela também.

— Há mais coisas no que aconteceu do que você imagina. — Enxugo as lágrimas do meu rosto e decido contar a verdade. Talvez se eu disser em voz alta, eu possa finalmente ter um pouco de paz.

— Me conte — ela pede, dando-me toda a sua atenção.

Percebo que já faz um tempo desde que tive toda a atenção da minha irmã. Entre seu trabalho como enfermeira na clínica popular e sua nova vida com Austin e Everly, eu quase não a vejo.

— Seis meses antes de ele se casar, Marcus e eu voltamos a ficar juntos... ou assim eu achava.

— *O quê?* Vocês estavam *juntos* quando ele se *casou?* Você está *brincando* comigo?

Balanço a cabeça. Gostaria de estar.

— Nós estávamos mantendo a discrição e trabalhando em nossos problemas. Eu tinha acabado de vê-lo um mês antes, e achei que ele voltaria no fim de semana seguinte.

Ela me encara, incrédula.

— Isto é inacreditável.

— Descobri em uma sexta-feira que ele se casou. Na segunda seguinte, tive um aborto espontâneo.

CAPÍTULO 2

Dee

Agora outra pessoa sabe e não tenho certeza de como me sentir sobre compartilhar essa ferida que dói tanto há mais de um ano.

— Ah, *Deus*, Dee — Maria diz, seus olhos se enchendo de lágrimas. — Por que você não me ligou? Eu teria ido até lá!

— Não queria que ninguém soubesse. Nem ele.

— Ele não sabia que você estava grávida?

Balanço a cabeça.

— Eu ia contar na próxima vez que estivéssemos juntos em algumas semanas. Mas então... Tudo desmoronou. Ele se casou e eu perdi o bebê. Perdi os dois em quatro dias.

— Espere... Isso aconteceu na semana do inverno passado, quando você não estava respondendo as mensagens de ninguém, e todo mundo estava ligando para o Dom para descobrir o que havia de errado com você?

Assentindo enquanto enxugo as lágrimas, eu digo:

— Eu disse a ele que estava com gripe.

— Sim! Foi o que ele disse. Que você estava gripada. Por que não me contou? Sabe que eu teria ido te ver. A Carmen também.

— Não consegui. Eu estava... Foi horrível, Maria. Horrível *demais*. E quando cheguei em casa para o casamento da Carmen e vocês me disseram que ele estava dizendo às pessoas que me queria de volta...

— Isso trouxe tudo à tona novamente.

— Sim. Ele tem me enviado mensagens incansavelmente. Eu estava pensando em bloqueá-lo quando a Bianca me ligou para me dizer que ele está no hospital.

— Você deveria tê-lo bloqueado. Ele não tem o direito de fazer isso com você. Não tem direito nenhum.

— Ele disse que sente muito pelo que fez, que estragou tudo e não queria me magoar.

— Ele *não queria te magoar*? O que é que ele achava que aconteceria quando se casasse com outra pessoa?

— Especialmente quando eu não tinha ideia de que ele estava infeliz. A última vez que ele foi a Nova York, nos divertimos muito. Fomos para Coney Island, assistimos a um show, e... — Um soluço vem da parte mais profunda de mim. — Tudo estava bem. Pedi a ele que me desse mais seis meses em Nova York antes de me mudar para casa, e ele concordou. Não entendo o que aconteceu, Maria. E quero entender. Eu realmente quero.

— O que vai mudar se você souber o porquê disso?

— Não sei. Talvez nada, mas não consigo descobrir como passamos daquele fim de semana maravilhoso para ele casado com outra pessoa pouco tempo depois. Depois que perdi o bebê, a médica me perguntou se havia alguém para quem ela pudesse ligar, como o pai do bebê, e eu contei toda a história horrível para ela. Isso fez com que ela fizesse exames para doenças sexualmente transmissíveis, o que foi a maior humilhação.

— Jesus, Dee.

— Tudo deu negativo, mas ainda assim... foi horrível.

— Sinto muito que você tenha passado por algo assim sozinha.

— Não havia nada que você pudesse ter feito. — Pensar naqueles quatro dias insuportáveis me faz sofrer exatamente como aconteceu há mais de um ano. — Estou meio confusa desde então, e quando vim para casa para o casamento da Car, e vocês me contaram o que ele estava dizendo... — Balanço a cabeça, pensando na conversa que tivemos na limusine na noite da despedida de solteira de Carmen. — Eu não podia acreditar no que estava ouvindo.

— Pelo que a Bianca nos disse, ele está arrependido de verdade.

— Não me importo! Onde estava o remorso quando ele estava se casando com ela? Não tive notícias dele por um ano até que vocês me contaram o que a Bianca disse. O que devo a ele?

— Nada — Maria diz com firmeza. — Você não deve nada a ele.

— Estou estressada há cinco meses, desde o fim de semana do casamento da Car.

— Que foi no mesmo fim de semana em que descobrimos que nossa mãe está doente.

— Exato. — Nossa mãe foi diagnosticada com câncer de mama em estágio três em outubro e fez uma dupla mastectomia com reconstrução em janeiro. Ela está em tratamento agora, e nós quatro, assim como nossa família, nos unimos em torno dela e de meu pai. Vim para Miami para o casamento e nunca mais voltei para Nova York.

Ela empurra meu cabelo para longe do meu rosto.

— Tenho uma ideia.

— Qual?

— Venha para a minha casa por alguns dias. Fique à beira da piscina. Brinque com a Everly. Beba vinho comigo. Nós vamos ajudá-la a passar por essa fase difícil.

— Você não precisa da minha tristeza atrapalhando a sua felicidade.

— Ah, cale a boca. Estou te convidando. Quero que você venha. Você terá seu próprio quarto e banheiro privativo, e poderá se esconder sempre que quiser ficar sozinha. Não posso suportar a ideia de você ficar triste e sozinha aqui. Vamos. Vai ser divertido.

Me sinto tentada. A casa de Maria é a mais incrível em que qualquer um de nós já esteve, e como não trabalho de novo até terça-feira, não tenho nada melhor para fazer.

— Tem certeza de que não se importa? Não sou uma boa companhia agora.

— Tenho. Quero que você venha.

— E quanto ao Austin? Ele tem coisas melhores para fazer com a temporada começando do que lidar com uma futura cunhada mal-humorada.

— Ele também não vai se importar. Juro. Ele te ama. Você sabe disso.

Apoio a cabeça em minhas mãos, para que ela não veja como sua bondade me destrói. Estive tão sozinha com meus sentimentos sobre Marcus, o que ele fez e ter perdido o bebê por tanto tempo, que é um alívio que ela saiba toda a história agora.

Ela coloca o braço em volta de mim.

— Vai ficar tudo bem, Dee.

— Tem certeza de que não devo ir ao hospital?

— Tenho, sim. Vou ligar para a Bianca e dizer a ela para deixá-lo em paz.

— Você não precisa fazer isso.

— Eu sei, mas vou mesmo assim. Faça as malas e vamos para a minha casa. Pediremos comida mexicana e beberemos margaritas. Vai ser divertido.

Meu telefone vibra com outra mensagem e, antes que eu possa verificar, Maria o pega, provavelmente se preparando para fazer uma interferência por mim com a família de Marcus.

— Hum, quem é Wyatt?

Pego o telefone da mão dela, morrendo de vontade de saber o que ele disse desta vez.

— Só um amigo. — Levo o aparelho comigo para o quarto e imediatamente verifico a mensagem.

Espero que você esteja bem. Escreva de volta para me dizer que você ainda está por aí. Olá? Dee? Venha cá.

Sorrio para a mensagem boba e escrevo de volta. *Viva e bem.* Mesmo que isso não seja exatamente a verdade.

Saia comigo quando eu estiver em Miami neste fim de semana. Diga sim. Por favor? Não consigo parar de pensar em você.

Não estou em condições de considerar seu convite, mas me vejo agarrada à sua oferta como uma tábua de salvação. Ele não consegue parar de pensar em mim. Na verdade, também não consigo parar de pensar nele e, talvez uma noite com um homem que me faça sentir bem comigo mesma seja exatamente o que preciso.

Respondo antes que eu possa me convencer do contrário. *Sim.*

Ele responde imediatamente. *Amanhã à noite?*

Sim.

Onde devo te buscar?

Te encontro no estacionamento do Giordino's às sete e meia. Vamos traçar um plano a partir daí.

Nos vemos então. Mal posso esperar.

Mal posso esperar também. Um cara sexy com uma queda por mim é exatamente o que meu ego frágil precisa para se recuperar do que Marcus fez comigo. Talvez outra noite quente na cama de Wyatt também ajude. Levei dias para me recuperar da primeira. Senti dores em lugares que nunca tinha doído antes, o que me mostrou outra coisa: que Marcus não era muito bom de cama. Ele certamente nunca cuidou das minhas necessidades do jeito que Wyatt fez. Ele descobriu necessidades em mim que eu nem sabia que tinha, e andei atordoada por semanas após o casamento.

E então ele começou a me enviar mensagens, continuando algo que deveria ter acontecido uma vez e terminado. Enquanto arrumo uma mala para passar o fim de semana com a família da minha irmã, incluo meu vestido preto mais sexy e um par de sapatos de salto alto que comprei para as festividades do casamento, mas acabei não usando.

Minha vida está uma grande confusão no momento, mas Wyatt mal pode esperar para me ver amanhã à noite. Isso me faz sentir mil vezes melhor do que antes de concordar em vê-lo. Não que eu esteja depositando minhas esperanças nele. Ele é um caso, e isso é tudo que ele sempre será.

Na outra sala, ouço Maria ao telefone, com a voz elevada.

— Ela não deve *porcaria nenhuma* a ele, Bianca. Depois de namorar com ela por anos, ele se casou com outra e nem teve a decência de contar a ela. Ele a deixou saber disso por outras pessoas. Lamentamos que ele esteja no hospital, mas você precisa parar com essa merda de culpar a Dee agora, ou você e eu teremos um problema.

Caramba. Não provoque a minha irmã mais velha.

Graças a Deus ela está cuidando disso. Não suporto que a família de Marcus pense que isso é culpa minha de alguma forma. O que fiz além de amá-lo com todo o meu coração, que ele esmagou sem um único olhar para trás até que seu "casamento" deu errado? Então ele voltou seu radar para mim de novo. Que se dane isso. Ele que se dane.

Vou seguir em frente.

Wyatt

Eu sou um idiota. Não há outra palavra para descrever alguém na minha situação procurando mais tempo com uma mulher que deveria ser um caso de uma noite. Mas se aquela noite não tivesse sido tão incrível, eu já teria seguido em frente.

Mas as lembranças do incrível dia e noite que passei com Dee atormentaram minhas horas de vigília e muitas das minhas horas de sono também. Acordo duro e excitado e pronto para gozar, percebendo que tive mais um sonho com a madrinha sexy. Não é à toa que estou voltando para Miami no fim de semana depois de saber pelo meu amigo, Dr. Jason Northrup, que o hospital onde ele trabalha tem vaga para cirurgião cardiotorácico.

Antes de ir ao casamento de Jason, eu não estava pensando em mudar de emprego, mas agora é tudo em que penso quando não estou revivendo a noite mais sensual da minha vida.

O voo de Phoenix para Miami chega dez minutos mais cedo e taxia para o portão. Usei o Wi-Fi durante o voo para fazer planos com Dee e, desde que ela aceitou, tenho estado animado demais.

O que me traz de volta ao fato de que sou um idiota por querer outra noite com ela. Tenho minhas razões para não me envolver com as mulheres com quem me relaciono ou com quem durmo, e geralmente sou bastante disciplinado em seguir minhas próprias regras quando se trata dessas coisas. Mas tudo o que se refere a Dee é uma exceção às minhas regras. Ela é inteligente, engraçada, linda e sexy pra caramba, e o melhor disso é que ela nem sabe o quanto é gostosa. Adorei vê-la comemorar com sua irmã, irmãos e primos, e testemunhar seu vínculo próximo em primeira mão.

Há uma inocência refrescante nela, especialmente quando ela admitiu para mim que o nosso foi seu primeiro caso de uma noite. Ela é fofa demais. Tive mais encontros de uma noite do que posso contar, mas foi intencional. Não seria justo arrastar outra pessoa para a minha realidade. Sei disso, mas ainda assim estou feliz por Dee ter concordado em me ver amanhã à noite.

Eu definitivamente sou um idiota.

Outro pensamento me ocorre, e não tenho certeza se preciso confirmar isso com ela ou não, mas ei, qualquer desculpa para falar com ela...

Você se importa se o Jason e a Carmen souberem que vamos sair amanhã?

Ela não responde até que eu esteja em um Uber a caminho da casa de Jason, em Brickell. *É muito difícil manter qualquer coisa escondida na minha família, então acho que está tudo bem se eles souberem. Prefiro que eles NÃO saibam que já passamos um tempo juntos, se estiver tudo bem.*

Sem problemas. Entendo. Alguma chance de comermos no Giordino's? Essa é a outra coisa em que não parei de pensar desde o fim de semana do casamento.

Claro, deixa comigo.

Algo mais para esperar. Acabei de desembarcar em Miami. Mal posso esperar por um ótimo final de semana.

Quando é a sua entrevista?

Segunda-feira de manhã. O que você vai fazer esta noite?

Estou indo para a casa da Maria e do Austin.

Vou ver o que J&C vão fazer, mas talvez nos falemos mais tarde. Espero que sim.

Ela responde com um joinha.

Espero que isso signifique que ela quer me ver tanto quanto eu quero vê-la. O que será que ela tem que me faz sentir como uma adolescente no meio de uma primeira paixão? Talvez seja porque nunca tive uma queda por ninguém quando era um adolescente doente. Eu mal saía de casa ou do quarto de hospital. Estou compensando o tempo perdido com Dee.

Envio uma mensagem para Jason para que ele saiba que estou a caminho da sua casa. Gostaria de ter feito reserva um hotel, agora que tenho planos com Dee para amanhã à noite, mas Jay teria tido um ataque se eu não ficasse com eles neste fim de semana. Ele está animado que vou ser entrevistado para um emprego no hospital onde ele e sua esposa trabalham.

Jay responde imediatamente. *Mal posso esperar para te ver!*

Eu o conheci na faculdade de medicina em Duke, que foi a primeira vez que morei longe de casa. Quando não estávamos estudando, fui um pouco selvagem durante esses anos, e Jay se designou para ser meu ala, certificando-se de que eu não fizesse nada estúpido ou perigoso. Nunca me esquecerei a liberdade daqueles anos, a diversão, as risadas, os amigos, o trabalho duro. Esses foram os melhores anos da minha vida, e Jay é um dos melhores amigos que já tive.

Quando ele me convidou para o seu casamento, fiquei emocionado e honrado. Depois do que ele passou em Nova York com sua ex louca, fiquei muito feliz em saber que ele encontrou alguém ótimo em Miami. E quando conheci Carmen, fiquei ainda mais feliz por ele. Ela é incrível, e sua família também. O restaurante deles... *Puta merda*. É a melhor comida que já comi na vida. Mal posso esperar para comer lá novamente amanhã.

Quase me esqueci que estou aqui para uma entrevista. O trabalho parece secundário em relação às outras "atrações" de Miami. Abro a única foto que tenho de Dee, uma do casamento, tirada pelo fotógrafo oficial. Jay me enviou, sem saber nada sobre o que aconteceu entre nós, e eu olhei para ela centenas de vezes desde então.

Ela estava tão sexy naquele vestido que fiquei excitado por ela desde a primeira vez que a vi vindo em nossa direção na procissão da festa de casamento. Quando ela segurou meu braço para caminhar até o altar depois que o casal feliz disse: "Sim", seu toque enviou uma descarga elétrica através de mim e tudo que eu queria era conhecê-la. Tivemos um momento incrível naquele dia, dançando, conversando e rindo.

Meu telefone toca com uma mensagem de texto da minha mãe. *Vi que você desembarcou. Espero que você esteja bem.*

Pelo amor de Deus. Ela me mata. Sei como e por que ela se preocupa, mas às vezes é demais. Sou um cirurgiã de trinta e quatro anos, e minha mãe ainda me verifica como fazia quando eu era um adolescente doente. Espere até ela saber que estou pensando em me mudar para Miami. Ela vai ficar louca e provavelmente vai querer vir comigo. Ela moraria comigo se eu permitisse. Mas isso não vai acontecer.

Você se lembrou de levar os seus remédios?

Sim, mãe. Relaxe. Está tudo bem.

Quero lembrá-la de que sou um médico que sabe muito bem o que vai acontecer se eu não tomar meus remédios. Mas não falo nada. Ela passou pelo inferno comigo e nunca saiu do meu lado. Eu nunca diria nada além de "obrigado" para ela, mesmo quando ela está me deixa louco com a preocupação excessiva.

Ela diz que um dia vou entender, quando tiver meus próprios filhos, mas isso não vai acontecer. Não vou trazer crianças para este mundo quando não estarei por perto para criá-las. A ideia de eles me perderem de uma forma dramática e traumatizante me faz estremecer. Mas não falei isso para os meus pais. Eu ando em uma linha muito tênue no que diz respeito a eles.

— Ei, cara — o motorista do Uber fala. — Chegamos.

Percebo que me perdi em pensamentos e não fazia ideia de que o carro havia parado.

— Muito obrigado. — Pego minha bolsa do assento ao meu lado e saio do veículo. De pé no meio-fio, envio uma mensagem para Jay. *Cheguei. Como faço para entrar?*

Estou descendo.

Espero do lado de fora das portas principais quando vejo Jay sair do elevador com um sorriso enorme. Ele está vestindo bermuda de basquete e regata e não se parece em nada com um neurocirurgião de classe mundial. Depois de me dar um abraço, ele pega minha bagagem enquanto nos dirigimos para o elevador.

Quero dizer a ele que não precisa carregar a bolsa, mas velhos hábitos custam a morrer.

— Fico feliz em vê-lo, amigo — Jay fala. — Fiquei muito animado quando soube que uma vaga cardiotorácica vai abrir no Miami-Dade. Eu disse a Carmen, tenho que trazer o Wyatt de volta para cá.

— Obrigado por pensar em mim.

— Claro que pensei em você. Você é o melhor dos melhores, e adoraríamos tê-lo aqui conosco.

— Bem, você gostaria, mas a Carmen pode não ficar muito feliz se voltarmos aos nossos velhos hábitos.

— Ah! Ela sabe que estou completamente domesticado agora.

Descemos no sétimo andar, e ele nos conduz até sua casa, onde a porta está aberta.

— Carmen, o Wyatt está aqui!

A linda esposa de Jason sai para me abraçar.

— Ótimo ver você. — Ela tem o mesmo cabelo e olhos escuros, e corpo curvilíneo que a Dee tem. A Dee é mais alta que a Carmen, mas não tanto quanto sua irmã, Maria.

— Digo o mesmo. Obrigado por me deixar dormir no seu sofá neste fim de semana.

— Estamos felizes em recebê-lo. Posso pegar uma bebida para você?

— Comprei daquela água com gás de limão que você gosta — Jay fala. — Vou buscar.

— Temos coisas mais fortes do que isso — Carmen comenta.

— Obrigado, linda, mas eu não bebo.

— Ah, tudo bem. Desculpe.

— Sem problemas. — Não bebo, nem fumo. Não como carne vermelha. Eu não tomo cafeína ou qualquer coisa que possa colocar em risco minha saúde frágil. A boa notícia é que nunca tive chance de desenvolver o gosto por bebida antes que meus médicos a colocassem na lista de substâncias proibidas.

Jay serve a água com gás para mim, uma taça de vinho para Carmen e prepara um coquetel para ele. Levamos nossas bebidas para a varanda incrível com vista para a Baía de Biscayne. O ar da primavera é quente, mas não opressivo como no verão, ou assim Jason me disse.

Carmen volta para dentro e sai com uma travessa de frios que nós três apreciamos. Fico com o queijo, os biscoitos e frutas, enquanto eles apreciam o salame.

— Como foi a lua de mel? — pergunto, mesmo sabendo que eles se divertiram muito nas Ilhas Turcas Caicos, porque sou amigo deles no Facebook.

— Foi terrível. — Jason sorri para sua esposa. — Nós odiamos.

— Pior viagem de todos os tempos — Carmen acrescenta. — Tão ruim que já estamos planejando voltar no nosso primeiro aniversário.

— Você precisa ir a um daqueles resorts com tudo incluído — Jay fala. — Você ia adorar.

— Tenho certeza de que sim — digo a ele, embora tenha muitas outras coisas pela frente na minha lista de desejos. E sim, tenho uma lista. Você também teria, se sua expectativa de vida fosse tão ruim quanto a minha. Quero fazer uma *road trip* pelo país. Quero ir à Paris. Passar um mês na Itália e viajar de norte a sul para ver o máximo possível. Quero passar um mês em Londres e Dublin. Ir para a Austrália e Nova Zelândia. Quero escrever um livro sobre ser paciente cardíaco que se torna um cirurgião cardiotorácico. Estou bem ciente de que talvez não consiga fazer nada disso, mas tenho uma lista.

O telefone de Carmen toca com uma mensagem de texto.

— A Maria está perguntando o que estamos fazendo e se gostaríamos de ir até lá para comer e beber alguma coisa.

— Eu estaria disposto se você estiver, Wyatt. Você provavelmente se lembra que a prima da Carmen, Maria, mora com Austin Jacobs, o arremessador que recentemente assinou com os Marlins. A casa deles é demais.

— Mais *demais* do que isso? — Gesticulo para a vista deslumbrante.

— Muito mais — Jay afirma.

Claro que quero ir. A Dee vai estar lá. Mas tento agir com calma.

— Por mim, tudo bem. O que quer que vocês queiram fazer está bom para mim. Só preciso tomar um banho rápido.

— Vou pegar toalha para você — Carmen fala.

Trinta minutos depois, estamos a caminho da casa de Austin e Maria no carro de Carmen. Estou ansioso para ver a casa que eles disseram que é demais, mas mais do que tudo, mal posso esperar para ver Dee. Penso em mandar uma mensagem para ela para dizer que estamos indo, mas acho que ela já sabe.

Gostaria de saber como ela realmente se sente em me ver de novo, se está tão animada quanto eu, e então novamente me sinto um completo e total idiota por estar tão ansioso para vê-la. Me lembro repetidamente das regras que estabeleci para a minha vida. Não há nenhuma razão para eu levar outra pessoa comigo quando eu me for – e irei mais cedo ou mais tarde. Essa é a minha realidade.

— Ah, merda — Carmen fala, lendo algo de seu telefone enquanto Jay dirige.

— O que há de errado?

— A Maria me mandou uma mensagem. O ex da Dee, o Marcus, está no hospital. Estão achando que pode ser uma possível tentativa de suicídio.

Me sento mais ereto, sintonizando nas informações sobre Dee.

— Esse é o cara que se casou com outra pessoa? — Jay pergunta.

— Sim, ele é o único cara com quem ela já namorou. Eles ficaram juntos, indo e voltando, por anos.

E ele se *casou* com outra? *Que merda é essa?* Quero saber mais. Quero saber tudo, mas mordo a língua para não encher Carmen de perguntas. Felizmente, Jay também está curioso.

— Não ouvi a história completa, só que vocês ficaram sabendo que ele terminou com a esposa e quer a Dee de volta.

Ah, droga, não. De jeito nenhum ele vai reconquistá-la. *Calma, cara. As regras, lembra? Que se danem as regras.*

— Sim, a Maria e eu contamos a Dee na noite da minha despedida de solteira que ele estava dizendo às pessoas que a queria de volta. Esperamos até que pudéssemos contar a ela pessoalmente. A notícia a surpreendeu, para dizer o mínimo.

Interessante. Então, Dee descobriu que o ex queria voltar dois dias antes do casamento de Carmen e Jason. Meu estômago se revira um pouco com a notícia, pois me ocorre que eu poderia ter sido algum tipo de caso de uma noite com rebote de vingança. Não gosto desse pensamento. Ela estava me usando para se vingar dele? Por mais decepcionante que isso possa ser, faz um certo sentido, já que fui seu primeiro caso de uma noite.

Carmen está mandando mensagens de texto para Maria.

— A Mari disse que a irmã do Marcus está tentando convencer a Dee a ir ao hospital, mas ela não vai.

Essa é minha garota.

Uau, controle-se, cara. Ela não é sua garota. Você transou com ela, o que provavelmente foi uma transa por vingança para ela.

Seja como for, foi o melhor que eu já tive, e eu quero mais disso e dela – vingança ou não.

— A família dele estão fazendo-a se sentir culpada, mas a Mari está dizendo que ela não tem motivos para se sentir assim. O Marcus se casou com outra pessoa há pouco mais de um ano, e a Mari está me dizendo que ele e a Dee estavam tentando consertar as coisas, o que eu não sabia. Ele se casou algumas semanas depois de uma visita regular a ela de fim de semana, em Nova York. Ele sabia que ela estava planejando voltar para cá em seis meses e aparentemente mal podia esperar. Me lembro de como a Dee ficou arrasada depois que soubemos que ele havia se casado. Foi horrível estar aqui quando ela estava longe e tão chateada.

Meu coração dói por ela enquanto me pergunto quanto tempo eles ficaram juntos.

— Há quanto tempo eles estão juntos? — Jay pergunta.

Quero beijá-lo por fazer o trabalho pesado para mim.

— Indo e voltando por seis anos! Depois que eles foram para a faculdade em Nova York, ela quis ficar, e ele não. Ele queria voltar para Miami. Ele era amigo do nosso primo Domenic, no ensino médio. Foi assim que ele e a Dee se conheceram. De qualquer forma, ficaram juntos por seis meses e depois decidiram sair com outras pessoas porque a coisa de longa distância não estava dando certo para eles. Mas pelo que a Mari me contou, eles estavam juntos há meses quando ele se casou. Deus, isso o torna ainda pior do que já era!

— Isso é horrível — Jay fala.

Eu não poderia concordar mais. Carmen nunca saberá o quanto sou grato por essa visão de Dee ou o quanto é útil, enquanto tento entender essa mulher que me cativa tanto.

— E quando ele se casou com a vaca, como nós a chamamos, deixou a Dee saber disso por outras pessoas, o que é um absurdo.

— A esposa é safada? — Jay pergunta.

Mais uma vez, quero agradecer a ele. É como se nossos cérebros tivessem se fundido ou algo assim.

— Quem sabe? Não a conhecemos. Nós a chamamos assim porque ela se casou com o namorado da Dee.

— Para ser justo, *ele* estava com outra pessoa, não ela — Jay fala.

— Ah, nós sabemos disso, mas não importa. Para nós, ela é a vaca.

Eu amo essas pessoas e sua lealdade umas com as outras. É revigorante estar perto de uma família que, literalmente, levaria um tiro um pelo outro. Não que minha família não se gostasse, mas não somos unidos como os Giordino. Atribuo isso aos anos que passei no hospital enquanto meus irmãos tiveram uma infância um tanto normal, embora tão normal quanto possa ser quando um irmão está sempre internado e muitas vezes a um passo da morte.

Uma criança gravemente doente tende a consumir toda a família, obrigando os pais a concentrar toda a sua atenção no filho doente em detrimento dos outros dois. Meu irmão acabou com problemas com drogas, e minha irmã engravidou na adolescência, mas meus pais não sabem disso ou que ela fez um aborto.

O impacto da minha doença na família foi enorme. Eu me pergunto o tempo todo se eu seria mais próximo de meus irmãos mais novos se minhas lutas não tivessem dominado nossas vidas por quase uma década.

Seguimos por uma boa parte de Miami, com muitas palmeiras, flores coloridas e paisagismo exuberante que contrasta com a topografia do deserto de Phoenix. Normalmente, eu estaria interessado no cenário, mas tudo o que consigo pensar é em Dee, no que seu ex a fez passar e no que ele continua fazendo.

— Por que estão achando que foi tentativa de suicídio? — Jay pergunta.

— Acho que o sangue dele indicava altos níveis de alguma coisa. Isso se chama exame toxicológico, e provavelmente foi a primeira coisa que fizeram quando ele chegou ao pronto-socorro.

— Ele vai viver? — Jay pergunta.

— Parece que sim. Enviei uma mensagem para minha amiga Angela, que é próxima da irmã do Marcus, a Bianca, e a Ang disse que ele está acordado e conversando, mas não deu explicações do que aconteceu ou por quê. A Ang diz que acham que foi porque ele estava tentando falar com a Dee, e ela o estava ignorando.

Bom para ela. Estou irracionalmente orgulhoso por ela se defender desse cara, mesmo que me ocorra mais uma vez que não tenho nada que estar flertando com ela ou o que você queira chamar o que estou fazendo. Ela teve desgosto mais do que suficiente, com certeza não precisa de mais, e sou um coração partido esperando para acontecer.

Literalmente.

Eu me afundo em meu lugar, desapontado ao perceber que devo fazer a coisa certa e me afastar dela antes que fique mal. Nos divertimos muito depois do casamento. Aquela noite foi, realmente, uma das melhores noites da minha vida. Vai demorar muito para superar como me senti estando com Dee. Eu deveria agradecer a Jay por arranjar a entrevista para mim no Miami-Dade, mas deveria manter o emprego em Phoenix.

Dee está melhor comigo do outro lado do país, longe o suficiente para que não haja chance de eu partir seu coração. O pensamento de dar esse passo necessário para trás é deprimente pra caramba. Faz muito tempo desde que algo me empolgou mais do que a ideia de mais tempo com Dee. Eu tive uma "namorada" há muito tempo, quando estava doente. Tínhamos doze anos e nos conhecemos no hospital. Ela acabou morrendo de nossa doença compartilhada. Lamentei por ela por um longo tempo enquanto continuei a lutar pela minha própria vida. Muitas vezes me pergunto por que ela morreu e eu tenho que viver, mesmo que esteja vivendo com um relógio que me faz dolorosamente ciente de que o tempo é curto e cada minuto conta.

Mais tarde, fiquei tão ocupado na faculdade de medicina e me atualizando com toda a diversão que nunca tive quando jovem que meio que pulei a fase de relacionamento do processo de maturidade.

Tenho focado mais em sair com as mulheres e seguir em frente. Era assim que deveria ter acontecido com Dee, mas aqui estou eu, de volta a Miami, prestes a fazer uma entrevista para um novo emprego. Tudo por causa de um caso de uma noite que mexeu comigo.

Paramos em frente a casa de Austin que é tão legal quanto Jay disse que era, e mal posso esperar para ver o interior dela. Eu os sigo, tentando parecer tranquilo, apesar de não me sentir assim. Eles são obviamente frequentadores aqui, conhecem a configuração do terreno e onde encontrar os moradores.

— Ei — Austin Jacobs diz, dando um abraço em Jason enquanto eles apertam as mãos.

Eu o conheci no casamento, mas ainda me sinto um pouco chocado por estar na presença de um arremessador vencedor do Cy Young Award como ele.

— Você se lembra do meu amigo Wyatt, do casamento, certo? — Jay pergunta.

— Claro que sim. É bom vê-lo novamente, Wyatt.

Aperto sua mão.

— Igualmente. Parabéns por assinar com os Marlins.

— Obrigado. É bom ter resolvido isso.

Soube que ele assinou um contrato de oitenta milhões por quatro anos para que ele pudesse ficar em Miami com Maria, quando poderia ter conseguido muito mais de outro time. Tenho que dar crédito a ele por manter suas prioridades quando a maioria das pessoas seguiria o dinheiro.

Uma garotinha entra correndo na enorme sala, com o cabelo molhado e os pés descalços. Ela está vestindo uma camisola rosa e suas bochechas estão rosadas.

— Dada! Não quero ir para a cama!

Austin a pega em seus braços e beija sua bochecha.

— Você nunca quer ir para a cama. Se dependesse de você, você nunca dormiria.

— Dormir, não.

— Dormir, *sim*. Wyatt, acho que você conheceu minha filha, Everly, quando estava aqui para o casamento. Ev, este é o amigo do tio Jason, Wyatt.

Quando balanço os dedos para ela, Everly me dá um sorriso tímido antes de se enterrar no peito de seu pai.

Maria entra na sala com Carmen e Dee. A camisa de Maria está molhada, provavelmente por ter dado banho na pequena. Meu olhar é imediatamente atraído para Dee, e a primeira coisa que noto é que ela parece pálida e cansada. Será que é porque seu ex a está assediando e encenando uma tentativa de suicídio para tentar reconquistá-la?

Suicídio é algo muito sério. Vi muito disso na minha carreira para ser outra coisa que não seja trágico. Ouvi o suficiente sobre seu ex no carro para suspeitar que ele encenou a tentativa como um grito desesperado por sua atenção. Quero dizer a ela para se manter forte, para não ir vê-lo, mas se eu fizesse isso, teria que confessar que sei sobre o cara e o que ele a fez passar.

Prefiro que ela mesma me diga isso.

Espere, o que aconteceu com cinco minutos atrás no carro quando íamos dar um passo para trás porque ela já teve dor de cabeça suficiente?

Aquilo foi antes, isto é agora. Dee está na mesma sala que eu, e preciso de cada grama de força de vontade para não ir até ela, colocar meus braços ao seu redor e dizer que ela não tem motivos para se sentir culpada pelo que seu ex fez. Me forço a ficar parado, mesmo quando seu olhar se conecta com o meu, e sinto como se tivesse sido atingido por pás de desfibrilação. E sim, sei como é isso, e é exatamente o que provoca: um choque pelo corpo inteiro.

— Bom ver você de novo, Wyatt — Maria diz.

— Digo o mesmo. Oi, Dee.

— Oi, Wyatt.

— Bebidas — Austin diz. — Precisamos de bebidas.

— Vou fazer isso enquanto você coloca a macaquinha para dormir — Maria fala, beijando Everly.

A cabeça da garotinha está apoiada no ombro do pai, onde suspeito que ela apoie ali com bastante frequência. Everly parece ser uma criança de três ou quatro anos perfeitamente saudável, o que deve ser um alívio para seu pai e todos que a amam após a provação de sua doença. Amo como Maria conheceu Austin depois de doar a medula óssea que salvou a vida de Everly. Que história incrível.

Depois que Austin leva Everly para a cama, Maria sussurra algo para Dee enquanto olha para mim.

Dee dá de ombros em resposta ao que a irmã disse.

— Pode ser. Talvez não.

As irmãs compartilham um olhar intenso antes de Maria ir buscar as bebidas. Nós as levamos para fora, para um enorme pátio que tem uma piscina cercada e banheira de hidromassagem com palmeiras ao redor, arbustos floridos, vasos de plantas e iluminação sutil.

— Esse lugar é lindo — digo a Maria quando ela se junta a nós, trazendo batatas fritas, salsa e guacamole.

— Gostaria que pudéssemos levar o crédito, mas já estava assim quando Austin comprou.

Fico feliz em ver a cerca ao redor da piscina. Nunca me esquecerei da criança que se afogou em uma piscina durante um plantão meu na emergência, o quanto tentamos salvá-la e a angústia de seus pais quando não tivemos sucesso. Ainda penso naquela criança e em seus pais.

— Onde você foi, Wyatt? — Jay pergunta, sorrindo para mim quando percebo que todos os olhos estão em mim.

— Estou pensando em cercas de piscina e como é sábio ter uma com criança em casa.

— Isso não era negociável para nós — Maria diz.

— Também estava pensando em uma criança que não conseguimos salvar durante um plantão que fiz no pronto-socorro. Nunca se esquece esses casos.

— Também atendi um desses — Jay diz, franzindo a testa. — Uma menina de dois anos. Terrível.

— Você ouve falar sobre isso com muita frequência por aqui — Maria fala.

— Em Phoenix também. — Percebo que Dee está olhando para mim, o que me faz sentir como um garoto da quinta série prestes a beijar a garota que ele gosta durante um jogo de girar a garrafa. Sim, sério. Estou no modo de grande paixão no que diz respeito a ela. Dee está vestindo camisa preta com os ombros de fora, jeans justos que abraçam suas curvas deliciosas e sandálias de salto alto que mostram esmaltes cor de coral.

Ela está usando seu cabelo escuro brilhante e encaracolado solto sobre os ombros, e seus olhos castanhos são rodeados de cílios extravagantes. Me lembro de pensar no casamento que seus olhos eram deslumbrantes, mas esta noite, eles transmitem tristeza e estresse. Provavelmente por causa do que o ex fez, e a culpa que deve estar corroendo-a, mesmo que ela não seja culpada.

Gostaria tanto de poder dizer isso a ela, mas atendo seus desejos de manter nossos segredos dos outros. Se eu disser alguma coisa, vou revelar que nos conhecemos melhor do que deixamos transparecer. Formamos duplas no casamento, mas isso não foi grande coisa. Até que tudo aconteceu.

Falamos sobre comida mexicana e, quando Carmen e Jason vão com Maria pegar mais bebidas e usar o banheiro, aproveito o momento a sós com Dee.

— É tão bom te ver.

— Digo o mesmo — ela fala com um sorriso tímido.

Ela não ficou tímida depois do casamento. Nem um pouco. Dee está envergonhada por isso agora? Espero que não.

— Você está bem? Está tão quieta.

— Tive um dia difícil.

— Sinto muito por ouvir isso. — Quero dizer a ela que sei o que aconteceu, mas mais do que isso, quero que ela mesma me conte. — Posso fazer alguma coisa?

— Não, mas obrigada por perguntar.

— Quer sair mais tarde?

— Eu, hum, não tenho certeza se posso fazer isso. Vou ficar aqui hoje.

Levanto uma sobrancelha para ela.

— Você tem um toque de recolher?

— Não — ela responde, sorrindo.

— Venha me buscar no Jason. Podemos dar uma volta.

Ela olha para a janela, onde podemos ver os outros lá dentro, reunidos em torno de Maria.

— Viva perigosamente. — Dou um sorriso pateta que espero que ela ache encantador ou adorável, ou talvez as duas coisa. — Me busque.

— Me mande uma mensagem quando você chegar na casa deles.

Assim que as palavras saem de sua boca, Maria retorna com Austin e seu telefone, que ela passa para Dee para escolher o que ela quer do restaurante.

— As enchiladas são de morrer.

— Perfeito — digo quando Dee pega o aparelho. — Pode adicionar enchiladas de frango para mim?

— Sim. — Ela pede para nós dois e depois devolve o telefone para a irmã.

— O que você pediu? — pergunto a ela.

— A mesma coisa. As enchiladas são muito boas.

— Tudo o que comi em Miami é muito bom.

Seu rosto fica vermelho brilhante, e ah, merda. Percebo que ela pensa que isso abrange ela também. Bem, ela tem razão. Claro que sim, mas na verdade eu não quis dizer isso quando falei. Começo a rir e não consigo parar, por mais que tente.

Antes que eu perceba, ela está rindo também, e todo mundo está olhando para nós dois como se fôssemos loucos. Talvez sejamos. Tudo o que sei é que gosto de estar com ela, e quero mais.

CAPÍTULO 3

Dee

*N*ão *acredito que ele disse isso!* Wyatt está rindo tanto, que não consegue respirar, e me derrubou com ele. A pura indignação do comentário quebrou a tensão que tomou conta de mim desde que eu soube que Marcus estava no hospital.

— Hum, o que nós perdemos? — Carmen pergunta e dispara seu olhar astuto de mim para ele e depois de volta para mim novamente.

— *Não* repita isso — digo para Wyatt.

Ele enxuga as lágrimas do rosto enquanto me dá um sorriso sacana. Como um homem pode ser tão incrivelmente lindo? Ele me lembra Patrick Dempsey no auge de seu Dr. McDreamy, com cabelos escuros ondulados, olhos azuis e um sorriso que ilumina seu rosto. E, aparentemente, uma mente sacana. Embora eu já soubesse disso...

Não acredito que dormi com esse homem, que *transei* com esse homem – *três vezes* – e ninguém sabe disso além de nós dois. Não é de meu feitio esconder algo assim de Maria e Carmen, mas, por algum motivo, nunca consegui contar a elas. Agora, ele está de volta e me pedindo para sair com ele mais tarde e vê-lo amanhã à noite, e de jeito nenhum vou ser capaz de manter o que quer que eu tenha com ele escondido delas por muito mais tempo.

Fomos criadas por mães e avós que são especialistas em extrair informações de pessoas relutantes. Qualquer uma de nós pode farejar um furo com a tenacidade de um cão de caça e, a julgar pela maneira como as duas estão nos observando enquanto desfrutamos de nossa piada interna, elas estão farejando. Maria já me perguntou se ele é o Wyatt que me mandou mensagem mais cedo.

Não é que eu me importe que elas saibam, mas por alguma razão, quero mantê-lo para mim por um pouco mais de tempo. Tento não prestar muita atenção nele enquanto comemos as deliciosas enchiladas que Austin insistiu em encomendar e tomamos margaritas. Eu só tomo uma, porque pelo jeito, tenho que dirigir mais tarde.

Wyatt toma água gaseificada como fez no casamento. Não sei por que ele não bebe. Nunca conversamos sobre isso, mas agora eu me pergunto.

Meu telefone toca com uma mensagem de Bianca. *Ele está consciente. Não que você se importe.*

Fico aliviada ao saber que Marcus está acordado e espero que ele fique bem. Respondo a ela. *Eu me importo que ele esteja bem, mas não vou até aí, nem quero vê-lo. Se você puder fazê-lo entender isso, estará ajudando-o a seguir em frente.*

— Está tudo certo? — Maria pergunta.

— O Marcus está acordado.

— Essa é uma boa notícia.

— Eu disse a Bianca para avisá-lo que não vou lá, e que ela precisa dizer isso a ele.

— Ótimo. Essa é a coisa certa a fazer.

Posso sentir Wyatt me observando, provavelmente se perguntando sobre o que estamos falando.

— Um amigo meu está no hospital.

— Sinto ouvir isso.

— Nós, hum, falamos sobre isso no caminho para cá — Carmen fala. — O Wyatt sabe o que está acontecendo.

— Ah, tudo bem, então você sabe que ele é meu ex, e que ele

pode ter encenado uma tentativa de suicídio para chamar minha atenção.

— Sei disso, e lamento muito que ele tenha te colocado nessa posição.

— A Carmen também te contou que ele se casou com outra pessoa quando supostamente ainda estava comigo?

— Sim.

Então ele sabe a história toda. Que ótimo.

— Ele é um tolo.

A maneira como ele diz isso, sem mencionar como me olha enquanto fala, significa muito.

— Obrigada.

— Ele é o *maior* idiota — Maria fala. — Ele tinha a Dee. O que é que ele estava pensando quando decidiu *se casar* com aquela vaca?

— Sinto muito pelo que aconteceu com você, Dee — Austin diz. — A perda foi dele.

Já amo meu futuro cunhado, mas agora o amo ainda mais.

— Obrigada. Isso é passado, agora. Lamento que ele esteja em uma situação ruim, mas continuo dizendo a mim mesma que não é minha culpa. Ele fez suas escolhas.

— Ele fez a escolha *errada* — Carmen declara. — Ele teve sorte de você ter dado atenção a ele.

— Vocês são boas para o meu ego ferido.

— Seu ego não deveria estar ferido — Wyatt diz.

Ele pode muito bem ter contado eles que já dormimos juntos.

Maria e Carmen estão intrigadas com os sinais que ele está emitindo.

— Por quanto tempo você vai ficar aqui, Wyatt? — Maria pergunta.

— Só até segunda-feira à noite desta vez. Vou fazer uma entrevista no Miami-Dade na segunda.

— Qual a sua especialidade? — Austin pergunta.

— Sou cirurgião cardiotorácico.

— Eu nem sei o que isso significa — Austin responde , rindo.

— Não se preocupe — Wyatt diz. — Não tenho habilidade com bolas rápidas.

Amo o jeito que ele minimiza suas habilidades elogiando Austin. Isso faz com que ele grande vários pontos comigo, não que ele precise. Ele já está batendo mil. Haha, boa analogia ao beisebol.

— Sou especializado em cirurgia cardíaca e pulmonar, bem como em outros órgãos torácicos — Wyatt explica.

— E a minha cabeça simplesmente explodiu — Austin fala.

— O Jason pode consertar isso — Wyatt responde, sorrindo.

Ele é adorável, engraçado, inteligente pra caramba e mais sexy do que qualquer homem tem o direito de ser. Quanto mais tempo eu passo com ele, mais gosto dele. E eu já gostava muito antes desta noite.

— Então você está pensando em se mudar para Miami? — Maria pergunta.

— Não estava, mas depois que vim aqui para o casamento, comecei a pensar em uma mudança de cenário. — Ele olha para mim, mas finjo não notar.

Maria e Carmen definitivamente notam.

— Então o Jay mencionou a abertura da vaga no Miami-Dade, e aqui estou eu. Miami parece cada vez melhor para mim.

— Eu amo isso aqui. — Jason sorri para Carmen. — É o melhor lugar que já morei.

— Eu também adoro — Austin afirma com um sorriso bobo para Maria. — Meu lugar favorito em todo o mundo.

— A paisagem é espetacular — Wyatt diz.

E não enganamos ninguém. Meu rosto está tão quente que me pergunto como minha pele não está empolada.

— Dee, o que acha de me mostrar a cidade enquanto estou aqui? — Wyatt pergunta. — Só estive em Miami para o casamento. Não consegui ver muito naquela viagem.

— Essa é uma ideia fantástica — Carmen fala. — A Dee conhece Miami como a palma da mão. Ela seria a melhor guia de turismo que você poderia ter.

— E isso daria algo para ela fazer além de discutir o que está acontecendo com *aquele que não deve ser nomeado* — Maria acrescenta. — Adorei essa ideia.

— Podemos levá-lo para ver o estádio em algum momento, se você estiver interessado — Austin sugere.

— Eu adoraria — Wyatt responde. — Obrigado.

— Claro. Me avise quando quiser ir.

— Vou deixar isso para a minha guia turística — ele responde, me olhando de lado, provavelmente para determinar se estou brava por ele me recrutar para mostrar a cidade.

Não estou. Estou animada que ele tenha pedido e me dado cobertura com minha irmã e prima. Deteste que todo mundo tome conta da minha vida e essa foi a principal razão pela qual fiquei em Nova York por tanto tempo. Muito antes de ir para a faculdade, já tinha me cansado de minha família saber cada movimento meu antes mesmo de eu fazê-lo.

Mal posso esperar para mostrar a cidade a ele. Maria tem razão. Conheço Miami muito bem e adoro cada canto maravilhoso e diversificado dela. Que eu possa passar mais tempo com ele é um bônus. Gosto muito de Wyatt, o que é um desenvolvimento interessante, já que pensei que nunca mais o veria depois da noite que passamos juntos.

Mas agora ele está de volta e veio por minha causa, o que é um belo impulso para uma garota com um ego ferido. Mas preciso ter cuidado. Ele está aqui só para o fim de semana, e quem sabe se ele vai conseguir o emprego ou se até mesmo vai se mudar se o conseguir? Seria muito fácil me apaixonar por um cara fofo que parece um sonho e é um deus na cama também.

— Quer ir agora? Poderíamos ir em um daqueles clubes em Little Havana que você me falou da última vez que estive aqui.

Me afasto das minhas lembranças de como foi estar na cama com ele para perceber que ele acabou de me convidar para sair na frente dos outros e está esperando que eu responda.

— Claro, isso parece divertido. — Parece mais diversão do que tive desde a noite que passei com ele, há cinco meses. Olho para Maria, que está me observando atentamente, procurando o resto da história. Se ela soubesse... — Já que eu vou voltar para Little Havana, acho melhor ficar na minha casa esta noite.

— Por mim, tudo bem — Maria fala e seus olhos brilham do jeito que fazem quando algo a excita.

Se eu não soubesse melhor, pensaria que minha irmã está me dando um empurrão firme para a cama do médico bonitão.

— A Everly vai ficar chateada se eu não estiver aqui quando ela acordar? — Desenvolvi um vínculo divertido de tia e sobrinha com a futura enteada de Maria e odiaria desapontá-la.

— Não disse a ela que você ia dormir. Achei que poderíamos surpreendê-la pela manhã.

— Faremos isso em breve. — Para Wyatt, digo: — Vou pegar as minhas coisas.

— Sem pressa. Não vou a lugar nenhum.

Ignorando os olhares inquisitivos dos outros, entro no quarto de hóspedes para pegar meus pertences. Não me surpreendo quando Maria e Carmen me seguem.

— Puta merda, ele está *totalmente a fim de você* — Carmen afirma. — Ele não tirou os olhos de você a noite toda.

— Não transforme isso em algo importante. É só diversão. — Coloco as poucas coisas que desembalei na bolsa turquesa Vera Bradley que Carmen me deu no último Natal e a fecho.

— Eu disse ao Jason que tinha algo acontecendo entre vocês dois no casamento — Carmen diz.

— Não tinha. Aquilo também foi diversão. Tivemos um bom tempo juntos.

Maria segura meu rosto.

— Me diga a verdade. Isso é tudo o que era? Diversão?

— Sim — respondo enquanto reviro os olhos. Foi divertido. Essa é a verdade.

— O Jason ficou surpreso que o Wyatt esteja interessado no trabalho no Miami-Dade — Carmen comenta. — Agora está começando a fazer sentido para mim.

— Você está tirando conclusões precipitadas — digo a ela.

Carmen solta um grito feliz.

— *Não seria emocionante se você conhecesse alguém especial por causa do meu casamento?*

— Vocês, por favor. Não façam isso. Ainda estou lidando com a situação com o Marcus.

— Não está, não — Maria diz em tom enfático. — Você não tem nada a ver com o que está acontecendo com ele.

— Ele tentou se matar porque eu não atendi as ligações dele.

— Não foi por isso que ele fez isso — Maria afirma. — Ele fez isso porque estragou sua vida sozinho, e agora que tudo explodiu na cara dele, ele sente muito pelo que fez com você. Onde está o grande pedido de desculpas por todo esse tempo? Ele nunca disse uma palavra para você até que a vaca o deixou. Ele não pode voltar após o que aconteceu com arrependimentos. O que aconteceu hoje não teve nada a ver com você.

— Ela está certa, Dee — Carmen diz. — Você não pode assumir isso. Ele ferrou com tudo, e ele sabe disso. A questão é toda dele, não sua.

— Ainda assim... Foi chocante, e estou abalada. E essa coisa com o Wyatt é só um fim de semana divertido com um novo amigo. Por favor, não enlouqueçam com isso ou contem à família.

— Não vamos dizer nada — Carmen me garante —, mas você deveria levá-lo ao *brunch* de domingo. Ele adorou a comida do restaurante.

— Vou ver o que acontece.

Carmem me abraça.

— Divirta-se. Se solta. Relaxe.

— Meu cabelo já está solto — digo, rindo.

— Você sabe o que ela quer dizer — Maria me repreende. — Você esteve em um longo relacionamento que terminou mal. Se alguém precisa de um rebote divertido, é você. Vá em frente.

— Vou levar isso em consideração. Posso ir agora, garotas?

— Precisa de preservativos? — Maria pergunta em tom muito sério.

— Estou indo agora. Tchau!

Saio do quarto em direção ao hall, onde os três homens estão conversando em tom animado enquanto esperam por nós. Jason e Austin se tornaram grandes amigos. Eles jogam golfe. pescam e saem juntos sempre que podem. Naturalmente, Carmen e Maria estão entusiasmadas com isso, e confesso ter me sentido, mais de uma vez, como se estivesse segurando vela dos quatro. Eles se reúnem com frequência e sempre me incluem, o que eu aprecio. Mas esta é a primeira vez que não me sinto como um extra entre o quarteto feliz.

Wyatt equilibra as coisas, e quando ele dá um sorriso caloroso em minha direção, o nó em minha barriga é um sinal de que a excitação dos outros está tendo um impacto em mim.

Vá com calma, garota.

— Pronta? — Wyatt pergunta.

— Sim. — Abraço Austin e Maria. — Obrigada pelo jantar.

Wyatt aperta a mão de Austin e abraça Maria.

— Obrigado. As enchiladas estavam ótimas.

— Você determinou um toque de recolher a ele, Jason?— Carmen pergunta, encantada com sua piada.

— O mais tardar à meia-noite, jovem — Jason diz em tom severo.

— Não me espere acordado, pai — Wyatt fala enquanto me segue para fora da casa. — Caramba, multidão difícil. Eles estão nos observando?

— Provavelmente, mas não estou olhando.

— Entendo o que você quer dizer sobre não ser capaz de fazer muito sem toda a sua família envolvida.

— Houve aquela noite...

— Ah, sim, aquela noite. — Sua mão toca a parte inferior das minhas costas em um gesto inocente que faz todo o meu corpo se arrepiar. — Quer que eu dirija?

— Você é o convidado. Não precisa.

— Eu não me importo.

Entrego as chaves a ele e coloco minha bolsa no banco de trás.

Ele entra e ajusta o banco do motorista para caber suas pernas muito mais longas.

Eu o oriento sobre como sair do bairro e pegar a estrada que vai nos levar de volta a Little Havana.

— O que você está com vontade de fazer?

— O que você quiser.

— Podemos dar um passeio, tomar uma bebida ou ir a um clube.

— Tudo isso parece bom para mim. — Quando estamos na estrada, ele me olha. — Tudo bem eu te convidar para sair na frente de todo mundo?

— Foi bom.

— Sua irmã e sua prima te encurralaram para tirar informações suas quando foram atrás de você?

— O que você acha?

Sorrindo, ele pergunta:

— O que você disse a elas?

— Para não exagerarem. Não há nada acontecendo.

— Nada mesmo? — ele pergunta, arqueando uma sobrancelha.

— Nada que elas precisem saber.

Ele move a mão do câmbio para a minha coxa.

— Sabe como foi duro fingir que eu mal te conhecia na frente de sua família?

O calor de sua mão parece um ferro em brasa, pois desencadeia uma reação em todo o meu corpo que faz minhas partes mais essenciais formigarem com a consciência dele.

— Foi duro?

— *Demais.*

De repente, não estamos mais falando sobre fingir na frente da minha família.

— Pensei tanto em você e naquela noite desde o casamento — ele diz. — E quanto a você?

— Um pouco.

— Você está mentindo?

— Talvez um pouco. — Não quero falar sobre Marcus, especialmente não com Wyatt, mas quero que ele saiba o quanto tenho estado confusa. — Os últimos meses foram difíceis.

— Por causa do seu ex?

— Isso e a minha mãe está fazendo tratamento para o câncer de mama. Ela fez uma dupla mastectomia em janeiro e agora está fazendo quimioterapia.

— Estava me perguntando por que você acabou ficando em Miami depois do casamento.

— Como você soube que fiquei?

— Instagram.

— Ah... então você está me perseguindo?

— Seguindo. Isso é diferente de perseguir.

Gosto de saber que ele pensou em mim depois da noite que passamos juntos, que se importou o suficiente para me encontrar na internet e se perguntou por que não voltei para Nova York depois do casamento.

— Então você vai ficar aqui?

— Esse é o plano. Em algum momento, tenho que ir para Nova York e pegar o resto das minhas coisas. Meu primo, com quem morei lá, vai sublocar meu quarto. Eu não posso voltar para lá enquanto minha mãe estiver doente.

— Como está a sua mãe?

— A quimioterapia está acabando com ela. Tem sido difícil. É duro vê-la sofrer.

— Sinto muito que ela esteja passando por isso, assim como você.

— Ela é durona.

— Ela tem sorte de ter a família apoiando-a. Você está chateada por causa de Nova York?

— Na verdade, não. Estava planejando voltar para cá este ano de qualquer maneira. Só me adiantei um pouco. E você? O que te fez se candidatar a um emprego aqui?

— Gostei de Miami quando estive aqui para o casamento. Morei em Phoenix a maior parte da minha vida e estou pronto para uma mudança. Quando o Jay mencionou a vaga no Miami-Dade, pensei por que não?

— Posso te perguntar uma coisa, e você vai me dizer a verdade?

— Claro.

— Você não está se candidatando por minha causa, está?

Sorrindo, ele diz:

— Não especificamente por sua causa, mas saber que você mora aqui me deixa mais interessado no trabalho do que estaria se você não fizesse parte da equação.

— Eu não estou em um bom momento para, bem, nada.

— Nem eu. — Ele parece triste por algum motivo.

— Ah, bem. Está bom, então. Sei qual o motivo de eu me sentir assim, mas qual o seu?

— As coisas estão estranhas agora com a possibilidade de mudar de emprego, de cidade. Não tenho certeza do que vai acontecer.

— Você vai conseguir o emprego.

— Como sabe disso?

— Eles seriam loucos se não te contratassem. Você não é certificado na sua especialidade?

— Sou, mas como você sabe disso?

— Você não é o único que *stalkeou.*

CAPÍTULO 4

Wyatt

O uvi-la dizer que pesquisou sobre mim na internet me deixa mais feliz do que já estive... bem... nunca. Não só ela pensou em mim depois da nossa noite juntos, mas foi tão longe a ponto de me procurar. Só espero que ela não tenha tropeçado em toda a minha história.

— O que mais você descobriu sobre mim?

— Só li sua biografia no site do hospital e descobri que você publicou muitos artigos sobre cirurgia cardiotorácica e se tornou especialista e palestrante reconhecido nacionalmente na área de apoio a pacientes com doenças que ameaçam a vida.

Usei minhas experiências pessoais para desenvolver minha carreira, enfatizando constantemente a necessidade de tratar o paciente como um todo, não apenas a parte dele que está doente.

— Esse é um grande interesse meu. — Estou incrivelmente agradecido por ela não ter ido mais fundo do que o site do hospital.

— É algo muito necessário. O oncologista da minha mãe é considerado um dos melhores que existe, mas não tem personalidade nenhuma. Ele não parece entender o quanto isso é aterrorizante para ela e para nós. Ele é muito prático sobre coisas que ameaçam a vida.

Estremeço ao ouvir isso. Conheço muitos médicos que são como esse que ela descreve.

— É um desafio formar médicos para serem especialistas em medicina e como gerenciar a grande variedade de necessidades que cada paciente tem. Isso sem falar nas necessidades da família.

— Ele sempre me faz sentir uma idiota por incomodá-lo quando tenho que ligar para falar sobre algo. Normalmente, deixo a Maria lidar com ele porque ela é enfermeira – e prefiro não ter que falar com o homem. Tenho medo de dizer o que realmente penso a respeito dele.

Rio ao imaginá-la arrasando com ele.

— Talvez você devesse dizer a ele o que pensa. Ele pode precisar ouvir.

— Não posso. Tenho medo de que a minha mãe não receba os cuidados que ela precisa e merece. Mas eu realmente gostaria.

— Pode me dizer qualquer coisa que precise dizer a ele. Oferta permanente. Me ligue quando quiser gritar com ele. Eu sempre vou ouvir.

— Você já é ocupado o suficiente com seus pacientes. Não precisa de uma mulher qualquer em Miami gritando sobre alguém que nem é seu paciente.

— Se essa mulher for você, preciso sim.

— Toda essa bajulação está indo direto para minha cabeça.

— Eu mal podia esperar para vê-la novamente. — *Vá devagar, cara. Se lembra de que não seria justo deixar ela ou qualquer mulher se envolver demais com você? Lembra daquela conversa que tivemos antes de ir ver a Dee? Sim, eu me lembro, então vá se foder.* Mantive firme minha determinação até que ela entrou na sala da casa de sua irmã, parecendo mais sexy do que qualquer mulher tem o direito de parecer, e rapidamente esqueci por que isso não é uma boa ideia.

Talvez pudéssemos ter este fim de semana de bônus antes de eu voltar à realidade. Quem poderia se magoar por mais um fim de semana?

Se a dor no meu peito com o pensamento de não vê-la novamente é alguma indicação, eu poderia. E ela também. Este fim de semana tem que ser o único. Encorajar algo mais seria injusto com ela – e comigo mesmo.

— Posso te perguntar uma coisa?

— Claro.

— Você está com vontade de sair ou gostaria de ir a algum lugar onde possamos ficar sozinhos?

Ela fica quieta o suficiente para que eu comece a me preocupar que a tenha julgado mal.

— Vamos pra minha casa.

Marcus

Errei muito. Meus pais e minha irmã estão histéricos desde que acordei. Eu me sinto horrível por tê-los chateado. Não posso acreditar que Bianca disse a Dee que eles acham que tentei me matar. Não fiz isso. Não conscientemente. Tomei alprazolam para me acalmar, me esquecendo de que havia tomado vodca mais cedo e, aparentemente, a combinação quase me matou.

Não foi intencional. Não quero morrer antes de acertar as coisas com Dee. Ela é a única coisa que importa para mim.

Tenho escondido meu alcoolismo dela há anos. Isso ficou mais fácil quando me mudei de Nova York. Mas a bebida é a razão pela qual acabei me casando com outra pessoa. O motivo pelo qual parti o coração da única mulher que já amei. Mal me lembro daquela noite em Vegas ou de como acabei me casando com uma das mulheres que saíam comigo e meus amigos.

Acordei no dia seguinte com uma loira na cama, uma aliança no dedo e a pior sensação que já tive na vida quando comecei a preencher as lacunas da noite anterior.

Dee.

Ela foi meu primeiro pensamento na época e é o mesmo agora. Ela tem sido meu primeiro pensamento todos os dias desde que causei esse desastre para nós dois. Preciso falar com ela, dizer que não a culpo por nada disso. Esse é o meu medo, que Bianca tenha feito Dee se sentir culpada, o que ela não merece. Ela não fez nada de errado. Não, isso é tudo minha culpa.

Eu deveria ter ouvido minha família e os amigos que me imploraram para procurar ajuda antes que algo terrível acontecesse. Eles estavam preocupados que eu matasse alguém bebendo e dirigindo, o que nunca fiz. Isso não aconteceu, mas outra coisa sim: parti o coração do meu único e verdadeiro amor, e agora estou desesperado para consertar as coisas.

Bianca deixou meu celular carregando na mesa ao lado da cama do hospital. Eu o alcanço, encontro o nome de Dee em meus contatos e escrevo uma mensagem.

Não tentei me matar. Não importa o que a Bianca disse, isso não é verdade, e se ela tentou te fazer se sentir culpada de alguma forma, sinto muito. Nada disso é culpa sua. Eu estraguei tudo e tem coisas que preciso te contar, coisas que você tem o direito de saber. Por favor, poderíamos conversar?

A mensagem aparece como entregue, mas não lida.

Fico olhando para o telefone, mentalizando para que ela leia a mensagem, quando outra médica entra no quarto. De novo? Já fui revirado por todos os médicos que me atenderam. O que falta?

— Oi, Marcus — a mulher de cabelos escuros me cumprimenta. — Sou a Dra. Stern, a psiquiatra de plantão. Pode me chamar de Justine se quiser.

A palavra *psiquiatra* me faz gemer.

— Não tentei me matar. Não foi isso que aconteceu.

Ela se senta ao lado da minha cama.

— O que aconteceu?

— Misturei alprazolam e bebida por acidente. Não pensei no que a combinação poderia fazer. Foi um erro, não uma tentativa de suicídio.

— Sua família ficou muito chateada, pelo que me disseram.

— Minha irmã apertou o botão do pânico quando veio me ver e não conseguiu me acordar. Me sinto mal por tê-los aborrecido.

— Por que eles assumiriam que você tentou tirar a própria vida?

— As coisas estão confusas ultimamente. Realmente, muito confusas.

— Como assim?

— Precisamos falar sobre isso?

— Se você quiser ser liberado. Preciso ter certeza de que você não vai se machucar se eu assinar sua alta. Então, que tal você me dizer o que tem estado tão confuso ultimamente?

— Minha esposa me abandonou.

— Sinto muito por ouvir isso.

— Não, foi uma coisa boa.

— Mesmo?

Eu concordo.

— Não deveríamos ter nos casado. Foi um engano.

— Você se casou com alguém por engano? Como isso aconteceu?

— Eu estava bêbado. Estávamos em Vegas. Ela estava lá. Uma coisa levou a outra, e acordei casado com a mulher errada.

— Quem era a mulher certa?

— A minha namorada, a Dee. Ela é a pessoa que amo, que sempre amei. Ficamos juntos por anos antes de terminarmos, mas estávamos fazendo as pazes quando isso aconteceu. Ela estava em Nova York e eu em Miami, mas as coisas entre nós estavam boas. Até que estraguei tudo e, desde então, ela não atende minhas ligações ou responde minhas mensagens.

— Como ela reagiu quando você disse que se casou com outra pessoa?

— Não sei.

— Ela não soube através de você?

— Não, e me arrependo disso. Ela deveria ter ouvido isso de mim, mas o que eu deveria dizer? *Ah, a propósito, bebi demais ontem à noite e acordei casado com a irmã do meu amigo, a Ana, o que não era para acontecer.*

— Certo, então você se casou por acidente. O que aconteceu então?

— Voltamos para Miami. A Ana se mudou para a minha casa e queria que fosse um casamento de verdade.

— E enquanto isso, você está pensando na Dee, que não está atendendo suas ligações ou respondendo suas mensagens. É isso?

— Pensei nela a cada minuto de todos os dias em que fui casado com a Ana.

— Você dormiu com a Ana?

Essa pergunta me deixa desconfortável.

— Acho que sim.

— Você acha? Dormiu ou não?

— Nós nos casamos.

— Então, enquanto você estava ansiando pela Dee, depois de ter partido seu coração ao se casar com outra pessoa, estava tendo relações sexuais com sua esposa. Entendi certo?

Eu me contorço sob a intensidade de seu olhar. Ela parece querer me esfaquear em nome das mulheres de todo o mundo, e eu não a culpo.

— Você tem razão. Não estou orgulhoso de como me comportei, mas você deve saber que nunca fiz nada assim antes.

— Se casar com alguém que não é sua namorada de longa data?

— Sim — digo com os dentes cerrados. A médica está começando a me irritar. — Percebi que tenho um problema com a bebida.

— O que você está fazendo sobre isso?

— Ainda não fiz nada.

— O que está esperando?

— Não sei.

— Acha que um incidente quase fatal resultante da mistura de alprazolam e álcool pode ser o impulso que você precisa?

— Talvez.

— Isso não é brincadeira, Marcus. Se a sua irmã não tivesse ficado preocupada quando não conseguiu entrar em contato, você poderia ter morrido.

— Sim, eu sei.

— E essa não era sua intenção? Acabar com esse sofrimento pelo qual você está passando com uma overdose?

— Não foi minha intenção. não quero morrer. Só quero consertar as coisas com a Dee.

— Acho que você precisa aceitar que isso não vai acontecer.

— Como pode saber disso? Nós dois nem conversamos sobre o que aconteceu. Ela não quer falar comigo.

A dra. Stern se inclina para frente, colocando a mão no meu braço.

— Marcus, você se casou com outra pessoa sem terminar com ela primeiro. Ela não vai falar com você. Para ela, isso terminou.

— Como pode ter terminado quando nunca conversamos sobre isso?

— Terminou para ela no minuto em que você se casou com outra pessoa e a deixou saber por terceiros.

— Não queria que nada disso acontecesse.

— Eu entendo, mas aconteceu, e agora você tem que encontrar uma maneira de viver com as consequências.

— Nunca serei capaz de viver com isso se não tiver a chance de conversar com ela.

— Você entende que, se continuar atrás dela, provavelmente está machucando-a novamente?

Isso não me ocorreu, não nesses termos, de qualquer maneira.

— Há quanto tempo você se casou com a Ana?

— Um ano.

— A Dee achava que ela poderia ser a mulher com quem você se casaria?

— Conversamos sobre isso acontecer depois que ela voltasse para Miami.

— Então a Dee teve um ano para juntar os pedaços, colocar sua vida de volta nos trilhos e seguir em frente, e toda vez que você a procura, ela tem um lembrete do que superou. Você a magoou, Marcus. Talvez até a tenha devastado, considerando que ela esperava ser sua esposa. Ao continuar indo atrás dela, você está agravando essa dor para ela.

— Não quero magoá-la. Só quero a chance de explicar e pedir desculpas.

— Então escreva uma carta, mas pare de ligar e enviar mensagens de texto. Isso não é justo com ela.

Não quero ouvir o que ela está dizendo, mesmo que eu possa ver a verdade nisso.

— Este último incidente é a segunda vez que o álcool causa um desastre em sua vida. O primeiro resultou em corações partidos. Este quase causou a sua morte. Você diz que não foi intencional...

— Não foi. Juro por Deus. Não sou suicida. Por pior que tenha sido o ano passado, nunca pensei em acabar com minha própria vida. De que adiantaria? Não resolveria nada com a Dee, que é meu único objetivo.

— Acho que está na hora de um novo objetivo, um que seja focado na recuperação da sua saúde. Você consideraria uma reabilitação por trinta dias ou possivelmente mais, se necessário?

— Eu, ah, tenho que trabalhar.

— Você trabalha com o quê?

— Sou gerente de um banco.

— Posso ajudá-lo a com a documentação para você tirar uma licença médica.

— Não tenho certeza se é uma boa ideia. O caos na minha vida pessoal se espalhou para o meu trabalho, e estou meio que pisando em gelo fino. — Essas foram as palavras que meu gerente regional usou na última vez que nos encontramos depois que me atrasei para fazer um relatório semanal com informações essenciais pela terceira semana consecutiva. É difícil se concentrar em qualquer coisa quando tudo em que se consegue pensar é em acertar as coisas com quem se ama.

— Você está protegido pela lei federal nesta situação. Se tiver a documentação de uma condição médica, seu empregador é obrigado a garantir seu emprego.

Não sabia disso.

— Eu teria que dizer a eles qual é a minha condição?

— Me deixe perguntar uma coisa... você disse que está pisando em gelo fino lá. Você acha que está escondendo sua dependência do álcool de seus colegas? Eles ficariam surpresos ao saber que você entrou na reabilitação?

— Provavelmente, não. Eles podem até ficar aliviados.

— Então, o que importa? Se você tivesse câncer, eles fariam campanhas de arrecadação de fundos para você. O vício é uma doença, assim como câncer ou diabetes.

Recuo com esse termo.

— Não sou um *viciado*.

— Não? Você se casou ou não com uma mulher que não amava, partindo o coração da mulher que ama por causa do álcool? Você misturou ou não alprazolam e álcool, quase acabando com sua vida de forma prematura?

— Fiz essas coisas, mas não sou um viciado.

— Os comportamentos que você descreveu são as marcas de alguém nas garras do alcoolismo, que é uma forma de vício. Seu médico conversou com você sobre os índices do seu fígado?

— Ele disse que estavam altos.

— Estão nas alturas. Você sabe como é ter insuficiência hepática?

— Na verdade, não — digo, me forçando a ficar quieto, pois quero sair de lá.

— Eu não desejaria essa morte para o meu pior inimigo.

Suas palavras duras me despertam medo. É a primeira coisa que sinto além de agonia por causa de Dee em mais de um ano.

— Você tem vinte e oito anos, Marcus, com o fígado de um alcoólatra de setenta e cinco anos. Está a caminho de uma morte precoce e agonizante se não fizer algumas mudanças logo. — Ela coloca seu cartão de visita na minha mesa. — Por favor, considere fazer um tratamento. Posso trabalhar com a equipe do hospital para te colocar na reabilitação e ficaria feliz em continuar te acompanhando durante a internação para o tratamento e depois.

Olho o cartão com apreensão. Nada me diz que tenho que fazer alguma coisa com isso.

— Enquanto isso, vou rezar para que você encontre um pouco de paz. Se eu puder ajudar, não hesite em entrar em contato. Meu número de celular está no cartão. Me ligue a qualquer hora.

— Obrigado. Você vai permitir que eu tenha alta.

— Não até depois de completar a desintoxicação.

— O que é isso?

— Você está prestes a descobrir o que acontece quando o corpo sofre de abstinência de álcool. Não é agradável e você vai ficar bastante doente por alguns dias. Os médicos vão querer ficar de olho nos seus sinais vitais durante esse período.

Não posso acreditar que é possível me sentir pior do que já me sinto.

— Obrigado por ter vindo.

— Sem problemas. Fique bem.

Muito tempo depois que a médica se foi, penso nas coisas que ela me disse, principalmente sobre como eu tenho magoado Dee toda vez que a procuro. Não pensei em como seria para ela ter contato comigo depois do que fiz com ela. Estive tão focado em tentar acertar as coisas. Esse foi o único pensamento na minha cabeça desde que as coisas com Ana terminaram e ela foi embora. Fiquei feliz por ela ter ido, para que eu pudesse voltar minha atenção para tentar recuperar a vida que perdi naquela noite fatídica em Las Vegas.

A dra. Stern me fez perceber que naquele ano desde então, Dee seguiu em frente sem mim. Talvez ela esteja até saindo com outra pessoa. Estou em pânico com o pensamento dela com outro cara, mesmo que entenda que só posso culpar a mim mesmo por esse desastre.

Olho o cartão que a dra. Stern deixou por um longo tempo, pensando no que ela disse sobre meu fígado e a agonia da insuficiência hepática. Não quero colocar mais trinta dias entre mim e ficar bem com Dee. Sinto uma necessidade urgente de cuidar disso antes de fazer qualquer outra coisa, mas não quero machucá-la mais do que já fiz.

A ideia de escrever uma carta para ela é boa. Vou pensar nisso.

Pego o cartão de visita que a psiquiatra deixou na mesa e estudo a lista de iniciais após o nome dela. Ela provavelmente já atendeu centenas de pacientes como eu, o que significa que ela sabe do que está falando.

Antes que eu possa me convencer a não fazer o que sei que tenho que fazer, digito o número dela no meu celular.

— Dra. Stern.

— Aqui é o Marcus.

— Oi, Marcus. O que posso fazer por você?

— O que você disse sobre o meu trabalho, que eles são obrigados a manter meu emprego. É verdade?

— Sim.

Meus olhos se enchem de lágrimas quando penso em Dee, no que fiz com ela, conosco. Se eu não tivesse bebido em Las Vegas, de jeito nenhum teria acabado casado com uma mulher pela qual não tenho sentimentos além da amizade. Eu amo a Dee. Sempre vou amá-la.

— Marcus?

Enxugo as lágrimas.

— Acho que preciso de ajuda.

CAPÍTULO 5

Carmen

Depois que Dee e Wyatt saem, ficamos no pátio discutindo a possibilidade de eles formarem um casal.

— Nos conte tudo sobre ele — peço ao meu marido. — Não deixe nada de fora.

— Ele é um bom cara — Jason diz.

Se eu não o conhecesse tão bem, ele poderia ter se safado disso, mas posso dizer só de olhar que algo o está incomodando.

— Você não gosta da ideia de eles ficarem juntos?

— Eu nunca disse isso.

Sua resposta na defensiva me pega de surpresa. Ele nunca fala assim comigo, o que só aumenta minha suspeita de que ele não está satisfeito de eles estarem saindo.

— Você acha que algo aconteceu entre eles no casamento? — Maria pergunta.

— Eles dançaram muito naquela noite — me recordo. — O fotógrafo tirou um monte de fotos deles juntos.

— Quero dizer depois. A Dee nunca contou o que fez naquela noite. O resto de nós foi embora, mas ela disse que tinha outros planos. Você acha que esses planos envolviam o Wyatt?

— Puta merda! É por isso que ele está aqui! Por causa dela.

— Ele está aqui para uma entrevista no Miami-Dade — Jason me lembra.

— Ele expressou algum interesse em se mudar para cá antes do casamento?

— Não, mas...

— É por causa dela!

— Isso é incrível! — Maria bate palmas de alegria. — Ele é exatamente o que ela precisa depois do pesadelo com Marcus. Um cara superlegal, um médico talentoso, gostoso pra caramba...

— Oi, querida — Austin diz em tom seco. — Estou aqui.

Maria morre de rir.

— Desculpe, mas ele é um gato.

— É mesmo — concordo. — Ele se parece muito com o dr. McDreamy, com aquele cabelo e olhos.

— Vamos embora — Jason fala, de pé.

Dou um olhar perplexo a ele, mas mantenho minha curiosidade – e preocupação – para mim mesma enquanto damos boa noite e agradecemos a Maria e Austin. Isso dura até estarmos no carro quando me viro para ele.

— O que foi isso?

— O que foi o quê?

— Você querer ir embora abruptamente. Você não está bravo por eu concordar com a Maria que o Wyatt é bonito, está?

— Claro que não. Só estava na hora de ir.

— Então você não vai me dizer por que está infeliz com a ideia do Wyatt e a Dee ficarem juntos... e não tente me dizer que não está infeliz com isso. Eu te conheço muito bem.

— Não é isso.

— Então o que é?

— Há coisas... sobre ele... coisas que ela deveria saber.

— E você acha que ele não vai contar essas coisas a ela?

— Ele não vai.

— Por que não?

— Porque é algo sobre a sua vida pessoal que ele nunca fala com ninguém.

— O que é?

Ele balança a cabeça.

— Por favor, não me pergunte. Não posso contar.

— Você sabe o que ela significa para nós, Jason, e o que ela passou com Marcus. Se você sabe algo que ela deveria saber, você tem que me dizer.

— Não, não tenho. Mas *vou* conversar com o Wyatt. Na primeira chance que eu tiver. Isso eu posso te prometer.

Meu estômago começa a doer com o pensamento de nosso amigo magoar minha prima querida, que já sofreu o suficiente.

— Ela está... — Engulo em seco quando as palavras ficam presas na minha garganta. — Ela está em perigo com ele?

— Não, fisicamente, não. Eu nunca deixaria a Dee sair com ele se isso fosse uma preocupação, Carmen. Me diga que você sabe disso.

— Sim, mas você está sendo muito misterioso. Com certeza, seja o que for, você pode me dizer. Não vou contar a ninguém.

— Você diria a ela. Se sentiria obrigada a contar.

— Você está me assustando, Jason. Sabe o quanto eu a amo e o que o Marcus a fez passar. Não posso deixar um amigo nosso magoá-la.

— Eu sei, e tudo o que posso dizer é que farei o que puder para garantir que isso não aconteça. Eu diria a você agora mesmo, se pudesse. Mas não posso. O Wyatt é quem tem que contar a ela, e depois a Dee pode te contar, se ela quiser.

— E você vai se certificar de que ele converse com ela sobre isso?

— Vou. — Ele segura minha mão, mas mantém os olhos na estrada. Ele aprendeu a ser extremamente cuidadoso ao dirigir no sul da Flórida. — É possível que o que quer que esteja acontecendo entre eles seja apenas um flerte passageiro. Se for esse o caso, ele não vai contar a ela porque não importa.

Meu cérebro está pegando fogo enquanto tento ler nas entrelinhas o que ele não quer dizer.

— Como você sabe sobre isso?

— Ele me contou quando estávamos na faculdade de medicina.

Só contou para mim e enfatizou o quanto era importante para ele que ninguém mais soubesse.

— Por que ele te contou?

— Isso é algo que não posso revelar, a menos que ele decida falar com a Dee sobre isso. Lamento ser reservado a esse respeito, Carmen. Eu nunca esconderia nada de você, a menos que fosse necessário. Você sabe disso, certo?

— Acho que sim.

— É verdade. Não estou tentando ser evasivo intencionalmente. Vou falar com o Wyatt na primeira oportunidade que tiver. Tente não se preocupar. Não quero ver a Dee magoada, especialmente pelo meu amigo.

— Ele parece ser um cara tão legal.

— Ele é.

— Então não estamos falando de algum tipo de problema de personalidade?

— Não. — Sua mandíbula está tensa, assim como seu aperto no volante. Esta situação está estressando-o, e eu odeio isso.

Quando chegamos em casa, ele vai tomar banho, e eu pego o telefone para mandar uma mensagem para Maria. *Algo está acontecendo com o Wyatt. Jason não quer me dizer, disse que é o Wyatt quem tem que contar ou não para a Dee. Mas seja o que for, isso está perturbando o Jason. Ele disse que vai conversar com o Wyatt sobre isso assim que puder.*

Ela responde alguns minutos depois. *Ah, caramba. O QUE SERÁ?*

Seja o que for, ele está estressado. Ele disse que não é algo que Wyatt diria a ela por conta própria.

Por que todo o sigilo?

Não faço ideia, mas não gosto disso, especialmente com tudo o que aconteceu com o Marcus.

Concordo. Vamos ficar de olho nisso e intervir se for necessário.

Espero não ter que fazer isso.

Eu também. A última vez foi ruim o suficiente.

Quando Jason vai para a cama alguns minutos depois, já estou deitada, olhando para o teto, pensando em minha prima querida e desejando com todo meu coração que ela possa encontrar seu amor verdadeiro. É tudo o que ela sempre quis – se apaixonar e ter uma família. Enquanto Maria e eu corremos atrás de nossas carreiras, Dee sonhava em ser mãe. Ela sempre disse que ela e Marcus teriam seis filhos. Esse sonho, e todos os outros que ela havia depositado nele, terminaram quando ele se casou com outra. Mesmo quando estavam separados, sempre soubemos que o coração dela ainda pertencia a ele.

— Você está aborrecida? — Jason pergunta.

— Não.

— Desapontada?

— Não.

Ele se vira de lado para me encarar.

— O que você está pensando?

— Estou pensando na Dee, que achou que ia se casar com o Marcus e ter seis filhos antes que ele de repente se casasse com outra pessoa e partisse seu coração.

— Odeio que isso tenha acontecido com ela.

Olho para ele.

— Você não pode deixar o Wyatt magoá-la. Por favor, me diga que você vai intervir nisso.

— Prometo que vou. Não vou deixar que ele a magoe.

Digo a mim mesma que preciso ficar satisfeita com suas garantias, mas meu estômago dói com a possibilidade de mais sofrimento para Dee.

Dee

Lidero o caminho até as escadas para o apartamento sobre a garagem. Felizmente, meus tios não moram aqui, ou eu nunca moraria nesta casa. Maria se sentia assim também, quando viveu no apartamento antes de mim. Nossa família já se envolve em nossa vida o suficiente sem morar ao lado dos "pais". Com os Giordino, todos são como nossos pais, quer nos tenham dado à luz ou não.

— Que lugar fofo — Wyatt fala quando entramos no grande espaço que compõe a cozinha, sala de estar e sala de jantar.

— Não é muito grande, mas é um lar. Por enquanto, de qualquer maneira. — A melhor parte é que o aluguel e minhas outras despesas são administráveis com o que ganho trabalhando cinco noites por semana no restaurante. Não achei que ainda seria garçonete na minha idade, mas nada saiu de acordo com os meus planos.

Não posso pensar nisso ou permitir que a amargura invada esta noite com um cara de quem gosto e que parece gostar tanto de mim.

Wyatt me segue até a cozinha.

— Quer uma bebida?

Ele balança a cabeça e dá outro passo em minha direção até que está bem na minha frente.

— É isso o que quero — ele fala, me dando um beijo suave, doce e pouco exigente. — Isso é o que eu teria feito se estivéssemos sozinhos quando vi você novamente. — Ele apoia as mãos em meus quadris enquanto as minhas estão em seu peito. — Eu teria dito: *olá. Senti saudades desde a noite em que nos conhecemos.*

— É meio estranho sentir saudades de alguém que você mal conhece.

— Eu te conheço. — Levantando a mão para tirar meu cabelo do caminho, ele beija o ponto no meu pescoço que me faz suspirar. — Viu? Sei o que acontece quando te beijo bem ali. Sei que se eu fizer isso — ele fala, segurando meus seios e passando os polegares sobre meus mamilos —, seus joelhos vão ceder.

Obviamente, meus joelhos cedem, fazendo-o sorrir.

— Eu te conheço, Dee. Sei que você é linda, divertida, engraçada e tão dedicada à sua família, que desistiu de sua vida em Nova York para estar ao lado de sua mãe enquanto ela está doente. Sei o quanto você ama sua irmã e sua prima, o quanto vocês três são próximas e o quanto você adora a sua Nona e a avó de Carmen. *Abuela*, certo?

— Sim. — Estou sem fôlego com os beijos que ele deixa no meu pescoço e o movimento de seus polegares sobre meus mamilos. Estou impressionada que ele se lembre de eu ter dito como Nona e Abuela têm sido vitais para todos nós e que a *Abuela* de Carmen não é tecnicamente minha avó.

— Sei que você tem dois irmãos, Nico e Milo, e que a sua família se reúne todos os domingos para um brunch no restaurante. Sei que os seus primos são como irmãos para você. E depois desta noite, sei que seu coração terno foi gravemente ferido pelo homem que você amava, e é por isso que você não deveria me permitir beijá-la e tocá-la.

Essa afirmação me atinge como um banho de água fria. Eu me afasto para que possa vê-lo e ao arrependimento em sua expressão.

— Não entendo.

— Há coisas... sobre mim... Coisas que você não sabe, mas deveria, antes de fazermos isso de novo... — Ele enfatiza seu ponto pressionando a ereção contra o meu núcleo, desencadeando fogos de artifício em todo o meu corpo hipersensibilizado.

De repente, não quero saber por que isso é uma má ideia, por que ele não é bom para mim ou qualquer coisa que arruíne esse estado de sonho em que entrei depois de apenas alguns minutos em seus braços. Assim como a primeira vez que estivemos juntos dessa maneira, seu toque desperta algo em mim que nunca senti antes, e tudo que quero é mais desse sentimento incrível.

— Não importa — digo a ele. — Seja o que for, a menos que você esteja me dizendo que é casado, tem uma DST ou algo que possa me prejudicar, não preciso saber.

Ele se ilumina quando digo isso a ele.

— Há uma coisa que você deve saber e, depois que eu lhe disser, prometo que vou calar a boca para que possamos aproveitar o momento.

— O que é? — Inclino a cabeça para lhe dar melhor acesso ao meu pescoço. Eu não tinha ideia do quanto adorava ter meu pescoço beijado até Wyatt fazer isso depois do casamento.

— Isso, você e eu... Não pode evoluir. Mesmo que eu consiga o emprego aqui, não posso me comprometer com nada além de um relacionamento casual.

Quero perguntar a ele qual o motivo, mas presumo que seja algo que não vou querer saber. Então não pergunto.

— Preciso que você me diga que entende, Dee. Não podemos ter sentimentos um pelo outro.

É tarde demais para me alertar sobre sentimentos. Percebi esta noite, na casa de Austin e Maria, quando meu batimento cardíaco quase disparou com a mera visão dele, que já tenho sentimentos por ele. Mas Wyatt não precisa saber disso.

— Eu entendo.

— Tem certeza? Posso ir embora agora e pegar um Uber de volta para a casa do Jay. Sem ressentimentos. Bem — ele diz, sorrindo enquanto esfrega seu pau contra mim —, apenas alguns sentimentos *mais duros*.

Eu rio, o que quebra a tensão que vem crescendo nos últimos minutos.

— Não quero que você vá, e entendo que isso não pode ser nada mais do que diversão casual.

— E você sabe que não importa o que aconteça entre nós, isso não vai mudar, certo?

A tristeza e a resignação que vejo em seus olhos me fazem sofrer por ele. O que poderia fazer um homem tão gentil, bonito, sexy e bem-sucedido traçar uma linha tão firme? Ele quer dizer que não vai se envolver com ninguém ou comigo especificamente? Digo a mim mesma que isso também não importa, mas importa.

— Entendo, mas tenho uma pergunta.

— Certo...

— Você quer dizer que nunca pode ser mais comigo ou com qualquer uma?

— Com ninguém. Certamente não é por sua causa. Se as coisas fossem diferentes, você seria a mulher que eu gostaria de ter para mim.

— Que coisas precisariam ser diferentes?

— Coisas que eu não falo. É apenas uma daquelas coisas do tipo "é o que é", sabe?

Não sei, mas o que isso importa? Não estou em condições de começar algo novo com ninguém. Minha mãe está doente. A maior parte do que possuo ainda está em Nova York. Estou trabalhando no restaurante da família como fazia quando era adolescente e meu ex pode ou não ter tentado se matar porque me recusei a falar com ele. A última coisa que preciso é de envolvimentos românticos ou mais drama do que já tenho.

Ele se afasta para olhar para mim.

— Eu entenderia se isso fosse um problema, Dee. Você é uma ótima pessoa. Eu não quero te enganar.

— Você foi muito honesto, e eu aprecio isso mais do que você imagina. — Especialmente depois do que Marcus fez.

— Quer que eu vá embora?

Balanço a cabeça. O que eu quero, mais do que tudo, é me sentir de novo do jeito que ele me fez sentir na noite do casamento, como se eu fosse especial, sexy e perfeita. Depois de um ano me sentindo uma merda, esse foi um presente inestimável.

— Quero que você fique. — Eu o levo para o meu quarto e me viro para que eu possa desabotoar sua camisa e revelar a tatuagem incrível que abrange todo o seu peito que eu admirei na primeira vez que estivemos juntos. É uma esfinge com corpo de leão e asas de águia. A obra de arte é detalhada e colorida, e me faz desejar ter todo o tempo do mundo para estudá-la. Como da última vez que a vi, quero perguntar por que ele escolheu aquela imagem em particular, o que significa e o quanto doeu tê-la feito.

Mas como da última vez, ele me beija, e eu esqueço todo o resto.

Wyatt levanta minha blusa, e eu interrompo o beijo por tempo suficiente para deixá-lo tirá-la sobre a minha cabeça. Seus olhos ficam calorosos quando ele vê meus seios testando os limites do sutiã sensual que estou usando.

— Droga — ele sussurra. — Você é tão gostosa. Pensei muito em você depois da nossa noite juntos.

Vê por que eu gosto tanto dele? Wyatt não será meu futuro, mas estou feliz que ele seja meu agora, e pretendo aproveitar cada segundo ao seu lado.

Ele continua a me despir e, como parece gostar disso, deixo que ele se divirta. A cada nova parte de mim que ele descobre, parece apreciar mais. Me lembro disso desde a nossa primeira vez juntos, a forma como sua atenção fez maravilhas pelo meu orgulho ferido. Quando seu namorado se casa com uma mulher mais bonita, as feridas são profundas. O comentário de Wyatt e o prazer óbvio com minha aparência me fizeram sentir melhor comigo mesma do que me senti desde que o desastre aconteceu.

Wyatt me guia até a cama e me posiciona do jeito que ele me quer antes de se ajoelhar diante de mim e me acariciar direto com lábios, língua e dedos em um esforço coordenado que me faz gemer em cerca de dois segundos. Nunca ouvi alguns dos sons que saem de mim antes de ele me acariciar com malícia.

Entendi quando ele disse que isso não poderia ser nada além do que já é, mas como ele me proporciona o orgasmo mais rápido da minha vida, me sinto cheia de pesar pelo que poderia ter sido. Ele é divertido, engraçado, superinteligente, sexy pra caramba e me mostrou um desejo diferente de tudo que já experimentei, mas por qualquer motivo, ele não quer ser amarrado. Por que ele deveria, quando tem a sua aparência é um cirurgião cardíaco importante, pelo amor de Deus?

Ele pode ter todas as mulheres. O que ele iria querer só com uma?

— Ei. — Seus lábios tocam minha coxa enquanto seus dedos continuam a entrar e sair de mim. — Onde você foi?

— Lugar algum. Estou aqui.

— Você se afastou de mim.

E ele me enxerga. Isso não é péssimo? Finalmente encontro o unicórnio, e ele não quer ser preso.

Ele faz uma trilha de beijos até a minha frente, provocando meus mamilos com a língua e segue para beijar meus lábios.

— O que há de errado?

— Nada.

— Me diga.

Decido ser honesta com ele. O que tenho a perder?

— Estou tentando me manter desapegada, mas então você vai e faz... isso... — Gesticulo para baixo. — E é difícil me lembrar que não tenho permissão para ficar com você.

Ele abaixa a cabeça no meu peito.

— Me desculpe, Dee.

— Por favor, não se desculpe por me proporcionar o melhor orgasmo que já tive. É só que uma garota pode se tornar viciada nesse tipo de ação.

— Não faça isso.

— Sim, eu entendi. O que me levou a me perguntar por que você ia quer só uma mulher quando pode ter todas.

Ao me olhar, ele parece magoado.

— Não é nada disso.

Dou de ombros.

— Não é da minha conta.

— Eu juro que não é isso, Dee. Se eu pudesse ficar com alguém, gostaria que fosse você. Você é tudo em que eu pensei por meses.

Preciso parar com isso antes que ele me arruíne. Com a mão em seu peito, dou um empurrão suave.

— Se levante.

Ele se afasta de mim e se senta na cama.

Alcanço o cobertor do pé da cama e o enrolo em volta de mim.

— Acho que não posso fazer isso. Espere, isso não é verdade. Acho que não *devo* fazer isso.

Wyatt olha para o chão, tornando impossível para mim saber o que ele está pensando ou sentindo.

— Não sou o tipo de garota de aventuras — acrescento em voz baixa. — Apesar de como me comportei depois do casamento, não sou assim. Não faço sexo casual, ou nunca fiz antes de você, e mesmo isso não pareceu casual. Pareceu importante, e pensei muito em você desde então também. — Engulo o enorme nó que se instalou na minha garganta. — E quando você me diz que está pensando em mim e... eu não posso.

— Eu entendo.

Estou feliz que um de nós entenda.

— Sinto muito.

— Por favor, não sinta. — Ele se inclina para me beijar. — Aproveitei cada segundo que passei com você.

— Eu também.

Perceber que posso não vê-lo novamente me faz sentir desesperada por algo mais.

— Ainda vou te mostrar Miami se você quiser. Só volto a trabalhar na terça-feira. — *Posso fazer isso*, é o que digo a mim mesma.

— Eu adoraria ver Miami com você. — Ele abotoa a camisa que

não chegou a tirar e me beija novamente. — Vou voltar para a casa do Jay.

— Posso te buscar de manhã? Por volta das dez?

— Parece bom.

— Durma bem.

— Você também.

Eu o observo ir, desejando coisas que nunca irão acontecer, e espero até que a porta se feche antes de ir trancar. Minhas pernas estão bambas depois do orgasmo excepcional que ele me deu como presente de despedida.

CAPÍTULO 6

Wyatt

Estou enjoado. Deixar Dee é a coisa mais difícil que tive que fazer em muito tempo, especialmente porque tudo que quero é estar com ela, mesmo que apenas conversemos. Adoro conversar com ela. Tive sorte nestes últimos dezessete anos. Nunca conheci uma mulher que me fizesse querer mais, então fui capaz de seguir pela vida relativamente ileso, protegendo meu coração frágil de qualquer coisa que chegasse perto de um desgosto.

Até agora.

Quero me enfurecer com a pura injustiça de ter finalmente conhecido uma mulher que é tudo o que desejo, para ter que me afastar dela para nos poupar de um eventual desastre. Eu simplesmente não posso sujeitá-la à realidade que é a minha vida – e também não posso fazer isso comigo mesmo.

Mas Deus, eu quero, e ah, como eu sofro por saber que não posso.

No Uber, envio uma mensagem para Jay para avisá-lo que estou voltando para a casa dele.

Me ligue quando chegar aqui, e abro a porta para você.

Combinado.

Não queria deixar Dee. Daria qualquer coisa para passar outra noite com ela, mesmo que nada mais acontecesse entre nós. Apenas estar no mesmo ambiente que ela me dá uma sensação de alegria que nunca experimentei antes.

Vi meu irmão e amigos se apaixonarem, se estabelecerem, desistirem de sua liberdade pela chance de viverem para sempre com uma pessoa, e admito que não entendia por que eles fizeram isso. Desde que conheci Dee, passei um tempo com ela, dormi com ela e depois pensei nela de forma obsessiva por meses, estou começando a entender.

Se eles se sentem por suas parceiras do jeito que me sinto quando ela está por perto, então entendo por que eles se arriscaram, se isso significasse manter esse sentimento incrível o máximo que pudessem.

O trânsito está leve e chego à casa de Jay quinze minutos depois de sair da casa de Dee. Envio uma mensagem para que ele saiba que cheguei.

Ele responde com instruções sobre como usar o teclado ao lado da porta e depois a abre.

Pego o elevador até o andar deles e desço. A primeira coisa que noto é Jay parado na porta, segurando a porta aberta para mim. Ele está vestindo apenas uma bermuda de basquete, o que me faz pensar se o tirei da cama.

— Desculpe estar sendo chato — digo quando passo por ele para entrar no apartamento.

— Você não está, mas precisamos conversar. — Ele acena para a varanda. — Lá fora.

Do que se trata?

— Quer um pouco de água com gás ou outra coisa?

— Água gaseificada está bom.

— Te encontro lá fora.

Deixo a porta de correr aberta para ele, que se junta a mim um minuto depois com a água com gás e uma cerveja para ele. Ele puxa a porta fechando-a atrás de si.

— O que houve?

— Acho que é isso que eu quero saber. O que está acontecendo com você e a Dee?

— Nada. — Mesmo quando eu digo essa única palavra, a dor se intensifica. — Agora.

— O que isso significa?

— Passamos um tempo juntos depois do casamento. — Digo a verdade porque ele é um dos meus amigos mais próximos e me recuso a ser a fonte de problemas entre ele e sua esposa. — Mas foi só isso.

— Você parecia muito animado com ela esta noite, para ser só isso.

— Eu estava a fim dela. *Estou* a fim dela, mas a realidade me fez cair em mim do motivo pelo qual isso não é possível. Fui honesto com ela.

Jason arregala os olhos com surpresa, porque ele sabe que eu não conto a ninguém toda a verdade sobre mim.

— Você contou para ela...

— Não, eu disse que não poderíamos ter nada além do que diversão.

— O que ela disse sobre isso?

— Ela estava bem, até que isso a incomodou. As coisas estavam ficando um pouco... intensas... entre nós quando ela parou. Depois de tudo o que aconteceu com seu ex, ela não quer se magoar de novo. — Tomo um gole da água, esperando que ela dissolva o enorme nó na minha garganta. — Acho que ela não gosta muito de ter relacionamentos casuais.

— Ela ficou com o ex por anos.

— Essa é a questão.

Vou até a grade e olho para a Baía de Biscayne, onde o menor indício de lua ilumina a água. Depois de viver a maior parte da minha vida no deserto, a beleza exuberante do sul da Flórida me surpreende. Nunca estive aqui antes do casamento de Jay, mas o lugar me tocou de várias maneiras.

— Você está chateado?

Dou de ombros porque é isso que ele espera que eu faça.

— Não é nada demais.

Ele se junta a mim na grade.

— Isso para mim é mentira.

— Por quê?

— Te conheço há muito tempo, te vi com um monte de mulheres, e nunca vi você agir com alguém como você estava com ela.

Sua observação me faz sentir um pouco exposto demais.

— Diferente como? — pergunto, embora eu já saiba. Mas quero ouvir isso dele.

— Você não tirou os olhos da garota. Ficou ligado em cada palavra dela. Riu como eu nunca vi você rir com ninguém.

Cada uma de suas observações me deixa mais triste do que já estava pelo que nunca pode acontecer.

— Não seria justo, Jay. Para qualquer um de nós. — Apoio os cotovelos na grade. — Uma coisa que nunca fui é irreal, e nós dois sabemos que estou vivendo com tempo emprestado e já estou há algum tempo.

— E se você for aquele que desafia as probabilidades?

— Já fiz isso, e você sabe. A expectativa média de vida após o transplante é de onze anos. Estou com dezessete. Eu deveria ter tido problemas muito antes de agora.

— Mas você não tem porque cuida muito bem de si mesmo.

— Sim, eu sei, mas eventualmente, a realidade vai me alcançar, e depois? Uma morte súbita que vai traumatizar todos que me amam ou outra espera agonizante por um doador que pode ou não se materializar, seguido de meses de recuperação e a montanha-russa de uma possível rejeição. Não posso suportar a ideia disso para mim. Como eu posso arrastar outra pessoa para isso?

— Sinto muito, Wyatt. Isso é foda.

— Sim, eu sei.

Sou grato por cada segundo que tive desde que alguém teve que morrer para me dar a chance de viver. Nunca me esqueço do quanto estive perto de morrer ou a sorte que tenho por ainda estar saudável. Mas também nunca me esqueço que as probabilidades estão fortemente contra a minha boa saúde que dura indefinidamente.

— De qualquer forma, tenho certeza de que você tem coisas

melhores para fazer do que ficar comigo. Vá para a cama com sua esposa.

— Ela está dormindo agora. Estou feliz por ter a chance de conversar com você, apenas nós dois. Já faz um tempo desde que fizemos isso.

— Sim, muito tempo.

Nos divertimos muito na escola de medicina. Jason é o primeiro amigo que fiz depois de recuperar a saúde plena, e aprecio que ele nunca tenha me tratado como inválido, mesmo depois que lhe contei a verdade. Meus pais e médicos insistiram para que alguém na Duke soubesse toda a história, para o caso de eu ter problemas. Pouco depois de conhecer Jay e me relacionar com ele, decidi que ele era a pessoa em quem confiaria. Nunca me arrependi dessa decisão.

— Sinto muito que você esteja chateado.

— Está bem. Vou sobreviver. Bem, até eu morrer, de qualquer maneira.

— Não diga isso. Acredito que você vai ser a exceção a todas as regras. Você já é.

Em todos os anos desde o meu transplante, eu apenas prosperei. Desde o primeiro minuto em que acordei após a cirurgia de doze horas, me senti renascido. Eu nunca cheguei perto de rejeitar o coração do doador ou tive qualquer tipo de susto. Meu caso foi publicado em várias revistas médicas como uma verdadeira história de sucesso.

Sempre que outro paciente de transplante de longa data falece, a imprensa me liga para me entrevistar. De alguma forma, me tornei o "garoto propaganda" de transplantes de coração bem-sucedidos. Mas mesmo o garoto-propaganda terá seu dia de ajuste de contas, e estou determinado a não levar mais ninguém comigo, mesmo que esteja mais tentado a quebrar minhas próprias regras com Dee do que nunca.

— Chega de falar mim — digo. — Vamos conversar sobre você. Como estão as coisas?

— Nunca estive melhor. A melhor coisa que fiz foi conseguir

um emprego em Miami, onde conheci minha linda esposa e sua família incrível. Eu amo isso aqui.

— Posso ver. O casamento te fez bem.

— Estamos aproveitando. A Carmen... Ela é a melhor pessoa que eu já conheci.

— Estou feliz por vocês dois.

— Nós também — ele fala com um sorriso. — É engraçado como eu não tive interesse em casamento por tanto tempo, mas depois que conheci a Carmen, isso era tudo o que eu queria, ficar ligado a ela para sempre, para que ela nunca pudesse fugir.

— Ela não vai a lugar nenhum. Por alguma razão, ela é louca por você.

— Sou um homem de muita sorte. — Ele se apoia na parede de concreto. — Gostaria que você pudesse ter a mesma coisa, Wy. Mesmo que fosse por apenas alguns anos.

Suas palavras baixas despertam um desejo feroz em mim, de saber como é estar apaixonado, verdadeiramente apaixonado, pela primeira vez na vida. Isso poderia acontecer com Dee. Não tenho dúvidas quanto a isso. Uma grande parte de mim quer seguir em frente, e que se dane as consequências. Mas como posso fazer isso com ela? Como posso pedir a ela para correr esse tipo de risco? Não posso, e ponto final. Melhor parar de pensar no que nunca pode ser do que me torturar com "e se".

— Eu deveria ir dormir — digo a Jason, ansioso para terminar essa conversa e ficar sozinho depois deste dia emocionalmente desgastante. Enquanto o sigo para dentro, percebo que nunca deveria ter voltado. Esse foi o maior erro que eu poderia ter cometido e, na segunda-feira, vou ligar para o Miami-Dade e cancelar a entrevista com o chefe de cirurgia e os outros gerentes. Não posso me mudar para cá e morar na mesma cidade que Dee e não vê-la ou desejá-la. Isso simplesmente não é possível.

— Você tem tudo o que precisa? — Jay pergunta.

— Tenho. Obrigado novamente por me receber.

— A qualquer momento. Você sabe disso. Te vejo pela manhã.

— Boa noite, Jay.

Por um longo tempo depois que a porta do quarto de Jason se fecha, continuo acordado, olhando para o teto alto do apartamento. Através das enormes janelas que formam uma parede inteira, vejo as estrelas brilhando acima. Carmen me avisou mais cedo que estaria claro depois do nascer do sol, mas eu disse a ela que não me importo com isso. Posso dormir com praticamente qualquer coisa, exceto mágoa, parece.

Tenho uma vida extraordinária, uma carreira pela qual lutei muito e um chamado para cuidar de pacientes que vem de um lugar de compreensão e compaixão que outros médicos não podem ter como eu.

Meus incríveis pais moveram céus e terra para salvar minha vida, hipotecando tudo o que possuíam para pagar contas médicas substanciais que o plano de saúde não cobria. Nossa comunidade arrecadou muito dinheiro para nós que ajudou com as despesas adicionais que vêm com doenças graves. O que sobrou, meus pais colocaram em uma conta para mim, que meu avô administrou e fez crescer. Não é uma fortuna, mas é um belo pé-de-meia, além do que eu mesmo consegui guardar.

Meus pais salvaram minha vida, tanto quanto os médicos que me operaram. Sou abençoado por ter o amor e o apoio de toda a minha família e amigos como Jason, que se tornaram parte da minha família ao longo dos anos. Eu sempre soube que nunca me casaria ou teria família, e fiz as pazes com isso há muito tempo. Ou assim eu pensei. Dee me fez desejar coisas que nunca quis antes.

Mas não posso fazer isso. Não vou fazer isso, nem comigo, nem com ela.

Me viro de lado e olho para a vasta escuridão da baía, esperando que o sono me alcance.

Minha mente acelerada volta a um pensamento anterior sobre como a imprensa me contata sempre que um paciente de transplante de coração de longa data morre. Essas entrevistas estão na internet se Dee fizer uma pesquisa mais profunda sobre mim.

Deus, espero que ela não faça isso.

Dee

Dr. Wyatt Blake, cirurgião cardiotorácico certificado pela Valley of the Sun Health em Phoenix, Arizona, especialista nacionalmente reconhecido em dissecção e substituição da aorta e especialista internacional na relação médico-paciente decorrente de suas experiências pessoais como paciente.

Eu me aprofundo em artigos de jornais e histórias da imprensa ligadas ao seu nome. Leva cerca de quarenta minutos até que eu encontre uma matéria que diz que ele é um paciente de transplante de coração de longa sobrevivência.

Suspiro ao ler isso.

Ah, meu Deus.

Ele fez um transplante de coração quando tinha... faço contas rápidas de cabeça... dezessete anos. Por que ele não tem cicatriz? Mal tenho esse pensamento, me lembro da enorme e intrincada tatuagem em seu peito que esconde a cicatriz.

Passo a próxima hora procurando sites de transplante de coração, lendo estatísticas sobre a expectativa de vida após o transplante e percebo rapidamente que Wyatt desafiou as probabilidades, tendo vivido por anos a mais do que a maioria dos pacientes de transplante.

Estou ao mesmo tempo emocionada e apavorada. Wyatt desafiou as probabilidades. Mas quanto tempo isso pode durar?

Daqueles que sobrevivem ao primeiro ano, apenas metade sobrevive até treze anos. Os números descem a partir daí. Os transplantes repetidos têm uma expectativa de vida ainda menor, e a maioria morre de problemas de rejeição, bem como falha do enxerto e algo chamado vasculopatia do enxerto recorrente.

Li sobre um homem chamado John McCafferty, que recebeu um transplante no Reino Unido aos trinta e nove anos e viveu até os setenta. E depois li sobre como são raras as histórias como a de McCafferty, e começo a entender melhor por que Wyatt não quer ter relacionamentos.

De repente, preciso falar com ele. Antes que eu possa levar um segundo para questionar a sabedoria de continuar nesse caminho com ele, envio uma mensagem. *Você está acordado?*

Fico animada ao ver as bolhas que indicam que ele está digitando e espero que ele responda. *Sim, mas por que você está?*

Não consegui dormir depois que você foi embora. Pode falar?

Claro. Espere um instante. Me deixe sair, para não incomodar o Jason e a Carmen.

Enquanto espero que ele ligue, passo os dedos pelo cabelo como se fosse vê-lo e precisasse me preparar. Meu coração está batendo forte na expectativa de ouvir sua voz. Devo contar a ele o que descobri? Ele vai pensar que é uma terrível invasão de sua privacidade?

Quando o telefone toca e quase desmaio de emoção, percebo outra coisa. Já estou me apaixonando por esse cara, o que pode ser muito perigoso para o meu coração machucado.

— Oi.

— Ei. Por que você está acordada à uma e meia?

— Eu fiquei, hum, sem sono depois que você foi embora e... Wyatt?

— Sim?

— Pesquisei de novo sobre você e fui um pouco mais a fundo desta vez.

Ele geme.

— Eu estava com medo de que você fizesse isso.

— Você está com raiva?

— Não, linda. Não estou. É o que as pessoas fazem hoje em dia quando queremos saber tudo sobre alguém que está sendo misterioso.

— Por que você não me contou?

Posso ouvir seu suspiro alto e claro.

— Não falo sobre isso, exceto quando outro sobrevivente de longa data morre e a imprensa pede uma declaração. Caso contrário, tento não pensar a esse respeito e apenas faço minhas coisas. Dominou toda a primeira metade da minha vida, sabe? Estou determinado a não deixar isso dominar a segunda metade também.

— É por isso que você não tem relacionamentos, certo?

— Sim. Não seria justo deixar alguém ter sentimentos por mim quando posso não estar por perto para fazer valer a pena para o outro.

— E John McCafferty?

— O que tem ele?

— Ele viveu por quarenta e poucos anos após o transplante.

— Isso é extraordinariamente raro.

— Mas poderia ser você, não?

— Claro, mas não é provável, e é por isso que já me convenci há muito tempo em continuar sozinho. Não seria justo arrastar outra pessoa para essa situação. Sou como uma bomba-relógio. Tudo pode dar errado a qualquer momento.

— E se não der?

— O que você quer dizer?

— E se não der errado e você viver uma vida normal?

— Isso seria incrível, mas não espero que aconteça.

— Se acontecer, você passaria a vida inteira sozinho porque algo pode acontecer?

— Não estou sozinho, Dee. Tenho uma família maravilhosa, amigos e colegas fantásticos...

— Já se apaixonou alguma vez?

— Não.

Eu me pergunto se ele percebe o quanto parece triste.

— Você não pode deixar de saber como é estar apaixonado, Wyatt. É uma das melhores coisas da vida. — Ainda penso assim, mesmo depois de como as coisas terminaram com Marcus.

— Você me faz querer jogar todas as minhas regras para o alto e terminar de me apaixonar por você.

— Por mim?

— Sim. E ninguém mais que já conheci me fez querer abrir mão das minhas regras, Dee.

Estou suspirando? Com certeza, estou.

— É mesmo?

— É, sim.

— Então, o que você vai fazer com esse desejo de jogar as regras para o alto?

— Nada — ele responde em voz baixa.

— Rejeito essa resposta.

Sua risada me faz sorrir.

— Me ouça sobre isso, sim?

— Estou ouvindo.

— Digamos que eu deixe minhas regras de lado, me mude para cá e vá com tudo em uma relação com você.

— Isso soa muito bem para mim até agora.

— Para mim também. Mas depois, digamos que a gente deixe as coisas saírem do controle e nos casemos, e então começo a ter problemas. Pode começar com uma dor no peito ou uma infecção que se recusa a desaparecer. Ou talvez eu tenha um derrame, ou um dia você acorde e eu tenha partido.

— I-isso pode acontecer?

— Qualquer coisa pode acontecer, entre muitas. Não quero fazer isso com você, Dee. Não quero fazer isso com ninguém, então é mais fácil não me envolver, sabe?

— Entendo o que você está dizendo. Entendo mesmo. No entanto...

— O que, doçura?

Mais suspiros.

— Quero que você saiba como é estar apaixonado, Wyatt. Quero que você tenha essa experiência.

— Eu gostaria disso mais do que tudo, se as coisas fossem diferentes, mas continuo voltando à questão da justiça e como não seria justo deixar alguém se apaixonar por mim, sabendo como as probabilidades estão contra mim.

— E se...

— Você está me deixando louco — ele diz com uma risada baixa.

— Devemos parar de falar a esse respeito?

— Louco no bom sentido.

— Ah.

— O que você queria me perguntar?

— E se a pessoa por quem você se apaixonasse estivesse disposta a se arriscar para lhe dar essa experiência pelo tempo que durasse?

Ele geme.

— Dee... Você é adorável, doce e muito sexy. Você me faz te desejar só de te ver entrar na sala. Mas eu nunca poderia fazer isso com você.

Estou me esforçando para não chorar.

— E se eu quisesse que você fizesse?

— Linda... se eu fosse escolher alguém, seria você.

— Deixe que seja eu.

Seu gemido baixo viaja pelo meu corpo como um fio vivo.

— Dee...

— Watt. Deixe que seja eu.

— Você não sabe o que está dizendo. Você já passou por uma separação horrível e...

— Posso te contar um segredo?

— Claro.

— Ele nunca me fez sentir do jeito que você faz.

— Você não está falando sério.

— Estou, sim. Estive com ele por seis anos e, depois da primeira noite que passei com você, eu sabia que tinha perdido todo aquele tempo com o cara errado.

— Pare.

— Estou te dizendo a verdade. Pensei em você constantemente depois daquela noite.

— Eu também.

— Você voltou por mim?

— Claro que não. Voltei pelo trabalho.

— Você está mentindo?

Sua risada faz meu coração palpitar de excitação e antecipação de vê-lo novamente o mais rápido possível.

— Se apaixone por mim, Wyatt. — Não faço ideia de onde vem a coragem de dizer essas coisas em voz alta. Tudo o que sei é que nada nunca pareceu tão certo.

— Você não sabe o que está dizendo. Você está chateada por causa do Marcus.

— Não estou pensando nele. Estou pensando em você e em como me sinto quando você me olha, quando me beija e me toca. Quero mais disso, mais de você, mais de nós, enquanto durar.

— Dee...

— Sim, Wyatt?

— Como você está tão calma quando sinto que estou tendo um ataque cardíaco aqui?

Isso me faz sentar mais reta.

— Mesmo? Sério?

— O melhor tipo de ataque cardíaco.

— Gostaria que você ainda estivesse aqui comigo.

— Eu também. Você não tem ideia do quanto eu desejo isso.

— Posso ir te buscar?

— Eu deveria dizer que não. Que não devemos nos ver nunca mais.

— Deixe-me ir buscá-lo. Vamos passar cada minuto que pudermos juntos.

— Não posso fazer isso.

— Por que não?

— Porque vou terminar de me apaixonar por você.

— Eu nunca quis nada do jeito que te quero. Quero você. Depois de tudo que você passou para ter esse coração, quero que saiba como é perdê-lo para outra pessoa.

— Não quero te magoar.

— Você vai me magoar se disser não. Posso ir te buscar?

Depois de uma longa pausa, ele diz:

— Sim. Venha me buscar.

— Estarei aí em meia hora. E, Wyatt?

— Sim, Dee?

— Você não vai se arrepender.

— Sei que não vou. Só estou preocupado que você vá.

— Sem chance disso. Vejo você em breve.

CAPÍTULO 7

Dee

Termino a ligação e solto um grito de animação. Não posso acreditar no que eu disse a Wyatt ou na maneira descarada que pedi a ele para se apaixonar por mim. Perdi a cabeça, e nem me importo se isso significa que vou ter essa aventura louca com ele. Desde que ele foi embora mais cedo, me arrependi de tê-lo deixado ir. Ao pular da cama, tomar um banho rápido e vestir uma legging e camisa que mostra todas as minhas curvas, tenho um momento de pânico com o que estou me metendo.

Estou me preparando para uma dor de cabeça ainda maior do que tive com Marcus. Vi Wyatt em duas ocasiões e já sei que ele pode ser mais importante para mim do que Marcus jamais foi. Quase me sinto culpada em reconhecer isso, mas é verdade. Passei a noite do casamento de Carmen com Wyatt porque estava com muito medo de nunca mais sentir o que senti com ele. Aconteceu bem rápido, durante um dia e uma noite mágicos.

Desde então, tentei me convencer de que não era tão forte quanto parecia, principalmente porque ele não mora aqui, então qual era o sentido de esperar vê-lo novamente? Mas agora ele está de volta, o sentimento é ainda mais significativo na segunda vez, e ele vai fazer uma entrevista para um emprego na minha cidade.

Descobrir seus problemas de saúde não muda nada para mim, exceto por uma grande coisa. Me deixa mais determinada a mostrar a ele uma das melhores coisas da vida. Quero que ele experimente como é amar e ser amado. Os primeiros anos com Marcus foram fantásticos. Essa sensação de estar apaixonada pela primeira vez é a melhor sensação que existe. Wyatt merece ter isso.

Odeio pensar que ele possa morrer jovem, mas não vou deixar o medo controlar minha vida ou a dele. Desde que minha mãe ficou doente no início deste ano, tenho uma nova apreciação pela vida e pela boa saúde. Wyatt é robustamente saudável, e tenho que acreditar que ele vai continuar assim. Me recuso a aceitar qualquer outra alternativa. E não, não estou delirando ou não sendo realista sobre as chances que ele explicou tão claramente.

Eu entendo e *não me importo*. Amo estar com ele e adoro como ele me faz sentir sexy, desejada e *feliz*. Quero aproveitar cada minuto que puder com ele enquanto durar. Estou pronta para seguir em frente do pesadelo com Marcus. Se sentir uma merda a cada minuto de cada dia cansa depois de um tempo.

Antes de sair de casa, arrumo uma mala com roupa de banho, roupão, protetor solar, chinelos e tudo o que preciso para ir aonde quer que essa aventura nos leve. No caminho para a casa de Carmen, dirijo mais rápido do que deveria, cantando junto com o rádio o tempo todo. Entre o colapso com Marcus, o aborto espontâneo e os horrores da doença da minha mãe, honestamente não consigo me lembrar da última vez que me senti tão bem. Talvez tenha sido naquele último fim de semana que passei em Nova York com Marcus, quando eu tinha a ilusão de que estava destinada a passar o resto da minha vida com ele.

Engraçado como a vida puxa seu tapete sem que você veja o que está prestes a acontecer.

Eu não tinha ideia de que Marcus estava de alguma forma descontente comigo ou com nosso acordo, por mais desafiador que às vezes pudesse ser viver separados. Nenhum de nós era carente ou grudento em nosso relacionamento, então a situação de longa distância desta vez, quando estávamos mais velhos e mais sábios, não era insuperável. Fizemos isso dar certo e tivemos muitos bons momentos quando ele me visitou ou quando voltei para casa em Miami. Nós sempre recomeçamos de onde paramos, e parecia sem esforço. Meu relacionamento com ele me lembrava de como meus pais são um com o outro: tranquilo, confortável, contente.

Mal sabia eu que existe muita diferença entre contente e verdadeira satisfação. Se eu não tivesse me entregado naquela primeira noite com Wyatt, talvez nunca soubesse o que estava faltando com Marcus. Eu poderia ter deixado ele me convencer de que seu "casamento" foi um grande mal-entendido. Ele talvez tivesse sido capaz de voltar à minha vida como se nada tivesse acontecido.

Estremeço ao pensar em como poderia ter me conformado com menos do que mereço.

A noite com Wyatt foi uma revelação em mais de um sentido.

Em primeiro lugar, percebi o quanto é incrível ser a fonte da atenção total de alguém, saber que ele me queria tão ferozmente me deixou disposta a fazer um desvio enorme da minha rotina habitual para me aventurar com ele. E que aventura foi. Não posso nem pensar naquela noite, a menos que queira acabar saindo da estrada.

Tudo o que sei é que mal posso esperar por uma repetição.

No momento em que paro do lado de fora do prédio de Carmen, estou vibrando como se tivesse tomado algumas taças de champanhe, animada por saber que vou vê-lo novamente a qualquer minuto. Envio uma mensagem para ele. *Estou aqui.*

Estou descendo.

Faço o possível para não pular no assento de excitação. Pego minha bolsa e uma bala de menta para garantir que meu hálito esteja bom e fresco, porque vou beijá-lo no segundo que ele entrar neste carro. Espero que ele esteja pronto para a Dee que vai com tudo, porque ela está pronta para ele.

Quando ele chega, abro a janela e jogo o resto da bala fora. Estou tão empolgada que me esqueço de destrancar a porta para Wyatt e me atrapalho com o botão enquanto ele fica do lado de fora, esperando que eu o deixe entrar.

Assim que Wyatt entra no carro, ele se vira para me alcançar no exato segundo em que eu o toco. Este beijo é completamente diferente de todos os outros que troquei com ele. Nos agarramos um ao outro, as línguas duelando em uma batalha feroz que fico feliz em perder. Perder para ele parece ser o melhor tipo de vitória. Quando ele se afasta, eu solto um gemido.

— Calma, linda. — Com a mão no meu rosto, ele acaricia minha bochecha. — Nós deveríamos falar um pouco mais sobre isso.

— Chega de falar. Você me disse o que esperar. Entendo e aceito no que estou me envolvendo. Precisamos nos ocupar vivendo e não nos preocupar com o que pode ou não acontecer. Minha *Abuela* diz que o futuro é agora. É isso, a única garantia que temos. E não sei você, mas não quero perder mais tempo.

— Você é incrível — ele sussurra antes de me beijar novamente, mais de leve desta vez.

Não tenho ideia de quanto tempo ficamos ali, nos beijando como adolescentes que não têm medo de ser pegos antes que seu estômago ronque alto.

Eu me afasto dele, rindo.

— Desculpe — ele diz com um sorriso tímido.

— Está com fome?

— Sempre. Não há um momento em que eu não possa comer, mesmo depois de ter comido.

— É extremamente injusto que você possa comer assim e ter essa aparência.

— Passo muito tempo na academia.

— É um tempo muito bem gasto. Quer ir até uma lanchonete que funcione vinte e quatro horas ou algo assim?

Seu estômago roncando responde por ele, nos fazendo rir.

— Tudo bem, então. — Coloco o cinto de segurança de volta e me afasto do meio-fio, tentando pensar em onde podemos ir. — Podemos ir ao Denny's. Não consigo pensar em nenhum outro lugar que fique aberto a noite toda.

— Por mim, tudo bem.

— Tem um na Biscayne Boulevard, acho.

— Quer que eu verifique meu telefone?

— Não, eu sei o caminho.

Ele pega minha mão e a segura durante a curta viagem até o restaurante.

Esse pequeno gesto faz meu coração disparar. Não posso acreditar no jeito que ele me afeta, e tem sido assim desde o primeiro segundo em que Jason o apresentou a mim no jantar de ensaio. Meu primeiro pensamento foi, *uau*. E então ele sorriu. *Puta merda*, aquele sorriso... Já que formaríamos par na festa de casamento, pude me sentar com ele no jantar.

— O que você está pensando? — ele pergunta.

— Na noite em que nos conhecemos.

— Foi uma noite incrível. Eu estava um pouco preocupado em passar um fim de semana inteiro com pessoas que não conheço, pois imaginei que o Jay estaria com a Carmen e fazendo coisas para o casamento. Mas você me deixou imediatamente à vontade e tornou tudo muito divertido.

— Eu estava péssima naquele fim de semana. Tinha acabado de saber que o Marcus estava dizendo às pessoas que me queria de volta. Eu mal me lembro da noite da despedida de solteira da Carmen depois de receber essa notícia.

— Deve ter sido difícil saber disso.

— Foi surreal. Por mais de um ano, não ouvi uma palavra dele. Nem uma palavra, depois que ele se casou com ela.

— Você a conhecia? Antes?

— Eu sabia a respeito dela. Ela é a irmã de um de seus amigos. Ela e um grupo de amigos foram em uma viagem a Las Vegas, para a despedida de solteiro de um dos rapazes, e o Marcus acordou casado com ela.

— Sério? Foi assim que aconteceu?

— Sim.

— E como você soube disso? — Ele rapidamente acrescenta: — Não precisamos falar a esse respeito se você não quiser.

— Tudo bem. Foi há muito tempo. — Isso é verdade, mas a dor ainda parece fresca de muitas maneiras. — Meu primo Domenic me disse que soube por um amigo que o Marcus havia se casado.

— Deve ter sido um choque.

— Foi, especialmente porque, até onde eu sabia, ele ainda era o meu namorado. Ele tinha passado um fim de semana em Nova York no mês anterior, e nos divertimos muito.

— Sinto muito pelo que aconteceu com você, Dee.

Dou de ombros como se não fosse uma das experiências mais dolorosas da minha vida ouvir – através dos outros – que meu namorado se casou com outra pessoa e não me contou. Sem falar no que aconteceu depois disso.

— Você já falou com ele de novo?

— Não. O que há para dizer? "Espero que você e sua esposa sejam muito felizes juntos"?

Wyatt solta uma respiração profunda.

— Que coisa horrível de se fazer com alguém que se ama.

— Claro, agora fico imaginando se ele realmente me amou. Ele está me mandando mensagens ultimamente, pedindo desculpas, me dizendo que há coisas que preciso saber sobre o que aconteceu, que não fui eu, foi ele, etc.

— Por que você não o bloqueou, linda? — ele pergunta gentilmente.

— Eu sei que deveria, mas nunca o fiz. Nem esperava ouvir falar dele novamente. De certa forma, é uma forma de vingança ouvir que ele se arrepende. E o meu lado malvado e desagradável ficou feliz em saber que o casamento não deu certo.

— Você não tem um lado malvado e desagradável.

— Se os pensamentos que eu estava tendo sobre os dois juntos são alguma indicação, sim, eu tenho.

— Qualquer um se sentiria assim depois do que ele te fez passar. E ele não sabia a metade do que eu passei.

— Um dos amigos dele me ligou algumas semanas depois. Ele me disse que aconteceu durante uma noite de bebedeira em Las Vegas, que não significava nada e que ele tinha certeza de que o Marcus me diria isso logo.

— Mas ele nunca disse.

— Não. Era como se ele e eu nunca tivéssemos estado juntos.

De repente, percebo que estou fazendo um péssimo trabalho para convencer Wyatt de que ele precisa experimentar o amor. Esse pensamento me faz rir.

— O que é tão engraçado?

— Acabou de me ocorrer que não estou exatamente vendendo a você como é bom estar apaixonado.

Já que estamos parados em um semáforo, consigo ver o sorriso que se estende por seu rosto bonito.

— O Marcus é um idiota por te deixar. — Ele leva minha mão aos lábios e beija as costas. — E eu, por exemplo, sou extremamente grato por ele ter ficado bêbado e se casado com a vaca.

Começo a rir e me preocupo que talvez nunca pare. Ouvir Wyatt chamá-la assim... Eu já estava a caminho de amar esse cara, mas isso sela o acordo para mim.

— Ela provavelmente é uma pessoa legal — digo quando finalmente paro de rir. — Nós não a conhecemos. Talvez ela não mereça esse apelido.

— Ela se casou com o namorado de outra pessoa e continuou casada com ele depois que ele ficou sóbrio e provavelmente disse a ela que cometeu um erro. Essa é a definição de vaca, na minha opinião.

— Sem brincadeira, certo? Quero dizer, ela tinha que saber sobre mim. Estávamos juntos há anos. Não era segredo. E o que ele disse no dia seguinte quando voltou a si e se viu casado? Ele surtou? Ficou preocupado que eu descobrisse? Ele sequer pensou em mim?

Eu me paro porque não há melhor maneira de arruinar uma coisa nova do que me debruçar sobre uma coisa antiga que é melhor deixar no passado.

— Me desculpe. Não queria continuar a falar sobre isso. Eu estava quase superando isso quando vim para o casamento da Car e do Jason e fiquei sabendo sobre seus arrependimentos. Eu estava muito melhor, então não quero que você pense que ainda estou confusa sobre ele. Eu não estou.

— Não acho isso. Acho que você amava o cara, ele te decepcionou profundamente e, quando você estava se recuperando, ele acabou no hospital, possivelmente porque você não atendeu as ligações dele. Eu entendo como isso traz tudo de volta.

— Foi assim. — Sua compreensão me toca, e eu aprecio que ele não esteja agindo como um tolo ameaçado, do jeito que alguns caras ficariam ao ouvir sobre um rompimento doloroso com outro homem. — De qualquer forma, obrigada por me ouvir.

— É claro. — Ele olha para mim, o que posso ver com o canto do meu olho. Estou tão sintonizada com ele que sinto que cada respiração que ele dá é registrada em mim. — Posso te perguntar uma coisa?

— Claro.

— Naquela noite depois do casamento, isso foi como um rebote?

— Não!

— Nem um pouquinho?

— Parte da noite talvez, mas não o resto. Isso foi sobre você e o quanto eu gostei da sua companhia depois de conhecê-lo no jantar de ensaio e casamento. Nós nos divertimos, e você foi tão...

— O quê?

— Atencioso.

— Fiquei interessado em você desde o segundo em que te conheci.

Minha risada soa como uma risadinha feminina.

— Isso foi extremamente lisonjeiro, especialmente depois de eu ter me sentido tão descartada.

— Qualquer um que teve você e te deixou é o maior tipo de idiota, e você sabe, é meio satisfatório que ele esteja comendo sofrendo por isso. É como ele realmente deveria estar se sentindo.

— É muito sexy quando você fica do meu lado assim.

— É?

— Aham.

— Bem, estou muito do seu lado.

Paramos no estacionamento de Denny's. Antes de soltar minha mão, Wyatt me beija novamente. Quando saímos do carro, ele coloca o braço em volta de mim para entrar. Eu amo o jeito que ele dá carinho de forma tão natural.

Me inclino para ele como um cachorrinho carente. Acabei de me comparar a um filhote? Se a analogia se encaixa...

A recepcionista nos leva a uma cabine.

Wyatt se senta à minha frente, e a perda do calor do corpo dele me deixa gelada. Ou é apenas o ar-condicionado no modo de congelamento profundo.

— Aqui parece um freezer de carnes — ele fala, enquanto examina o cardápio.

— Estou congelando.

— Venha aqui. Vou mantê-la aquecida.

Ele não precisa pedir duas vezes. Levo o cardápio comigo quando me movo para o seu lado e me aconchego nele.

— Tenho que ser honesto com você — ele fala.

— Achei que você já tivesse me contado seu segredo mais profundo e sombrio.

— Este é sobre casais que se sentam do mesmo lado de uma cabine.

— O que tem?

— Sempre pensei que isso era estúpido... como que um casal não pode passar por uma refeição sem ficar colado no outro?

— E agora?

— Eu entendo. — Ele beija o topo da minha cabeça. — O tempo que levaria para comer é muito longo para não tocar em você.

— Até agora, você está fazendo um excelente trabalho em um relacionamento.

— Estou?

— Aham. Primeiro passo, faça a mulher se sentir especial, ouça-a quando ela falar sobre seu ex, diga todas as coisas certas enquanto a faz se sentir sexy e desejada. Tem certeza de que não fez isso antes?

Ele está me deixando louca com beijos no meu pescoço que me fazem me inclinar ainda mais perto.

— Tenho sim. Nunca conheci ninguém que me fizesse querer virar minha vida de cabeça para baixo para que eu pudesse estar com ela o tempo todo.

— É assim que você se sente sobre mim?

— Claro que sim. Estou pronto para dar aviso prévio no meu trabalho em Phoenix, e ainda nem fiz a entrevista aqui.

Eu me viro para ele.

— Não faça isso. — Amo tanto o sorriso dele, o jeito que ele faz seus olhos azuis escuros brilharem e deixa sulcos profundos em suas bochechas. — Você tem um rosto lindo.— Passo o polegar sobre uma das curvas.

— Você também. — Ele beija minha bochecha, nariz e lábios. — A primeira vez que te vi, eu perguntei ao Jay: "Quem é ela?" Ele disse que você era prima da Carmen, e eu disse: "Me apresente. Agora mesmo.

— Posso dizer com segurança de que notei você imediatamente também. Eu estava temendo a necessidade de fazer uma cara feliz por três dias, e então lá estava você para me fazer sorrir. Você nunca saberá o que isso significou para mim naquele momento.

— Você me fez sorrir também. Foi a coisa mais divertida que fiz em muito tempo, e quando eu estava entrando no avião para voltar para casa, na segunda-feira, pareceu errado ir embora sem você.

Tenho que me esforçar para me lembrar que estamos em público.

A garçonete aparece na nossa mesa.

— O que posso trazer para vocês?

— Vou tomar café e quero um muffin inglês, por favor — digo a ela.

— Quero omelete de legumes com clara de ovo e torrada de trigo, por favor.

— Café para você, amor? — ela pergunta com um sorriso de paquera que me faz querer arrancar seus olhos.

Wyatt lhe entrega seu cardápio.

— Apenas água gelada com limão. Obrigado.

— Já volto.

— Não me diga que você não bebe café.

— Cafeína não é bom para o meu coração, então eu evito.

— Tenho uma pergunta.

— Pode me perguntar o que quiser. — Ele entrelaça os dedos com os meus. — É um alívio você saber a verdade. Quis te contar naquela primeira noite, e não conto a ninguém. Por alguma razão, porém, eu queria que você soubesse.

— Por que você não conta para as pessoas?

— Desenvolvi esse hábito na primeira vez que saí de casa e fui para a Carolina do Norte para cursar medicina. Foi como um novo começo, longe de todos que me conheciam como o garoto doente. Eu adorava que ninguém soubesse, então se tornou rotina quando conhecia novas pessoas. Além disso, não quero ser definido por isso, sabe?

— Entendo. Mas essa não era a pergunta que eu ia fazer.

— Pode fazer quantas quiser.

— Quando li sobre a vida após um transplante de coração, uma das coisas que falavam era que se devia evitar pessoas doentes e germes.

— Isso mesmo.

— Mas você trabalha em um hospital.

— Essa é uma excelente pergunta. A maioria dos pacientes que atendo não está doente com o tipo de coisa que me colocaria em perigo. Eles têm problemas cardíacos ou pulmonares que não são contagiosos. E eu sou supercuidadoso. Se acho que há alguma chance de ser exposto a algo, uso máscara e mantenho distância.

— É meio assustador que um germe aleatório possa colocar sua vida em risco.

— É por isso que não me especializei em pediatria — ele diz, sorrindo. — Mas não penso demais nisso. Eu apenas faço tudo o que posso para evitar germes e multidões.

— É admirável o quanto você se esforça para se manter saudável.

— Eu sei o que é estar doente – muito, muito doente – e nunca mais quero estar nesta situação se puder evitar. Espero que quando meu coração doado parar, seja repentino. Não quero nunca mais passar meses a fio no hospital.

O pensamento dele morrer de repente me faz sofrer por ele e por mim.

Ele parece entender.

— Eu entenderia se você estivesse duvidando...

— Eu não estou.

— Deveria, Dee. A ideia de você se envolver com um desgosto quase garantido por minha causa é insuportável.

— Não quero que você se preocupe com isso. Você me disse o

que eu estava arriscando, e eu entendo. Estou escolhendo passar tempo com você e sentir as coisas por você. É o que eu quero. Você é o que quero.

— Isso me faz sentir muito sortudo. — Ele me encara por um longo tempo como se tentasse memorizar cada detalhe do meu rosto. — Então, você sente *coisas*, hein?

— Sim. Muitas coisas.

— Eu também. *Todas as coisas.* — Ele está prestes a me beijar quando a garçonete volta com meu café e sua água. — Continuamos mais tarde.

Estremeço com a promessa em suas palavras. Mal posso esperar até mais tarde.

CAPÍTULO 8

Wyatt

Ela me deixa tão nervoso que mal consigo comer – e qualquer um que me conhece diria que isso é uma coisa rara. Agora que me permiti dar esse salto com Dee, tudo o que quero é o máximo possível dela. Mal posso acreditar que isso está acontecendo ou a maneira como eu joguei tudo para o alto no minuto em que ela me disse que não se importava com minhas regras. Ainda tenho reservas significativas, mas não posso me incomodar em pensar nisso com ela sentada bem ao meu lado, o calor de seu corpo pressionado contra o meu me deixando louco.

E não apenas fisicamente. Claro, isso é uma grande parte, mas é muito mais do que. Dee me faz ansiar pela conexão intensa que nunca compartilhei com ninguém antes. Sim, me relacionei muito, tive algumas mulheres que poderiam ser consideradas "namoradas" pelos padrões de outras pessoas, mas nunca fui com tudo em uma relação com ninguém, sabendo que isso não era possível para mim. Eu não queria estrelar uma daquelas histórias da vida real em que o mocinho morre e deixa a mocinha devastada para juntar os pedaços depois da morte trágica e prematura.

De jeito nenhum. Por que eu faria isso com alguém que amo?

Mas Dee... Uau, bem, todas as apostas estão fora quando se trata dela. Quero aproveitar cada segundo que podemos ter juntos. Quero me mudar para sua cidade e passar o resto da minha vida com ela. E quem sabe? Talvez eu tenha sorte e uma vida longa e saudável. Sim, as probabilidades estão contra mim, mas quem sabe o que vai mudar à medida que a pesquisa médica avança com velocidade vertiginosa?

Com ela quente, macia e perfumada ao meu lado na cabine de vinil, não estou pensando em morrer. Não. Estou incrivelmente focado em viver.

Depois de pagar a conta, voltamos para o carro, abraçados. Enquanto ela foi ao banheiro, tomei os remédios que trouxe comigo para o caso de ficar fora a noite toda. Ela não precisa me ver tomando as pílulas que me mantêm vivo.

— O que você está com vontade de fazer? — ela pergunta.

Se pudesse fazer qualquer coisa que eu quisesse, sugeriria que voltássemos para a casa dela e continuássemos de onde paramos mais cedo.

— Me diga você. Esta é a sua cidade.

— Você precisa dormir um pouco, e depois vamos brincar de turista.

— Estou tão ligado que acho que não conseguiria dormir. — Sentir todas essas coisas é tão excitante que o sono é a última coisa em minha mente. Mas se voltarmos para a casa dela, passaremos o resto do fim de semana na cama, e não quero que Dee pense que é a única coisa que quero. Mesmo que eu queira isso. Muito.

— Hummm, bem, vamos dar uma volta na praia, então.

— Parece bom.

Acabamos em um estacionamento em Miami Beach, que Dee me garante que vai nos proporcionar a vista espetacular do nascer do sol em poucas horas.

— Aqui é seguro?

— Provavelmente não, mas acho que ninguém vai nos incomodar.

Verifico duas vezes para ter certeza de que as portas estão trancadas, só por garantia.

Ouvimos música, cantamos – ela é tão ruim, que chega a ser fofo – e conversamos.

Seguro sua mão entre as minhas porque preciso tocá-la.

— Você sabe tudo sobre minha família, mas e a sua? — ela pergunta. — Você tem irmãos?

— Dois, ambos mais jovens. Minha doença colocou toda a minha família no inferno enquanto estávamos crescendo.

— Quais são os nomes deles?

— Audrey e Liam. Ela é gerente de varejo em Phoenix e ele é bombeiro em Scottsdale.

— Eles são casados?

— O Liam sim, com seu primeiro filho a caminho.

— Isso é emocionante.

— É mesmo. Estou ansioso para ser tio. — Acaricio as costas de sua mão, fascinado com o quanto sua pele é macia e sedosa. — Quase fui tio há muito tempo. Minha irmã engravidou no ensino médio, mas fez um aborto. Meus pais não sabem disso. E o meu irmão teve problemas com drogas por um tempo, mas ele não usa nada há mais de dez anos. Tudo era focado mim naquela época, e eles pagaram o preço também.

— Com quantos anos você começou a ter problemas?

— Oito. No início, os médicos achavam que eu estava com gripe, mas rapidamente evoluiu a partir daí. Fui de uma criança perfeitamente normal na sexta-feira para ter uma condição com risco de vida na terça. Nada nunca mais foi o mesmo para qualquer um de nós depois disso.

— Caramba, é meio assustador pensar que algo assim pode acontecer.

— Foi um pesadelo. Meus pais nunca se recuperaram. Quando cheguei aqui, minha mãe mandou uma mensagem para ter certeza de que eu tinha trazido meus remédios. Tenho *trinta e quatro anos* e sou *médico*.

Seu sorriso transforma seu lindo rosto.

— Isso é fofo.

— É irritante! Ela vai enlouquecer quando eu disser que vou me mudar para Miami. Isso é, se eu conseguir o emprego. Ela vai me ligar todos os dias para me lembrar de tomar meus remédios. Eu não ficaria surpreso se eles se mudassem para cá, para morar perto de mim.

— Ah, isso é adorável.

— Não, não é. É sufocante.

— Eles te amam.

— Amam sim — digo com um suspiro. — A única razão pela qual estou vivo hoje é por tudo que meus pais fizeram por mim. Sacrificaram tudo. Então não posso dizer para minha mãe ir embora e me deixar viver minha vida.

— Você nunca faria isso.

— Não, eu não faria, mas às vezes quero.

— Eles devem estar muito orgulhosos do que você realizou.

— Estão, embora no início meu pai não conseguisse entender por que eu queria trabalhar na área cardíaca depois do que passei, mas era a única especialidade que considerei. É o que sei. Enquanto estava no hospital, preso a máquinas e esperando por um transplante, comecei a estudar tudo o que podia sobre minha condição. Eu queria saber o que estava acontecendo comigo, sabe?

— Faz sentido.

— Essa pesquisa profunda levou a uma espécie de obsessão que me fez terminar o curso superior básico em três anos para poder ir para a faculdade de medicina em algum lugar longe de casa. Três anos depois do transplante, tive que sair de lá, ir para longe da preocupação dos meus pobres pais, que ficaram muito traumatizados com tudo aquilo. Eu precisava estar com pessoas que não conheciam minha história. Foi quando comecei a não contar. Se ninguém soubesse, não me tratariam como um floco de neve especial. Eu estava cansado disso. Só queria ser normal.

— Então, ninguém sabia sobre o transplante?

— Meus pais e os médicos insistiram que uma pessoa na Carolina do Norte precisava saber, caso eu tivesse algum problema. Depois que estava lá há algumas semanas e conheci o Jason, decidi contar a ele, mas ninguém mais sabia. Foi um alívio grande depois de anos de todo mundo pairando sobre mim.

— Você deve ter adorado.

— Sim. A faculdade de medicina foi a primeira liberdade real que tive. Tirando o estudo constante, foi fantástico. Fiz alguns grandes amigos e tive muita diversão.

— Dormiu com todas as garotas.

Gaguejo com o riso.

— Eu não disse isso!

— Tenho certeza de que eram como moscas no mel quando o belo estudante de medicina chegou à cidade.

— Está com ciúmes?

— De cada uma delas.

— Não precisa ter. Nunca senti todas as coisas que sinto por você por nenhuma delas.

— Nenhuma?

— Não. Não até eu estar no casamento do meu amigo e conhecer a prima da noiva, a madrinha mais sexy de todas. — Eu me inclino para beijar seu pescoço. — Quase engoli a língua quando o Jay me disse que você era a minha acompanhante.

— Quando a Carmen disse: "Esse é o amigo do Jason, Wyatt, da faculdade de medicina", eu fiquei tipo, *ah, me conte mais, por favor*. E, por favor, não engula sua língua. Isso seria uma grande vergonha.

Ela me faz rir. Me faz desejar. Sentir.

— Quando você fez a tatuagem?

— Antes da faculdade de medicina.

— Seus médicos aceitaram?

— Conversei com eles primeiro. Eles disseram que não era uma boa ideia por causa do risco de infecção. Ainda assim, eu estava determinado a esconder a cicatriz, então me prescreveram antibió-ticos preventivos, o que é algo que provavelmente não fariam agora, já que o uso de antibióticos ficou mais restrito. Funcionou bem, mas foi a coisa mais arriscada que fiz desde o transplante.

— E isso ajudou a manter seus segredos.

— Exatamente.

— Você sabe de onde veio o seu coração?

— Uma moça de dezenove anos chamada Emma, que morreu em um acidente. Ainda falo com a mãe dela todos os anos em seu aniversário.

— Isso é incrível. Tenho certeza de que é um grande conforto para ela saber que o coração da filha continua vivo.

— É sim. Ela o ouviu através de um estetoscópio uma vez, há cerca de dez anos. Chorou de emoção.

— Uau. Isto é tão legal.

— É sim. Sabe o que mais é legal?

— O quê?

— Que eu possa falar livremente a esse respeito com você, e que isso não te faz me tratar de forma diferente.

— Se eu fizer isso, você vai me dizer?

— Claro. — Ela se virou em seu assento, tornando mais fácil para mim olhar para seu lindo rosto. Cílios grossos, que outras mulheres pagariam para ter, emolduram seus olhos escuros. Sua pele é bronzeada, seus lábios carnudos e exuberantes, e seu sorriso deslumbrante. Estar com ela é a melhor coisa que já experimentei, e o pensamento de sair daqui na segunda-feira sem ela, mesmo que seja temporário, é insuportável. Isso me dá uma ideia. — Se eu conseguir o emprego, você gostaria de ir para Phoenix comigo para fazer as malas e trazer meu carro para Miami?

— Eu adoraria, mas talvez não consiga. Ajudo a cuidar da minha mãe. Meus irmãos estão de plantão neste fim de semana, mas geralmente fico lá todos os dias.

— Ah, certo. Bem, foi só uma ideia.

— Se eu avisar antes, talvez consiga resolver isso.

— Eu adoraria. — Coloco uma mecha de cabelo escuro sedoso atrás de sua orelha. O cabelo dela estava liso na primeira vez que nos conhecemos, mas a umidade o fez ondular esta noite, e eu amo os cachos. — Não posso acreditar que estamos fazendo planos e mergulhando em tudo isso.

— É divertido.

— Sim, é, mas e quanto...

— O quê?

— O Marcos. Ele te quer de volta. Talvez você devesse pelo

menos falar com ele. — Parte de mim ainda quer convencê-la a não se envolver comigo, mas essa parte está ficando menor a cada segundo que passo com ela.

— Não vou voltar para ele. Não me importa o que ele diz ou faz. Acabou. Terminou no minuto em que ele se casou com outra pessoa. — Ela franze o cenho com desgosto, o que me faz lamentar por ter mencionado o nome dele.

— Sinto muito que ele tenha te machucado.

— Eu também. Ele me mandou uma mensagem mais cedo para dizer que não tentou tirar sua vida e que lamenta que a irmã tenha me feito sentir culpada. Nada disso é minha culpa. *Blá. Blá. Blá.* Acabou. — Seus olhos se enchem de lágrimas, e ela olha para baixo, seu cabelo formando uma cortina que esconde seu rosto de mim. — Logo antes de saber que ele se casou... eu descobri que estava grávida.

— Ah, meu Deus, Dee. Ah, Deus. — Eu a alcanço e a seguro o mais perto que posso com o console central entre nós. — Não consigo imaginar como foi para você.

— Foi horrível, e não pude compartilhar com ele, nem dizer nada.

— Ele nunca soube?

— Não — ela sussurra. — Tive um aborto espontâneo com quatro semanas, logo depois que descobri que o Marcus havia se casado. Digo a mim mesma que foi o melhor, mas na época...

— Foi um inferno.

— Sim.

— Sinto muito, muito mesmo, linda. Eu o odeio por partir seu coração dessa maneira. — E isso me deixa mais preocupado em fazer a mesma coisa – embora por razões diferentes.

— Ninguém sabe disso. Só contei a Maria hoje cedo, ou acho que foi ontem agora.

— Por que não contou a ela quando aconteceu?

— Eu não aguentava falar sobre nada disso. Estava tão humilhada pelo que ele tinha feito, e depois, quando isso aconteceu, eu meio que me desliguei. Fiquei péssima por muito tempo. Meu primo Dom, que dividia o apartamento comigo em Nova York, ameaçou dizer aos meus pais que eu não estava comendo nem trabalhando, usando isso para me tirar do quarto. Foi horrível.

Ouvir isso, imaginá-la arrasada pelo desgosto, me faz parar. Eu nunca gostaria de ser a causa disso.

— Dee, linda, quero que você pense um pouco mais sobre isso comigo. Se eu fizer com você o que ele fez, mesmo que as circunstâncias sejam diferentes... eu simplesmente não posso suportar a ideia de você se magoar assim por mim.

— Seria diferente com você. Não seria porque você me traiu do jeito que ele fez, me desconsiderou ou desrespeitou o amor que eu tinha por você. Se eu te perdesse, seria por causa de algo que você não poderia evitar. Pelo menos espero que essa seja a única maneira de perder você.

— Sim. — Tenho tanta certeza disso, dela, de como me sinto em relação a ela, que não hesito em oferecer essa garantia. — Se eu tivesse a sorte de ser amado por você, nunca a deixaria por qualquer motivo além de algo que não pudesse evitar. E mesmo assim, eu ainda te amaria.

— Viu? Totalmente diferente.

— No entanto, desgosto é desgosto. Não quero isso para você.

— Quando alguém que você ama por anos faz o que fez comigo, é uma espécie de desgosto que vem da traição e decepção. Perder alguém que se ama para uma morte que não se pode evitar seria brutal, mas haveria amor para acompanhar a dor. Não tenho certeza se isso faz sentido, mas não seria o mesmo tipo de dor. Pelo menos, não acho que seria. E, além disso, não quero falar sobre você morrer. Quero falar sobre você viver uma vida longa e saudável, e continuar a desafiar as probabilidades nas próximas décadas. Só porque raramente aconteceu não significa que não possa acontecer com você.

Não posso deixar de sorrir com sua convicção.

— Meu coração está se sentindo muito saudável desde que você me mandou uma mensagem mais cedo. Parece melhor do que nunca.

— É mesmo? — ela pergunta com um sorriso sexy que faz o órgão em questão bater mais rápido.

— Hum-hummm. — Eu me inclino para beijá-la, e no segundo em que meus lábios se unem aos dela, todas as minhas preocupações desaparecem sob um tsunami de desejo por essa mulher incrível que está determinada a me fazer me apaixonar por ela. Me apaixonar por ela é a coisa mais fácil que já fiz.

CAPÍTULO 9

Jason

Acordo com uma mensagem de Wyatt dizendo que saiu com Dee. *Contei tudo a ela, então não se preocupe. Está tudo bem.*

Suas palavras não são reconfortantes. Dee sabe sobre sua situação de saúde e veio buscá-lo no meio da noite, o que significa que eles estão mais envolvidos do que antes de ele e eu conversarmos na noite passada. Enquanto faço café, me sinto inquieto e profundamente preocupado com esse desenvolvimento.

Fiquei aliviado depois de saber que ele decidiu dar um passo para trás na relação com Dee, e descobrir que eles estão juntos de novo esta manhã não é uma boa notícia. Eu amo Wyatt como um irmão. Somos amigos há anos, e Dee é ótima. Ela tem sido uma grande amiga para mim desde que Carmen me fez parte de sua família. A possibilidade de meu melhor amigo estar com ela seria fantástico se não fosse pela nuvem de incerteza que paira sobre a vida de Wyatt. Odeio essa incerteza para ele, mas ele gosta de dizer que supera a alternativa. Com certeza, exceto quando a prima adorada da minha esposa é pega pela tempestade.

No momento em que Carmen se junta a mim na varanda com

seu café, estou imaginando todos os tipos de cenários hediondos, cada um deles levando minha esposa a me culpar por sua prima ter o coração partido de novo.

— O que há de errado? E não diga que não é nada. Você se remexeu e se virou a noite toda.

Desde que Wyatt contou a Dee sobre o transplante, sinto que não há problema em contar a Carmen. Tenho que dizer a ela, porque está me matando esconder isso.

— O Wyatt saiu com a Dee no meio da noite.

— Espere, achei que ele estava com ela antes disso.

— Estava, mas ele voltou aqui depois que você estava dormindo porque eles decidiram dar um tempo. Aparentemente, mudaram de ideia.

— Por que eles decidiram dar um tempo?

— Ele disse a ela que não tem relacionamentos e ela achou que era muito arriscado passar um tempo com alguém que traçou essa linha.

Carmen bebe o café cubano que *Abuela* diz que vai deixá-la com pelos no peito.

— Então, o que mudou?

— Ele foi honesto com ela sobre o motivo de não se envolver.

— E qual é?

— Se eu te disser, você tem que jurar que fica entre nós. É importante para o Wyatt que isso não seja algo que todos saibam.

— Tudo bem...

— Me prometa, Carmem.

— Eu prometo.

— Ninguém, nem mesmo a Maria ou suas avós.

— Eu entendo o que *ninguém* significa, Jason.

Ela já parece chateada, e essa é a última coisa que preciso.

— Quando o Wyatt tinha dezessete anos, ele fez um transplante de coração.

— Ah. Uau. Mas ele está bem, certo?

— Ele se saiu muito bem por dezessete anos.

— Por que eu ouço um "mas" aí?

Coloco a xícara de café na mesa e me inclino para frente, com os cotovelos apoiados nos joelhos.

— Porque ele está seis anos além da expectativa média de vida de pacientes de transplante de coração.

Seu gemido baixo diz tudo.

— Jason...

— Eu sei.

— É por isso que você está preocupado com o fato de ele estar passando tempo com a Dee.

— Sim.

— Ela sabe?

— Acho que ele contou a ela em algum momento depois que fui para a cama, e agora eles estão em algum lugar juntos. É só que, depois do que ela passou com o Marcus...

— Ele... ele vai morrer?

— Não há razão para pensar que ele está em perigo iminente. Ele cuida muito bem de si mesmo.

— É por isso que ele não bebe.

— Sim, e ele é muito, muito cuidadoso em todos os aspectos de sua vida. Proteger a saúde é vital para ele. Ele nunca teve sequer um susto em todos esses anos.

— Então é possível que ele continue superando as probabilidades, certo?

— Tudo é possível, mas as probabilidades estão fortemente contra ele.

Seus olhos se enchem de lágrimas, o que aperta meu coração. Eu odeio vê-la chateada.

— A Dee sabe sobre isso, e está com ele mesmo assim?

— Acho que sim.

— Preciso falar com ela.

— Isso pode ser uma boa ideia.

Carmen pega o telefone e manda uma mensagem para a prima.

— Pedi a ela para me ligar. — Ela olha para o telefone como se quisesse que ele tocasse. Até que entra uma mensagem que ela lê para mim. — "Não posso agora. O Wyatt e eu vamos pescar.

Falamos mais tarde?" *Argh*, isso não é bom. Quanto mais tempo ela passar com ele, mais difícil será dar um passo para trás.

— Não parece que ela vai recuar. Parece que é o contrário.

— Não quero que ela se machuque.

— Sinto muito por isso.

— Não é sua culpa. O Wyatt é um cara legal, e odeio saber disso sobre ele. Sinto muito por ele, por você e por todos que o amam que isso seja uma preocupação tão grande. Mas a Dee...

— Eu sei, linda. Entendo.

— A Dee é a mais suave de todas nós. Ela ama muito e quando se magoa... — O suspiro profundo de Carmen diz tudo. — Estou preocupada com ela.

— Eu também.

Dee

A ideia de pescar surge quando Wyatt compartilha uma memória de infância de ter pescado com o avô quando passou as férias de verão com a família em Cape Cod antes de ficar doente e tudo mudar.

— Aqueles foram alguns dos melhores dias da minha vida — ele disse.

Assim que o sol começou a nascer, fomos para Knaus Berry Farm para comer seus famosos pãezinhos de canela – Wyatt está com fome, *de novo* – antes de continuarmos andando por Black Point Marina. Também pesquei muito com meu pai e tio Vincent, então sei exatamente onde ir para alugar um barco e o equipamento de que precisamos.

— Isso é incrível — Wyatt diz quando vê a marina.

Fica escondido, em um caminho de terra batida e você teria que ser um nativo até mesmo para saber que existe. Adoro mostrar a Wyatt lugares que os turistas raramente encontram. Os caras mais velhos que trabalham na loja da marina me reconhecem depois que lhes dou meu nome.

— Meu restaurante favorito no mundo — um deles diz. — Como estão o seu tio Vincent e a sua tia Viv?

— Estão ótimos. Indo bem.

— Suas avós ainda pensam que estão no comando?

Eu não o corrijo. *Abuela* é minha avó em tudo que importa.

— Elas não apenas pensam assim.

Rindo, ele diz:

— Adoro como nada muda lá. Sua licença de pesca ainda está ativa?

— Claro que está. Meu pai a renova para o meu aniversário todos os anos.

— Excelente. Aqui está a licença de um dia para seu amigo, querida. — Ele me entrega as chaves de um dos barcos de console central que eles alugam. — Está tudo preparado com tudo o que você precisa, e aqui está um cupom de cinquenta por cento de desconto no restaurante. Pegue algo para comerem na saída.

— Muito obrigado, sr. Gordan.

— O prazer é meu. Diga à sua família que mandamos lembranças. Tenho que levar a patroa para jantar alguma noite em breve.

— Nos avise quando, e vamos conseguir uma boa mesa.

— Pode deixar. Divirta-se hoje e tenha cuidado.

— Nós teremos.

Eles nos dão dois coletes salva-vidas, e nós descemos a doca principal até a rampa com o nosso número designado.

— Aqui vamos nós.

— Isso é incrível. — Wyatt comprou uma sunga e regata na loja da marina e se trocou no banheiro masculino. — Não posso acreditar que você faz tanto isso que até tem uma licença.

— É uma das minhas maneiras favoritas de passar o dia.

— Minha também — ele diz, sorrindo para mim.

Esse sorriso me faz vibrar por dentro. Ele é lindo, mas quando sorri... *Hummm.* Pego o protetor solar e nós dois o aplicamos antes de sairmos. Paramos no restaurante para pegar sanduíches – de garoupa para mim e um *po'boy* de camarão para ele – bem como garrafas de água e outros petiscos, antes de seguirmos em direção ao mar aberto. É um dia lindo com quase nenhum vento ou ondas, o tipo perfeito de dia para pescar.

Wyatt passa os braços em volta de mim por trás e apoia o queixo no meu ombro.

— Você é uma capitã muito sexy.

Suas palavras provocam um arrepio na minha espinha. Parte de mim gostaria de tê-lo levado para casa, para minha cama, quando tive chance mais cedo, mas estou feliz por estarmos fazendo outras coisas e nos conhecendo melhor antes de voltarmos para a cama. A noite que passamos conversando no carro foi o melhor momento que já tive com alguém. Adorei ouvir suas histórias e risadas, e compartilhar a dor de suas memórias de quando ele estava doente. Quero ouvir tudo o que ele tem a dizer.

Nossa conexão é como um fio vivo que vibra com consciência e desejo.

— Estou tão feliz que pudemos fazer isso. Eu adorava vir com meu pai e meu tio. Já faz um tempo desde que eu vim com eles porque eu estava fora.

— A Maria e a Carmen também gostam?

— Ah, caramba, não. As duas ficam enjoadas, e a Carmen não suporta ver limpar o peixe. Certa vez, ela vomitou nos sapatos do tio V quando ele estava limpando peixes na garagem.

— Ah, isso é tão fofo.

— Ele não pensou assim! — Falando no tio V, envio uma mensagem rápida perguntando se ele pode me conseguir uma mesa para dois por volta das oito.

Ele responde: *Para você, garota, qualquer coisa. Reserve uns minutos para mim depois do brunch de amanhã, sim? Quero falar com você sobre uma ideia que tive.*

Qualquer coisa por você.

Ele envia de volta o *emoji* rindo. *Te amo, te vejo hoje à noite.*

Te amo tbm.

Wyatt está olhando por cima do meu ombro.

— Sua família é adorável.

— Eles são muito bons.

— Vocês já brigaram?

— Ah, meu Deus, eu costumava brigar com meus irmãos como louca. Especialmente o Nico. Ele sempre foi muito cheio de si. Nos deixava loucos, mas ele é um cara legal. Ele e o Milo estão ajudando muito os meus pais desde que a minha mãe ficou doente. É bom saber que eles são bons rapazes.

— Você nunca brigou com a Maria?

— Quase nunca. Sempre nos demos bem, e nós três, incluindo a Carmen, estávamos juntas o tempo todo.

— Ela é filha única?

— É. A mãe dela teve nove abortos antes de tê-la.

— Caramba. Isso é horrível.

— Acho que foi muito ruim. Minha tia e meu tio tinham praticamente desistido de ter um filho quando ela apareceu. Ela era a criança mais mimada da história do mundo. Quando precisava de um pouco de liberdade, ela vinha à nossa casa.

— Vocês se divertiam muito.

— Ainda nos divertimos.

— Então, que tipo de peixe estamos procurando aqui?

— Qualquer coisa de garoupa a peixe-espada e peixe-vela. Tarpon é o peixe mais comumente encontrado nesta área, mas eles estão fora de temporada até maio, então seria raro encontrar um nesta época do ano. Estamos indo para o naufrágio do Bodenhamer, um dos melhores pontos da região. Podemos ver alguns pargos e lírios por lá também.

— É muito sexy que você saiba de tudo isso.

Balanço as sobrancelhas para ele.

— Espere até você me ver como isca em um anzol.

— Gostosa *pra caramba*.

Ele me faz rir muito facilmente e adoro estar com ele. Não me importo com o que estamos fazendo ou não. É bom estar com Wyatt. Percebo que é assim que deve ser e, como podemos ter pouco tempo, quero compartilhar isso com ele.

— Posso te dizer uma coisa?

— Claro.

— Nunca senti uma conexão mais fácil com alguém que não era minha família do que com você.

Ele me puxa para mais perto de si com um braço em volta de mim e beija o topo da minha cabeça.

— Eu também. Por que você acha que voltei?

— Você tem uma entrevista de emprego.

— Se não houvesse Dee Giordino, não haveria entrevista de emprego.

— Ah-ha, eu sabia! Você voltou por minha causa.

— Claro que sim. Você estava naquele quarto de hotel depois do casamento. Você sabe exatamente por que voltei – para mais daquilo e disso – conversa, risada, pescaria.—

Bato meu quadril contra ele.

— Você não sabia que íamos pescar.

— Eu sabia que teria muita diversão com você. E eu estava certo.

— Mas você não planejou me contar sobre sua situação.

— Não, não planejei. Espero que você saiba... Está tão arraigado em quem sou depois de todo esse tempo, que não contar às pessoas é o meu padrão.

— Entendi. Eu também não gostaria de ser definida por algo assim, especialmente com tudo o que você conquistou desde então.

— Isso é muito mais importante para mim. Tentei fazer limonada com os limões e prefiro me concentrar nisso.

— Conheço você há pouco tempo, mas estou muito orgulhosa de como você lidou com o que deve ter sido um desafio enorme.

— Ah, obrigado. Nem sempre fui admirável. Eu era um paciente terrível. Deixei todo mundo louco com minha impaciência. Eu queria sair daquele hospital da pior maneira possível.

— Isso é meio engraçado quando se considera o que você faz para viver.

— Eu sei, mas há uma grande diferença entre estar lá porque quero estar e não poder sair por causa das máquinas que me mantêm vivo.

— Isso deve ter sido uma merda.

— Foi péssimo. — Ele me dá um aperto afetuoso. — Obrigado por me deixar falar com você sobre essas coisas. Esconder uma parte tão grande de quem sou pode ser exaustivo às vezes.

— Quero que você sinta que pode falar comigo sobre qualquer

coisa, e você tem que me prometer que se não se sentir bem, vai me dizer. Você não pode esconder isso de mim.

— Não vou.

Eu olho para ele.

— Promete?

— Prometo.

Selamos a promessa com um beijo que rapidamente se transforma em dois e depois em três.

Eu me afasto dele, rindo, e olho para trás para ver o padrão em ziguezague do barco.

— Olha o que você me fez fazer.

— Hum, senhora, você está sob a influência de algo?

— Sim, policial, estou sob a influência de um médico sexy que é muito perturbador.

Ele passa a mão pelas minhas costas para segurar minha bunda, e tenho que fazer um grande esforço para permanecer de pé. Eu o quero tanto.

— Nesse caso, é melhor te levar e fazer um exame completo.

Engulo em seco.

— Isso é necessário, oficial?

— Muito.

Em seguida, nos beijamos de novo, e não me importa se o barco está girando em círculos. Tenho a presença de espírito de puxar o acelerador de volta para marcha lenta antes de envolver os braços ao redor de seu pescoço e abrir a boca para sua língua. O homem pode beijar como um sonho, e eu quero devorá-lo. Não tenho ideia de quanto tempo ficamos ali nos beijando, mas parece que poderia ter sido uma hora. Ou talvez tenha sido apenas dez minutos. Quem sabe? Quem se importa?

— Nós deveríamos estar pescando — eu o lembro quando subimos para tomar ar. — Os peixes não se pegam sozinhos.

— Ah, certo. Peixes. Eu tinha me esquecido disso.

Adoro o jeito que ele me faz sentir tão desejada. Isso é uma revelação para mim. Estar com Wyatt me mostrou que amo seu tipo de carinho e a conexão emocional que vem com isso.

Passamos a tarde em um dos lugares favoritos do meu pai,

formado por um recife criado em torno do navio submerso O. L. Bodenhamer Liberty. Sei exatamente onde é porque já estive lá muitas vezes. Somos os únicos aqui, e os peixes são cooperativos. Wyatt rapidamente pega uma garoupa e depois um pargo. Nós os colocamos no isopor cheio de gelo que a marina forneceu.

Ele está tão animado para pescar que sua alegria se tornou minha. Rapidamente, se ele está feliz, também estou. Saí da minha zona de conforto nas últimas horas extraordinárias com ele. Eu estava com Marcus por seis meses antes de dizer a ele que o amava. Estar com Wyatt tão rápido é uma grande mudança para mim, mas nada nunca foi tão bom ou tão certo.

Recebo outra mensagem de Carmen. *Jason me contou sobre o Wyatt. Preciso falar com você. Liga para mim.*

Sei o que ela vai dizer: *você ficou louca?* Talvez sim, mas não vou deixar que ela, minha irmã ou qualquer outra pessoa me convença a não amar Wyatt enquanto eu puder. Não me importa o que aconteça no futuro, e com certeza não quero ouvir todas as razões pelas quais é uma má ideia.

Enquanto ignoro o telefone, procuro peixes-vela, impressionando Wyatt com minha técnica. A isca salta pela superfície da água. Atingi o alvo com um peixe que pesa uns dez quilos e que luta comigo a cada passo do caminho. Meus braços estão queimando no momento em que Wyatt me ajuda a puxá-lo.

— Você é demais — ele declara quando colocamos meu peixe no gelo com os outros.

— Estou exausta. — Agito os braços. — Estou feliz por estar de folga neste fim de semana.

— Também estou. Mas como isso aconteceu? Os fins de semana não são o horário nobre do restaurante?

— Sim, mas eu alterno os fins de semana com a Sofia. Ela é mãe solo, e seu ex fica com o garotinho todo fim de semana, então nos revezamos. O filho dela teve um tumor no cérebro e Jason o operou. Ele descobriu isso quando era voluntário na clínica popular onde a Maria trabalha. Ele salvou a vida do Mateo.

— Isso é a cara do Jay. Falando nisso, neurocirurgia é como a ciência de foguetes da medicina.

— Cirurgia cardíaca também é bastante impressionante.

Ele dá de ombros.

— Não é neuro. O Jason é um dos médicos mais brilhantes que já conheci. Ele era muito inteligente desde o início na escola de medicina. O resto de nós teve que lutar para acompanhá-lo.

— Isso é interessante de ouvir. Ele parece tão normal.

— Ele é, mas ele também é brilhante. Adoraria trabalhar na clínica popular com ele se eu conseguir o emprego aqui, mas não posso cuidar dos pacientes. Excesso de exposição a germes. Talvez haja um conselho de administração em que eu possa atuar ou algo assim.

— Tenho certeza de que eles poderiam encontrar uma maneira de você ajudar.

— Podemos dar um mergulho para nos refrescar?

— Claro. — Lanço a escada para baixo e executo o que considero ser um mergulho perfeito para fora do barco. Quando reapareço, ele está sorrindo para mim.

— Isso foi sensual.

— O quê?

— Esse seu mergulho.

— Faço isso toda a minha vida.

— Primeira vez que vejo.

— Vai se juntar a mim?

— Com certeza vou.

Ele mergulha e vem atrás de mim, me fazendo gritar de tanto rir enquanto tento fugir. Ele passa os braços ao redor da minha cintura, e a próxima coisa que sei é que estamos nos beijando como tolos na água.

Só recobro os sentidos para garantir que não nos afastemos muito do barco.

Após nadarmos, ele continua a pescar enquanto eu me estico em um banco quando a noite sem dormir começa a me alcançar. Entre o sol, a calmaria do oceano e a vista de Wyatt pescando sem camisa, estou tão contente como não me sinto há muito tempo. Este último ano foi péssimo, e é muito bom me sentir bem de novo. Quero segurar esse sentimento com as duas mãos, e não vou deixar

Carmen, Maria ou qualquer outra pessoa me convencer do contrário.

A próxima coisa que sei é que Wyatt está me beijando para me acordar.

— Acho que estamos quase em Cuba.

Ele sorri para mim, e eu o abraço como se estivéssemos juntos desde sempre, e fizéssemos isso o tempo todo. Wyatt responde com entusiasmo e acaba em cima de mim com meus braços e pernas em volta dele. Eu arqueio contra a ereção grossa que pressiona contra minha carne mais sensível, deixando-o saber o que eu quero.

— Dee...

— Agora, Wyatt. Por favor.

Ele se move rapidamente para empurrar o calção de banho e desamarrar a parte de baixo do meu biquíni. E então ele para.

— Eu não tenho camisinha.

Eu o seguro.

— Estou tomando pílula. Não estive com ninguém além de você em mais de um ano.

— Não tenho doenças. Faço exames regularmente.

Sorrio para ele e passo os dedos por seu cabelo escuro e grosso.

— Então acho que estamos prontos. — Ele é tão lindo. Sua pele está bronzeada pelo sol da tarde, e seus olhos estão ardendo de desejo enquanto ele me penetra.

— Esta é a primeira vez — ele sussurra contra meus lábios.

— O quê?

— Duas coisas: sexo em um barco e sexo sem camisinha.

— O que você acha disto até agora?

Ele suspira.

— Sublime.

Já se passaram cinco meses desde o casamento de Car e Jason, mas estou de volta ao prazer que encontramos juntos durante aquela noite inesquecível. Saí daquele quarto de hotel mudada por ele.

— Você me ensinou a colocar minhas expectativas lá em cima — sussurro para ele enquanto ele me preenche.

— Eu?

— Ah, sim. Eu não tinha ideia do que estava perdendo.

— Nem eu.

— Sério?

— Claro. Nunca foi assim para mim. — Ele afasta o biquini e libera meus seios do top. — Olá, belezas. Pensei em vocês, lindas damas, com muita frequência depois da nossa última visita.

Ele me faz rir enquanto transa, e isso também é a primeira vez.

Enquanto ele faz amor comigo, me sinto livre, sexy e feliz – verdadeiramente feliz pela primeira vez em mais tempo do que consigo me lembrar. Como da última vez que estive com ele, experimento momentos incríveis quando ele me toca e me preenche tão perfeitamente.

— Eu amo isso — sussurro em seu ouvido.

— Também adoro. Amo cada coisa sobre estar com você.

— Digo o mesmo. — Coloco as mãos em seu rosto e o beijo. — Obrigada por quebrar suas regras por mim.

— Tenho a sensação de que será a melhor coisa que já fiz.

CAPÍTULO 10

Wyatt

O dia na água com Dee é o mais divertido que tive em anos. Pescar foi ótimo, mas estar com ela tornou meu dia espetacular – e ainda não acabou. Levo nosso isopor com peixes para o carro, enquanto ela entrega as chaves do barco. Vamos deixar os peixes no restaurante no caminho de volta para a casa dela, para tomar banho antes do jantar. Verifico meu telefone pela primeira vez em horas e leio uma mensagem de Jay.

Eu contei a Carmem. Ele não precisa especificar o que disse a ela. Sei o que ele quer dizer. *Ela está preocupada com a Dee se envolver... e se magoar.*

Odeio que a esposa do meu amigo esteja chateada com algo relacionado a mim, mas Dee tem todas as informações de que precisa para decidir se quer passar um tempo comigo. Digito minha resposta: *A Dee sabe de tudo, e ela está fazendo suas próprias escolhas sem pressão minha. Juro.*

Ele responde imediatamente. *Você não tem relacionamentos sérios.*

Eu sei.

Então, isso é diferente?

Tudo que se refere a isso é diferente.

Antes que Jason possa responder, enfio o telefone no bolso de trás do calção de banho e estendo a mão para aliviar Dee das bolsas que ela está carregando.

— Quer que eu dirija?

— Não vou recusar. Estou cansada.

— Eu também. Que tal pegarmos comida no restaurante em vez de sairmos mais tarde?

— Essa é uma ideia brilhante. Estava com medo de adormecer em cima da sopa.

— Não podemos deixar isso acontecer.

— Vou mandar uma mensagem para o tio V. O que você gostaria?

— Me deixe ver o cardápio. — Minha boca se enche de água enquanto leio as opções. — Quero frango cubano com a tigela de quinoa e feijão preto.

— Comi isso no último final de semana. É muito bom. — Ela manda uma mensagem para o tio. — Eu disse a ele que estamos levando um pouco de peixe fresco.

— O que você pediu?

— Massa primavera e salada da casa.

— Adicione outra salada da casa se não for tarde demais.

Ela envia outra mensagem.

— Tudo certo. Ele disse que vai estar pronto quando chegarmos lá.

— Já mencionei que amo sua família?

— Eles são ótimos, exceto quando se metem na minha vida.

Olho para ela.

— Estão se metendo na sua vida agora?

Ela dá de ombros e olha pela janela do lado do passageiro.

Seguro a mão dela.

— O que foi?

— Não é nada.

Aperto a mão de Dee.

— Estamos sendo honestos um com o outro, certo?

— A Carmen quer que eu ligue para ela. O Jason contou para ela, que agora quer falar sobre isso, exceto que, se eu ligar, ela vai querer me convencer a mudar de ideia quanto a isso e você, e eu não quero ouvir.

— Talvez você devesse ouvir o que ela tem a dizer.

— *Você* está tentando me convencer disso também? — ela pergunta, sorrindo para mim.

— Alguém deveria.

— Esse navio já partiu — ela fala. — Não tem volta.

— Hoje foi um dia incrível.

— Foi mesmo?

— Foi um ótimo dia.

— Vamos continuar focados nisso. Faremos isso tantas vezes que todos os melhores dias serão passados juntos.

Ela me faz acreditar que isso vai acontecer, e se alguém pode fazer isso, é ela. Se é assim que é estar em um relacionamento de verdade, tendo sentimentos por alguém, estou dentro. Estou dentro, mesmo que esteja bem ciente de que nenhuma das outras razões pelas quais a ideia é ruim para ela mudaram. Se eu me permitir pensar demais nessas coisas, o dia vai perder o brilho, e não quero que isso aconteça.

Chegamos ao restaurante e eu carrego o isopor para dentro. Dee segura as portas para mim e me leva até a cozinha, que está animada com a atividade frenética de sábado à noite. Seu tio Vincent está bem no meio. Eu o reconheço do fim de semana do casamento, e ele imediatamente percebe o fato de que Dee está com um homem.

Ele para o que estava fazendo para falar conosco.

— Trouxemos garoupas, pargo e peixe-vela — ela diz a ele.

Ele beija a bochecha da sobrinha.

— Parece que você pegou sol também.

— Estava um dia lindo lá fora. Você se lembra do Wyatt, do casamento, certo? O amigo do Jason.

— É claro. — Ele aperta minha mão. — Prazer em vê-lo novamente, Wyatt.

— Igualmente, senhor.

— Me chame de Vincent ou V.

— Obrigado.

— Seu está pedido pronto, querida. Quer uma garrafa de vinho branco para acompanhar?

— Claro — Dee responde. — O que você recomenda?

Enquanto eles conversam sobre o vinho, observo os acontecimentos na cozinha. A equipe se move como uma máquina bem lubrificada, o que me lembra uma sala de cirurgia.

— Você pode tirar um tempinho comigo amanhã, depois do *brunch*? — Vincent pergunta a Dee.

— Sim, esse é o plano. Você está sendo muito misterioso.

— Não é nada de ruim. É só uma ideia que quero passar para você.

— Estou ansiosa para saber mais.

— Wyatt, espero que você possa se juntar a nós para o *brunch*.

— Ele adoraria vir — Dee respondeu por mim. — Ele é louco pela comida daqui.

— Pensei nela por meses depois do casamento — digo a ele.

— É isso o que gostamos de ouvir. Aproveitem o jantar. Adicionei sobremesa para vocês também.

Dee lhe entrega o cartão de crédito, e ele acena.

— É uma troca equilibrada – peixe por comida.

— Você é o melhor, tio V. — Ela fica na ponta dos pés para beijar sua bochecha. — Te amo.

— Também te amo, querida. Tenha uma boa noite.

Estamos a caminho da saída quando encontramos *Abuela* e a Nona de Dee no estacionamento. Não consigo ouvir o que estão dizendo, mas elas estão discutindo sobre alguma coisa.

— Senhoras — Dee fala. — O que está acontecendo?

— A sua avó é uma ameaça ao volante. — *Abuela* é pequena, com cabelos brancos perfeitamente penteados e está ao lado de Nona, que é uns trinta centímetros mais alta e tem cabelos grisalhos. — Ela quase me matou.

Nona revira os olhos.

— Não foi nem perto. Se eu quisesse te matar, teria pisado no freio e deixaria que eles te jogassem para fora da minha vida.

Dee revira os lábios como se estivesse tentando não rir.

— Não tem graça — *Abuela* diz indignada.

— Não é nada engraçado — Dee responde. — Onde vocês foram?

— Fomos levar o jantar para os seus pais antes da correria — Nona fala. — Eu deveria *tê-la* deixado aqui.

— Ah, não enche — *Abuela* retruca.

— Como eles estão? — Dee pergunta.

— Sua mãe está tendo alguns problemas com o cateter, mas Maria foi até lá mais cedo para verificar. Ela está de olho nisso.

E então, como se a discussão nunca tivesse acontecido, Abuela *parece* perceber que Dee está ali com um homem, e de repente, a briga termina, e toda sua atenção está em mim. Engulo em seco.

— Eu te conheço. — *Abuela* aponta para meu peito. — Quem é você?

— Ele é o amigo do Jason, Wyatt, do casamento — Dee responde.

— Ah, certo. Eu me lembro agora. Você é um bocado bonito.

— Hum, obrigado?

— Não o constranja, *Abuela* — Dee diz enquanto passa a mão em volta do meu braço.

As duas mulheres se concentram naquela mão no meu braço. Quase posso sentir o calor de seus olhos enquanto farejam uma história.

Somos interrompidos, felizmente, quando um homem mais velho se aproxima de nós.

— Olá, sr. Muñoz — Dee o cumprimenta. — Como você está?

— Estou muito bem e ansioso pelo meu jantar favorito da semana. — Ele fala com todos nós, mas seu foco está em *Abuela*. — Vai se juntar a mim, Marlene?

— Não, não vou. Como sabe, eu trabalho aos sábados à noite. E você sabe disso, porque digo a mesma coisa todo sábado, quando você me convida para acompanhá-lo.

Ele sorri como se ela não tivesse dado um fora nele.

— Não pode culpar um homem por querer compartilhar seu jantar com uma linda mulher. Te vejo lá dentro. Dee, estou ansioso para vê-la no próximo fim de semana.

— Nos veremos em breve, sr. Muñoz. A Sofia vai cuidar bem de você esta noite.

— Tenha uma linda tarde.

Depois que ele se afasta, Dee ataca.

— O que foi isso, *Abuela*?

— Nada. Ele é um paquerador sem vergonha e um velho tolo que não aceita um não como resposta.

— Ele *gosta* de você, *Abuela*.

— Que nada. — Ela acena com a mão com desdém. — Quem tem tempo para suas tolices? Estou indo trabalhar. — Ela vai em direção à porta dos fundos e a deixa bater atrás de si.

— Acho que ela protesta demais — Nona comenta.

— Shakespeare — digo antes de pensar se deveria.

— O sr. Muñoz está apaixonado por ela, e ela sabe disso — Nona diz. — Ele vem toda semana só para vê-la. Ele se senta na mesa C32, do lado dela da casa e pede uma entrada diferente a cada semana, assim ele vai ter algo para conversar com ela. Ele é encantador, mas ela não dá a mínima para ele.

— Como eu nunca notei isso? — Dee pergunta.

— Você geralmente trabalha no meu lado da casa.

— Isso é verdade. Há quanto tempo ele vem?

— Cerca de quatro anos, um ano depois que sua esposa morreu — Nona responde. — E ele a convida toda semana para comer com ele. O Vincent diz que ela deveria dar uma chance para o cara, mas ela nunca dá.

— Ah, isso é tão triste.

— Concordo, mas aprendi a evitar esse assunto. Ela fica mais brava do que uma galinha molhada por isso. Acho que significa que ela também gosta dele, mas tem medo de arriscar.

— Precisamos dar um empurrão — Dee comenta.

— Me deixe fora disso — Nona diz. — Tenho medo de que ela vá cumprir sua ameaça de me esfaquear um dia desses, enquanto eu estiver dormindo.

Dee ri e abraça a avó.

— Vocês duas são hilárias. Vocês levariam um tiro uma pela outra, mas tudo o que fazem é discutir.

— Ela é uma mala pesada, mas eu a amo.

— E ela também te ama. Te vejo amanhã?

— Sim. Espero que você e seu belo rapaz tenham uma noite muito agradável. — Ela balança as sobrancelhas para dar ênfase.

— *Shiu* — Dee resmunga com as bochechas em chamas com uma cor que me excita instantaneamente.

Isso não é uma boa ideia com sua avó de olhos afiados assistindo. Me ocupo guardando as bolsas que contém o nosso jantar no banco de trás do carro de Dee. Quando me viro, sua avó está abraçando-a e sussurrando algo em seu ouvido que aumenta o constrangimento de Dee.

— Vá trabalhar, Nona.

— Amo você, querida. Te vejo no *brunch*.

— Também te amo.

Seguro a porta do passageiro para ela.

— Para sua informação, a Dee envergonhada é sexy. Na verdade, todas as suas versões são sensuais.

Ela cobre o rosto com as mãos.

— Pare.

— Nunca. — Eu me inclino, afasto suas mãos do caminho e beijo o tom pêssego de sua bochecha. — Você é adorável.

— Ela é incorrigível.

— O que ela disse?

— Não posso repetir. É escandaloso.

Rindo, fecho a porta e dou a volta para o lado do motorista. Depois de colocar o cinto de segurança, me viro para encontrá-la me observando.

— O que ela disse?

— Que ela espera que eu te leve para casa para dormir comigo antes que outra pessoa o faça.

Dou uma gargalhada.

— Minha *avó* é terrível.

— Eu a adoro.

— Ela é louca. As duas são.

— Não, elas são engraçadas.

Ela tira o telefone da bolsa.

— Não posso acreditar que ainda não liguei para os meus pais hoje. Você se importa se eu ligar para eles rapidinho?

— Claro que não. Faça o que precisa.

Dee faz a chamada pelo Bluetooth do carro.

— Oi, querida — seu pai diz. — Como você está?

— Estou bem. Soube que a mamãe teve alguns problemas com o cateter. Ela está bem?

— Parece bem, mas está com uma vermelhidão ao redor que a Maria falou que poderia ser o início de uma infecção. Ela está observando...

— E vocês receberam uma entrega especial do restaurante.

— Verdade! Foi uma boa surpresa.

— Achei que o Nico ia levar o jantar hoje à noite.

— Ele ia, mas a Nona avisou a ele que elas viriam. Todo mundo tem sido muito bom para nós.

O pai dela soa um pouco choroso, o que é muito doce.

— O que você tem feito?

— Levei um amigo para pescar em Black Point. Todo mundo de lá mandou lembranças.

— Ah, que maravilha. Sinto falta de vê-los. Precisamos voltar lá em breve.

— Nós vamos. Vocês virão para o *brunch*?

— Esse é o plano. Vamos ver como a sua mãe vai estar se sentindo pela manhã. Ela está no chuveiro agora, ou eu deixaria você dizer oi.

— Diga a ela que liguei e que a amo.

— Pode deixar, querida. Obrigado por ligar.

Quando Dee termina a ligação, ela faz outra para a irmã.

— Ei, o que há com a mamãe e o cateter?

— Está um pouco vermelho nas bordas e causando desconforto. Tratei com pomada antibiótica e liguei para o médico dela.

— Precisamos ficar preocupados?

— Por enquanto, não.

— Certo, bom. Graças a Deus por você, irmã. O que faríamos sem você?

— Ah, você é fofa. Onde esteve o dia todo?

— Eu, ah, levei o Wyatt para pescar.

— Parece ter sido divertido.

— Foi. Tenho que correr. Ele está esperando que eu explique como chegar ao meu apartamento.

— Não quero atrapalhar. Divirta-se. Te vejo amanhã?

— Sim.

Depois que ela termina a ligação, digo:

— Odeio dizer isso, mas preciso passar na casa do Jay e pegar minhas coisas. Preciso dos meus remédios.

— Não tem problema. — Ela me orienta para onde ir, e percebo que estamos voltando.

— Me desculpe, eu deveria ter dito algo antes de irmos ao restaurante. A culpa é de não conhecer bem o lugar.

— Sem problemas. — Ela boceja e apoia a cabeça para trás contra o assento. — Terei sorte se me manter acordada até as oito da noite.

— Vou garantir que você tenha uma boa noite de sono.

— E eu vou fazer o mesmo com você.

Damos as mãos a caminho de Brickell. Minha boca está cheia de água com o cheiro da comida.

— Não tenho certeza do que a Carmen e o Jason estão fazendo, mas se você quiser, podemos comer na varanda deles. A vista é incrível.

— Vou mandar uma mensagem para ver se eles se importam. — Ela digita em seu telefone. — Ela disse que já comeram, mas que é para ficarmos à vontade para usar a varanda e a mesa.

— Excelente. Estou morrendo de fome.

— Estou começando a perceber que é um tema recorrente com você.

— Não há um momento em que eu não esteja com fome. As pessoas com quem trabalho em Phoenix dizem que tenho solitária na barriga. O pessoal leva comida para mim e depois ficam chateados porque eu nunca ganho um quilo.

— Isso é irritante.

— Não posso evitar que meu metabolismo seja espetacular. — Olho para ela. — Você quer ouvir algo louco?

— Ah, claro.

— A coisa de estar com fome o tempo todo começou depois que ganhei meu novo coração. Mais tarde, descobri que a Emma, a garota que o doou, também estava sempre com fome. Ela era conhecida por isso – e também nunca ganhava um quilo.

— Uau.

— Engraçado, não é? Acontece em alguns casos. Ouvi falar de outras pessoas que relataram coisas semelhantes, como uma mulher que não gostava de café até ter o coração de um apaixonado pela bebida.

— Uau. Isto é tão legal. Deve ter sido estranho descobrir que a Emma estava sempre com fome.

— Foi mesmo! No começo, pensamos que era porque eu estava saudável novamente, e meu apetite estava se recuperando junto com o resto da minha saúde. Mas quando me encontrei com a mãe dela, e ela me disse isso...

— É realmente incrível. A Emma está viva em você.

— É assim que parece. Há outras coisas estranhas além disso. Como eu costumava odiar manteiga de amendoim, e agora adoro. Ela também adorava.

— Estou realmente impressionada.

— Eu também fiquei. Levei muito tempo para entender a magnitude de alguém ter que morrer para que eu pudesse viver. Senti muita culpa e fiz terapia por causa disso.

— A terapia ajudou?

— Sim. O terapeuta me ajudou a aceitar que a Emma ia morrer se eu pegasse seu coração ou não, e a morte dela não foi minha culpa.

— Isso é uma coisa pesada para um garoto de dezessete anos lidar.

— Sim, fiquei confuso sobre isso por um tempo. Ajudou conhecer sua família e ouvir mais sobre ela.

— O que aconteceu com ela?

— Ela sofreu um acidente de esqui. Colidiu com uma árvore e sofreu um grave ferimento na cabeça.

— Isso é tão triste.

— Sim, mas ela salvou a vida de cinco pessoas com seus órgãos. Sua família se confortou muito com isso. Eles disseram que ela adoraria isso.

— Me sinto triste por alguém que nunca conheci.

— Eu me senti assim por muito tempo após o transplante. Tudo o que eu sabia no começo era que tinha vindo de uma jovem de dezenove anos, então tive visões no começo, de ela tentando se acostumar a viver dentro de um garoto de dezessete anos.

— Isso daria um filme legal.

— Minha irmã sempre disse a mesma coisa.

Estaciono do lado de fora do prédio de Jay e trago a comida comigo quando saímos do carro. Eles abrem o portão para que possamos entrar no prédio. No elevador, olho para Dee. Seu rosto está radiante do dia ao sol, mas seus olhos estão cansados. Nós dois precisamos dormir um pouco em breve.

— Não deixe a Carmen te convencer sobre isso. — Depois de passar o dia inteiro com ela, estou com medo de que ela mude de ideia. Tive um gostinho de como seria estar apaixonado, e já estou viciado.

Ela me olha direto nos olhos.

— Sem chance.

Carmen está esperando na porta do apartamento quando saímos do elevador. Eu não a conheço muito bem, mas até eu posso ver que ela parece preocupada e estressada. Isso provavelmente é minha culpa. Espero que Dee tenha falado sério quando disse que ninguém poderia convencê-la a não ficar comigo. Tenho a sensação de que se alguém poderia, provavelmente é Carmen ou Maria.

Dee beija a bochecha de Carmen.

— Pare com isso. Está tudo bem. Pare de fazer isso com suas sobrancelhas.

— O que há de errado com minhas sobrancelhas?

— Estão franzidas.

— Impossível.

— Você sabe o que quero dizer.

— Onde está o Jay? — pergunto a ela.

— Saiu para dar uma corrida. Ele deve voltar em breve.

— Vamos, Wyatt. Vamos comer. — Dee pega talheres e uma taça de vinho da cozinha e me leva para a varanda. — Venha ficar com a gente, Car, mas sem franzidos.

Adoro o jeito como ela fica à vontade na casa da prima e que elas falem tão livremente uma com a outra. Nunca tive essa proximidade fácil com meus irmãos – ou qualquer pessoa. Provavelmente porque estive ausente durante grande parte da nossa infância e, quando estava em casa, absorvia toda a atenção dos nossos pais. Não sei se algum deles se ressente de mim pelo caos que minha doença causou a todos nós, mas como não poderiam? Eu provavelmente me sentiria assim se eu fosse eles.

Carmen se serve de uma taça de vinho de uma garrafa que ela já tinha e vem se sentar conosco.

— Vamos colocar isso para fora — digo a ela entre garfadas no frango mais saboroso que já comi.

Dee arregala os olhos como se eu fosse louco. Talvez eu seja, mas não posso suportar que a esposa do meu amigo pense que vou magoar sua preciosa prima. Ela precisa saber que é a última coisa que quero.

— Entendo que você está preocupada com o fato de a Dee se envolver comigo à luz do que você sabe sobre mim.

Carmen não esperava que eu dissesse isso, mas acho que tenho tudo a ganhar e nada a perder ao confrontar o elefante na sala. Dee também não esperava, mas tudo bem. Quero que ela relaxe e aproveite o que está acontecendo entre nós e não fique chateada com as preocupações de sua família.

— Eu, ah... — Carmen toma um gole de vinho. — Não quero que a Dee se magoe novamente. A primeira vez foi mais do que suficiente.

— Estou bem. — Dee gira o macarrão no garfo como uma profissional. — Não há nada de errado aqui.

Carmen para de franzir as sobrancelhas para arqueá-las.

— Sério?

— Como o Jason te contou, fiz um transplante de coração há dezessete anos. Estou seis anos além da expectativa média de vida, mas estou perfeitamente saudável. Faço exames regulares e cuido muito de mim mesmo. Dito isso, tentei dizer a Dee que sou uma aposta ruim, mas ela se recusa a ouvir a razão. — Olho em sua direção e a encontro sorrindo como uma tola. Deus, eu já a amo. Como poderia não amar?

— Quero que o Wyatt saiba como é estar apaixonado. Quero passar o resto de sua vida com ele, e não há nada que alguém possa dizer para me convencer do contrário, então não vamos perder nosso tempo falando sobre todas as maneiras pelas quais isso pode dar errado e focar nas muitas maneiras pelas quais as coisas são certas.

— Mas vocês só se conheceram no casamento... como pode saber que é isso que você quer?

— Dormimos juntos depois do casamento — Dee diz com naturalidade. — Foi a melhor noite da minha vida.

Carmen se engasga com o vinho.

Dou um tapinha nas costas dela até que ela recupere o fôlego.

— Puta merda, Delores? Por que você não nos contou?

— Nos contou o quê? — Jason pergunta quando se junta a nós na varanda, suado da corrida.

— Eles dormiram juntos depois do casamento! — Carmen conta ao marido.

— E foi a melhor noite da minha vida — Dee responde.

Eu me inclino para beijá-la.

— A minha também.

Jason parece tão chocado com essa notícia quanto Carmen.

— Uau, como você manteve esse segredo nesta família?

Dee dá de ombros e continua girando a massa como se nada de especial estivesse acontecendo.

— Eu simplesmente não contei a ninguém.

— Então vocês estiveram, tipo, se falando esse tempo todo?

— Mantivemos contato — Dee afirma.

Posso dizer que sua indiferença está deixando Carmen louca. Ela vira seu foco para mim.

— É por isso que você vai fazer a entrevista para o emprego no Miami-Dade. Você voltou por causa da Dee.

— Eu queria vê-la novamente, mas não vim aqui pensando que isso ia acontecer.

— Ele me disse que não poderia se envolver e, quando descobri o motivo, disse a ele que isso é besteira, e aqui estamos. Envolvidos.

— Dee... — A única palavra de Carmen ecoa com preocupação agonizante.

Eu não a culpo. Não mesmo. Não tive as mesmas preocupações vinte e quatro horas atrás, antes da Dee me deixar louco com sua coragem e determinação? Isso parece uma vida atrás, depois do dia que passamos juntos, em que tudo mudou.

— Sei o que você vai dizer, Car, e entendo perfeitamente no que estou me metendo. Eu sei que o Wyatt pode não viver para ser um homem velho, e estou escolhendo me importar com ele mesmo assim. — Ela faz uma pausa antes de acrescentar: — Espere. Isso não é exatamente verdade.

— Não é? — pergunto a ela, surpreso.

— Estou escolhendo amar você, não apenas me importar com você.

Carmem suspira.

— Mas você... você o viu duas vezes.

— Em quanto tempo você sabia que o Jason ia mudar sua vida? — Dee pergunta a sua prima.

— Eu... ah...

— Você me disse que sabia no dia em que o conheceu que ele era diferente de todos os outros. Eu soube no seu jantar de ensaio que o Wyatt era especial e que queria passar mais tempo com ele. Estivemos juntos o dia todo no seu casamento. Ele nunca saiu do meu lado, exceto para me pegar outra bebida. Tivemos o melhor momento que já tive com qualquer homem. E quando ele me chamou para ir para o seu quarto de hotel, nunca hesitei. Eu suspeitava que seria mais de uma noite? Não, mas então ele me mandou uma mensagem, e eu respondi, e assim por diante, e aqui estamos nós.

— Ontem você estava chorando pelo Marcus — Carmen fala.

Ah, golpe baixo.

— Eu estava chorando porque pensei que ele tinha tentado tirar a própria vida por minha causa, não porque ainda o amo. Qualquer amor que eu sentisse por ele morreu no dia em que ele se casou com a vaca.

— Então qual é o plano? — Jason pergunta, bebendo de uma garrafa de água.

— Esperamos que eu consiga o emprego no Miami-Dade. — Alcanço a mão de Dee, e ela une seus dedos com os meus. — E se isso acontecer, vou me mudar para cá e viver feliz para sempre com a Dee.

— É mesmo? — Jason pergunta.

— Sim — Dee responde, seu olhar nunca se afastando do meu.

— E se você não conseguir o emprego?— Carmem pergunta.

— Então vamos encontrar um plano B — Dee responde. — De qualquer forma, vamos ficar juntos a partir de agora, e isso é tudo.

Posso dizer que Carmen tem muito a dizer sobre isso, mas ela não sabe por onde começar.

Antes que ela possa formular um pensamento, Dee diz:

— Imagine que fosse o Jason quem passou pelo que Wyatt passou. Você o amaria menos simplesmente porque a vida dele pode ser mais curta que a nossa?

— Não, mas...

— Sem mas, Carmen. As coisas vão acontecer e estou pedindo seu apoio.

— Você o tem. É só que...

— Eu sei — Dee fala baixinho. — Mas prometo que, não importa o que aconteça, eu vou ficar bem. — Ela puxa Carmen e a abraça. — Fique feliz por mim.

— Eu estou. Claro que estou.

Eles se abraçam por um longo tempo, e as duas ficam com os olhos marejados quando se afastam uma da outra.

— Podemos ir? — Dee me pergunta. — Estou tão cansada que estou prestes a apagar.

— Me deixe pegar minhas coisas. — Carrego nossos recipientes de comida para dentro, limpo-os e coloco-os no lixo. Fico satisfeito que o Giordino's use papel em vez de plástico nas embalagens para viagem. Ter esse pensamento me dá um segundo para me recompor antes de ter que enfrentar Jason, que me seguiu para dentro.

— O que aconteceu com suas regras?

— A Dee aconteceu. Vou fazer com que valha a pena para ela, Jay. Eu prometo. E depois, ela terá todos vocês para se apoiar. Você vai ajudá-la a passar por isso, certo?—

Ele passa os dedos pelo cabelo suado.

— Jesus, Wyatt, estamos falando sobre cuidarmos de Dee depois que você morrer?

— Sim, acho que estamos. Eu preciso saber que você estará ao lado dela.

— Claro que sim, mas isso é muito para processar. Estou descobrindo ainda o que aconteceu depois do casamento. Eu não tinha ideia de que era mais do que uma madrinha saindo com um padrinho.

— Foi muito mais do que isso desde o minuto em que nos conhecemos.

— Foi o que você disse.

— Sei que é muito para processar, mas vou cuidar dela de todas as maneiras possíveis. Nós vamos aproveitar ao máximo o que resta da minha vida.

— Soa como um plano.

— Você não aprova?

— Não é que eu não aprove. É só que você tinha regras pelas quais viveu por dezessete anos, e agora decidiu jogá-las para o alto, e está fazendo isso com a prima da minha esposa.

— Sinto muito se isso causa problemas para você, Jay. Sinto mesmo, mas já a amo. E eu quero isso. Quero ficar com ela. Quero uma chance de ter o que você tem com a Carmen pelo tempo que durar. Você pode entender isso, não pode?

— Sim.

— Bem, então, acho que vou pegar minhas coisas e ir. Te vejo amanhã no *brunch*?

— Estaremos lá.

Decido ir embora enquanto as coisas estão bem. Na sala de estar, pego minha mochila e levo até a porta com a mala de rodinhas, enquanto Dee e Carmen saem da varanda carregando taças de vinho e o que sobrou da garrafa de Dee.

— Obrigado por nos emprestar sua varanda — digo a Carmen.

— A qualquer momento. — Ela me surpreende quando me abraça. — Cuide bem da minha prima. Eu a amo muito.

— Eu também, e eu vou. Prometo fazê-la feliz todos os dias que passar com ela.

Quando Carmen me libera, noto lágrimas em seus olhos.

Dee a abraça.

— Te vejo amanhã.

Caminhamos até o elevador e esperamos que ele chegue.

— Você está bem? — pergunto a ela.

Ela assente, mas seu queixo está tremendo. Não tenho certeza se é emoção, exaustão ou os dois que a deixa à beira de um colapso.

Coloco o braço em volta dela.

— Fique firme. Vai ficar tudo bem.

Dentro do elevador, ela me abraça e espera a viagem até o andar térreo.

Do lado de fora, guardo a mala e mochila no porta-malas e entro no lado do motorista.

— Ela disse algo que te chateou?

— Não, só que ela me ama e não quer que nada me machuque do jeito que Marcus fez.

— Eu nunca te machucaria assim.

— Não, você não faria. — Depois de uma pausa, ela olha para mim, com a expressão cheia de apreensão. — Ela provavelmente já está no telefone com a minha irmã. A família inteira vai saber disso até amanhã. Sinto muito. Sei que você não gosta que as pessoas saibam.

— Tudo bem. Não é algo que possamos manter em segredo em uma família como a sua. Eu não me importo que eles saibam.

— Eles vão fazer uma confusão disso – no começo – mas vai acabar. Eventualmente. Peço desculpas antecipadamente por isso.

— Eles te amam. Ficam preocupados. Entendo. — Posso sentir meu telefone vibrando sem parar no meu bolso, o que só pode significar uma coisa. Minha mãe está pirando por não ter falado comigo hoje. Puxo o aparelho do bolso e entrego para Dee. — Pode verificar minhas mensagens? — Ela pode muito bem descobrir agora que quando digo a ela que minha mãe fica em cima, estou falando sério.

— Sua mãe está preocupada por não ter tido notícias suas hoje. Devo responder por você?

— Sim, diga a ela que estive pescando o dia todo e estava sem sinal. Que está tudo bem.

Ela digita a mensagem para mim.

— Ela quer saber se você está tomando seus remédios.

Cerro os dentes contra a vontade de gritar.

— Diga a ela que é claro que estou porque quero continuar vivo.

— Você quer que eu digite isso?

— Tudo bem. Eu digo isso a ela quase todos os dias quando ela me lembra, um *médico*, de tomar meus remédios do jeito que ela fazia quando eu era adolescente.

Ela manda a mensagem.

— Sua mãe disse para você deixar de ser fresco.

— E ela diz isso de volta para mim quase todos os dias. Bem-vinda ao meu mundo.

— Ela parece fofa.

— Ela é a melhor e eu a amo, mas às vezes eu gostaria que ela me amasse um pouquinho menos.

— O que ela vai dizer se você conseguir o emprego aqui e se mudar?

— Meus pais vão ficar loucos — digo com um suspiro profundo. — Mas isso não vai me impedir de me mudar, então não se preocupe com isso.

— Teremos que assegurar a eles de que cuidarei de você com excelência.

— Você não pode ficar pairando sobre mim, linda. Isso vai me deixar louco.

— Quem disse alguma coisa sobre pairar?

CAPÍTULO 11

Dee

É claro que vou pairar sobre ele. Como eu poderia não fazer isso? Vou querer saber o tempo todo que ele está bem, que está saudável, que está tomando seus remédios, que...

Ah, meu Deus, ele vai odiar isso, e preciso me controlar rapidamente. Respiro fundo e solto o ar quando me ocorre que a ansiedade sobre a saúde dele será minha companheira constante, do jeito que tem sido desde o diagnóstico da minha mãe.

— Você não precisa fazer isso — ele fala.

— O que eu estou fazendo?

— Percebendo que se preocupar comigo será um trabalho de tempo integral. Não preciso que você faça isso. Prometo que me cuido todos os dias. Não quero que você se preocupe.

— É mais fácil falar do que fazer, mas farei o meu melhor para que você não se sinta como se tivesse se envolvido com sua mãe. — As palavras mal saem da minha boca quando quase morremos de tanto rir. — Isso saiu errado.

— Jura?

— A culpa é da exaustão. Não estou cem porcento.

— Você é adorável quando está exausta... e mesmo quando não está. Você é adorável o tempo todo.

— Estou feliz que você pense assim.

— Penso mesmo. Também acho você sexy, bonita, engraçada, inteligente, e já mencionei sexy?

— Acho que sim, mas uma garota nunca pode ser sexy demais. — Eu realmente disse isso também? — Preciso calar a boca até dormir.

— Ah, por favor, continue falando. Mal posso esperar para ouvir o que vem a seguir.

Eu o direciono pela vizinhança até o meu apartamento sobre a garagem.

— Se eu conseguir o emprego, vamos precisar de um lugar maior.

— Vou precisar dormir antes de ter essa conversa. Provavelmente de café também.

— Tudo bem. Vamos adiar isso até amanhã, então.

Lá dentro, vou direto para o chuveiro.

— Quer se juntar a mim? — pergunto.

— Claro que sim.

Quando estamos frente a frente no banho, aproveito para estudar a tatuagem que cobre seu peito. Agora que sei que está lá, vejo a leve cicatriz que corre verticalmente entre seus peitorais. Traço com a ponta do dedo.

— Foi doloroso?

— Brutal no começo, mas me curei rapidamente.

Beijo a cicatriz tênue de cima a baixo.

— Gostaria de ter estado lá para ajudar a cuidar de você.

— Você usaria uma fantasia de enfermeira sexy?

— Não, porque todo mundo sabe que não é bom mexer com a pressão do paciente após uma grande cirurgia.

Sua risada baixa me faz sorrir.

— Todo mundo sabe disso, não é?

— Aham. É verdade, não é?

— Sim, e ter você por perto teria testado meu frágil sistema cardiovascular. — Ele pega minha mão e a envolve em torno de sua ereção grossa. — Caso em questão.

— Isso parece uma preocupação cardiovascular crítica.

— É muito crítico. — Ele coloca os braços em volta de mim e me beija até que estou agarrada a ele, com todos os pensamentos de exaustão e sono esquecidos em uma onda de desejo tão intensa que exige toda a minha atenção.

Ele me levanta e pressiona minhas costas contra o azulejo frio.

— Está tudo bem?

— Muito bem.

Todo o ar deixa meu corpo em um longo suspiro quando ele me penetra em uma estocada profunda. Caramba, nada jamais foi como é com ele. Quando penso no quanto cheguei perto de nunca saber que *isso* existia... Ele sabe exatamente onde me tocar para me fazer gritar com o clímax que me rasga quase sem aviso. É muito e pouco ao mesmo tempo. Ainda estamos ofegantes do rescaldo, e já estou me perguntando quando podemos fazer isso de novo.

Depois do banho, Wyatt me enxuga, dando atenção especial aos meus seios.

— Estou ficando obcecado — ele sussurra, beijando cada um deles. — Não consigo ter o suficiente de você.

Pelo menos uma vez na vida, uma garota deveria ter um garoto olhando para ela do jeito que ele olha para mim naquele momento. Naquele único segundo, ele me prova que vale qualquer risco que eu possa correr para ter o que puder com ele. Coloco as mãos em seu peito e dou um beijo em seu esterno. Quando olho para Wyatt, seus olhos estão aquecidos e vidrados com lágrimas não derramadas.

— Você é linda, forte, doce e sexy. E a única razão pela qual eu tinha interesse em vir para Miami para a entrevista era para ter a chance de te ver novamente. — Ele me beija, e eu me agarro a ele enquanto nossa conexão anteriormente escaldante se torna incendiária à luz de sua confissão.

Com os braços em volta de seu pescoço, eu me agarro a ele enquanto sua língua se emaranha com a minha. Nos beijamos pelo que parecem horas antes que ele enganche um braço em volta da minha cintura e me levante do chão. Quero dizer a ele para não fazer isso, não se esforçar ou correr riscos, mas tenho certeza de que não seria algo que ele gostaria de ouvir.

Wyatt me coloca na cama e se deita sobre mim, sem perder um segundo do beijo maravilhoso. Ele o interrompe apenas o tempo suficiente para remover nossas toalhas antes de recapturar meus lábios novamente. Ninguém nunca me beijou assim, como se minha vida e a dele dependessem disso. Nos abraçamos com tanta força que é uma maravilha que qualquer um de nós possa respirar. Há um desespero carente neste beijo que não existia antes que ele me contasse a verdade.

No meio do desejo de mudar de vida, me ocorre que, pouco depois de descobrir que ele poderia morrer jovem, sinto mais do que jamais senti em minha vida. Quero dar a ele tudo o que puder pelo tempo que lhe resta, mesmo sabendo que isso pode me levar à ruína. Mas não consigo me importar com o que pode acontecer comigo.

Tudo o que quero é dar a ele tudo o que tenho pelo maior tempo possível.

CAPÍTULO 12

Dee

Me sinto nervosa durante o *brunch*. Meu tio quer falar comigo. Ele diz que não é nada demais, mas é estranho ele pedir um minuto a sós comigo. Também estou ansiosa porque meus pais não vieram. Minha mãe está com febre de quarenta graus e Maria está preocupada que o cateter possa estar infectado. Ela está esperando uma ligação do médico, mas meus pais encorajaram que ela, Austin e Everly viessem.

Além de tudo isso, o foco está sobre mim, Wyatt e seu transplante de coração. Posso dizer porque todo mundo está agindo de forma estranha, o que não suporto.

Estamos do lado de Nona da casa hoje e Wyatt elogia a berinjela. Tenho certeza de que está ótima, mas mal consigo sentir o gosto por estar tão irritada com tudo.

— Por que você está tão tensa? — ele pergunta.

— Por causa de tudo.

— Quer que eu veja a sua mãe depois do *brunch*?

— Você poderia?

— Claro. Eu ficaria feliz.

— Seria ótimo. Obrigada. — Já me sinto melhor sabendo que

um médico vai examinar minha mãe hoje, em vez de outro fazer suposições por telefone. — Só vou ter que falar com o meu tio, mas isso não deve demorar muito.

— Fique tranquila, linda. O que você precisar fazer está bem para mim.

É nosso segundo dia inteiro juntos e já parece que estamos há muito mais tempo. Talvez seja porque pulamos todas as besteiras preliminares e fomos direto para o compromisso total dentro de algumas horas. Tenho que dizer que é muito bom deixar as besteiras de lado e ir direto ao cerne da questão. Depois de dormir em seus braços na noite passada, sei onde quero estar todas as noites pelo maior tempo possível.

Por baixo da mesa, aperto sua mão.

— Estou muito feliz que você está aqui comigo.

— Estou animado por estar aqui. Adoro a sua família.

— Eu também, mesmo quando eles ficam olhando para mim e meu namorado, querendo que eu fique de pé e faça um discurso sobre todos os detalhes que eles estão loucos para saber.

— É isso que eles querem? Bem, isso é fácil. — Ele solta minha mão, se levanta e bate a faca contra uma taça cheia de água. Quando a sala fica em silêncio, ele diz: — Oi, pessoal. Eu sou o Wyatt, e provavelmente vocês se lembram de mim do casamento do Jason e da Carmen, onde conheci a incrível e linda madrinha chamada Dee Giordino. Ela e eu mantivemos contato próximo desde o casamento e, quando tive a chance de me candidatar a um emprego aqui em Miami, aceitei. Minha entrevista é amanhã. Mantenham os dedos cruzados para que eu consiga o trabalho, porque a Dee e eu decidimos ficar juntos a partir de agora.

Minha família o ouve com uma descrença atordoada de que eles estão recebendo os detalhes sem ter que fofocar. Isso nunca acontece. Meus irmãos, primos e eu sempre os fazemos se esforçarem para descobrir o que está se passando em nossa vida.

— Sei que houve um falatório sobre minha condição de saúde, mas para aqueles que não sabem, a essência é que fiz um transplante de coração quando eu tinha dezessete anos. Naquela época, passei nove anos lutando contra a cardiomiopatia, que surgiu de repente quando eu tinha oito anos. Após o transplante, eu realmente renasci, e minha saúde tem sido excelente desde então. Espero que continue assim por muitos anos, mas o fato é que já ultrapassei a expectativa média de vida de um paciente de transplante de coração em seis anos. Nunca tive nenhum tipo de problema com risco de vida ou qualquer sinal de rejeição.

Ele olha para mim com o coração nos olhos.

— Também sei o quanto todos vocês amam a Dee e eu certamente entendo o porquê. Eu também a amo. Ela me convenceu a abandonar todas as minhas regras sobre não me envolver romanticamente com ninguém e ir fundo em uma relação com ela. Se vocês estão preocupados no que ela pode estar se metendo ao se envolver comigo, prometo que farei tudo o que puder para fazê-la tão feliz quanto nós dois estamos hoje, pelo maior tempo possível. Se o pior acontecer, espero poder contar com todos vocês para estarem ao lado dela, quando eu não puder. E, ah, isso é tudo que eu queria dizer.

Através das minhas lágrimas, vejo Maria, Carmen, minhas tias Vivian e Francesca, assim como *Abuela* e Nona enxugando as suas.

Nona lidera uma salva de palmas para Wyatt.

— Bem-vindo à nossa família, Wyatt. Você está certo: nós amamos muito nossa Dee, e é óbvio para nós que vocês dois compartilham algo especial. Se há uma coisa que aprendi na minha vida, é que hoje é tudo o que temos. Espero que você e a Dee sejam muito felizes juntos, e você tem nossa palavra de que, se chegar a hora, cuidaremos muito bem dela se você não puder.

— Obrigada, Nona — falo baixinho. Para Wyatt, acrescento: — Não acredito que você fez isso. Você é incrível.

— Eles precisavam saber como me sinto e que vou te fazer feliz.

— Isso significa tudo para eles. — Percebo meu irmão Nico me observar com um olhar estranho no rosto. — O que foi, Nico?

— Todo mundo está muito feliz por você — ele diz. — Também quero ficar, mas Jesus, Dee. — Seu olhar muda para Wyatt, que está falando com Nona e *Abuela*. — O cara é como uma bomba-relógio.

Felizmente, os assentos entre nós estão vazios no momento, para que possamos ter essa discussão em relativa privacidade.

— Não, ele não é. A saúde dele é melhor do que a sua.

— Agora, talvez. Olha, sei que não é o que você quer ouvir, mas acho que você está louca em se arriscar assim.

— Obrigada pela sua contribuição.

— Dee, vamos. O que você diria para mim se eu lhe dissesse que estou me envolvendo com alguém que tem uma data de validade iminente?

— Diria para você ser grato por ter encontrado alguém para amar e que te ama. E para ser grato por cada segundo que tiver com ela. Veja o que aconteceu com a Carmen, quando o Tony foi trabalhar um dia, um jovem de vinte e quatro anos perfeitamente saudável, e nunca mais voltou para casa. Você acha que ela se arrepende do tempo que passou com ele por causa de como tudo terminou?

— Sei que não, mas ainda assim... É diferente entrar nisso, sabendo que provavelmente não vai durar.

— Me deixe te dizer uma coisa, Nico. Passei *anos* com o homem errado, e sabe como sei disso? Porque encontrei o certo. Vou levar o tempo que puder com ele e serei grata por cada segundo. Agradeço sua preocupação, mas, francamente, não quero ouvir isso.

Maria se aproxima de nós.

— Hum, sobre o que vocês estão brigando?

— O Nico não aprova que eu fique com o Wyatt.

— Eu nunca disse isso. Disse que estou preocupado com você assumir algo assim. — Ele suaviza o tom. — Nenhum de nós quer ver você magoada de novo, Dee.

— E eu aprecio isso. De verdade. Mas sei no que estou me metendo e me sinto muito bem com isso. Só quero que você fique feliz por mim. Você pode fazer isso?

— Vou trabalhar nisso. — Ele olha para Wyatt, que está rindo de algo que o tio V está dizendo a ele. — Ele parece ser um cara legal.

— Ele é um cara ótimo. Se não fosse, eu não gostaria dele do jeito que gosto.

— Você disse o que queria — Maria diz ao nosso irmão. — Deixe as coisas seguirem em frente agora.

Nico levanta as mãos.

— Não me odeie por me importar.

— Ninguém está te odiando — digo. — Mas não quero falar sobre tristeza e pessimismo hoje. Estou feliz. Ah, e o Wyatt se ofereceu para dar uma olhada no cateter da mamãe depois daqui.

— Isso seria ótimo — Maria responde. — Seria bom ter outra opinião.

— O tio V quer falar comigo antes de eu sair, logo depois vamos para lá.

— O que ele quer? — Maria pergunta.

— Não faço ideia. — Observamos enquanto Nico vai falar com Sofia, que sorri como nunca a vi sorrir quando ele diz algo para ela. — O que está acontecendo?

— Não tenho ideia, mas é melhor que ele não esteja brincando com ela.

Todos nós nos tornamos protetores de Sofia e seu filho. Foi ideia de Nona contratá-la para trabalhar no restaurante, e ela e *Abuela* colocaram a jovem mãe solteira sob suas asas formidáveis desde então.

— Vamos ficar de olho — digo a Maria. Amamos nosso irmão, mas por causa do rastro de corações partidos que ele deixou, nem sempre temos fé nele para fazer a coisa certa quando se trata de mulheres. De jeito nenhum vamos deixar Sofia acabar nessa lista desprezível.

Quando vejo o tio V indo em direção ao bar, decido segui-lo, esperando que possamos conversar, para que eu possa continuar meu dia com Wyatt.

— Volto já — digo a Wyatt.

— Sem pressa.

Enquanto o resto da família começa a sair, eu me sento no bar. Tio V me serve água gelada com limão.

— Obrigado por ficar.

— Claro. O que houve?

— Estive pensando. Bem, a Viv e eu estivemos pensando, devo dizer.

— A respeito?

— Aposentadoria?

— Jura? — Se me pedissem para apostar no que ele poderia querer me dizer, isso não estaria entre as cem primeiras opções.

— Desde que a sua mãe ficou doente, tem sido um grande alerta para nós que nos tornamos totalmente focados no trabalho e não em diversão. Temos coisas que queremos fazer, lugares para ver... a Carmen não tem interesse no negócio. Já sabemos disso há algum tempo, e está tudo bem. Ela precisa seguir seu caminho, mas decidimos que queremos contratar alguém como gerente geral, para que possamos tirar uma folga e deixar o negócio com alguém em quem confiamos. Assim podemos nos divertir.

— Isso parece uma ótima ideia. — Não consigo imaginar por que ele está me dizendo isso. Ele quer meu conselho sobre quem contratar?

— Quando começamos a falar seriamente sobre quem poderíamos contratar, pensamos em você.

— *Em mim?* — Devo estar olhando para ele como se o achasse louco. — Por que eu?

— Você é formada em administração e trabalhou por anos como gerente de escritório...

— Não é a mesma coisa que administrar um restaurante dessa magnitude.

— É uma experiência de gestão. É experiência de supervisão. Podemos ensinar o resto do que você precisa saber. Planejamos contratar alguém agora e começar a nos afastar em seis meses ou mais. Se quiser, o emprego é seu. — Ele recita um salário de seis dígitos que deixa minha boca aberta em choque e melhora o acordo com três semanas de folga remunerada, plano de previdência e seguro saúde. — Não estou brincando, Dee. Precisamos de alguém em quem possamos confiar e estamos oferecendo a você.

Tia Vivian se junta a ele atrás do bar.

— A julgar pelo olhar chocado no rosto da Dee, acho que você contou nossa ideia para ela.

Vincent coloca o braço em volta da esposa.

— Contei e ela está realmente em estado de choque.

Também estou à beira das lágrimas. O fato de eles pensarem em mim para algo assim é emocionante.

— Vocês... não tenho ideia do que dizer. Estou muito honrada que vocês achem que eu seria capaz disso.

— Não somos apenas nós, querida — Viv fala. — A Nona e a *Abuela* também acham uma ideia brilhante. Você trabalha aqui de vez em quando desde os quinze anos. Conhece os clientes, a rotina, o cardápio, a cultura do lugar. Você é perfeita.

— Estou sem palavras. Quando você disse que queria falar comigo, nunca imaginei isso. — Enquanto enxugo uma lágrima, não consigo encontrar as palavras para dizer aos meus tios o que isso significa para mim.

— Se precisar de algum tempo para pensar, certamente entenderemos — tio Vincent afirma.

— Não, não preciso de tempo para pensar — respondo, rindo. — Eu ficaria muito honrada em ser a gerente geral, em administrar os negócios para que vocês possam ter algum tempo para se divertir. — Me levanto do banco e dou a volta no bar para abraçar os dois. — Vocês não tem ideia do quanto eu precisava disso. Obrigada. E prometo que vocês nunca vão se arrepender de ter me convidado.

— Sabemos que não vamos, querida — Vincent diz enquanto se afasta de mim. — Você foi a única pessoa que consideramos. Estamos aliviados por você ter dito sim porque não tínhamos um plano B.

— O que ela disse? — Nona pergunta quando ela, *Abuela*, Carmen, Jason, Maria, Austin, Everly e Wyatt entram na área do bar.

— Ela disse sim! — Vincent diz com um soquinho no ar.

Os familiares animados me abraçam e me felicitam.

— O que estou perdendo? — Wyatt pergunta quando finalmente consegue romper o grupo e chegar até mim.

— Meus tios me ofereceram uma oportunidade fabulosa de ser gerente geral do restaurante.

— Uau! — Seu rosto se ilumina de prazer. — Isso é fantástico. Parabéns, linda. — Ele me abraça forte. — Estou muito feliz por você.

— Obrigada. Ficarei feliz por mim quando o choque passar.

Carmem me abraça.

— Você vai ser ótima. Quando meus pais me disseram o que estavam pensando, eu não poderia ficar mais animada por eles ou por você.

— Muito obrigada por confiar em mim com isso. — Estou bem ciente de que este lugar é o legado dela, mesmo que a família sinta que pertence a todos.

Ela vem pressionando os pais há algum tempo para trabalharem menos e se divertirem mais.

Vincent serve taças de champanhe para todos.

— Vocês sabem o que isso significa, senhoras — ele diz para Nona e *Abuela*. — Fizemos um acordo.

— Que acordo? — Carmem pergunta.

— Quando contamos a *Abuela* e a Nona o nosso plano de convidar a Dee para ser gerente geral, conseguimos que elas concordassem que, se a Dee aceitasse nossa oferta, elas também tirariam mais tempo para fazer coisas que costumam estar muito ocupadas para fazer.

— Não tenho ideia do que fazer se não estiver trabalhando — *Abuela* diz, franzindo a testa.

— Já está na hora de descobrir, não acha? — Carmem pergunta a ela.

Abuela dá de ombros, parecendo triste. Vamos nos reunir em torno dela e tentar ajudá-la a encontrar algumas coisas que ela pode fazer fora do trabalho.

— Talvez seja hora de dizer sim ao pobre sr. Muñoz, da mesa C32 — sugiro.

— Morda a língua — *Abuela* resmunga enquanto o resto de nós rimos. — A última coisa de que preciso é de um velho para cuidar.

— Talvez ele cuidasse de você — Carmen sugere.

Abuela descarta o assunto com uma carranca feroz.

— *Shiu!*

— E você, Nona? — Maria pergunta.

— Vou me inscrever em aulas de voo.

Vincent olha para sua mãe. — O que você disse?

— Você me ouviu. Sempre quis aprender a voar e, se vou ter mais tempo livre, é isso que quero fazer.

— Agora, espere só um minuto — Vincent gagueja.

Nós rimos de sua reação.

Nona dá um olhar desafiador a seu filho.

— Você não é meu chefe, mas é você que está dizendo que precisamos viver mais e trabalhar menos. Já pesquisei sobre isso e tem uma ótima escola de voo no aeroporto de Miami. Já entrei em contato com eles.

— Odeio perguntar — Jason diz de forma tímida —, mas é possível que você tenha passado da idade para tirar o brevê?

Nona dá a ele seu olhar mais fulminante.

— Está dizendo que estou velha, meu jovem?

Ele engole em seco.

— De jeito nenhum, senhora.

Rindo, ela diz:

— Não há limite de idade para pilotos particulares, desde que minha visão esteja boa e eu tenha o controle de todas as minhas faculdades, o que certamente tenho. Meu pai era piloto e sempre planejamos que ele me ensinasse, mas ele morreu antes que pudesse. Estou fechando esse círculo. Vou fazer isso por ele.

— Isso é incrível, Nona — Carmen fala. — Estou muito animada por você. Não é incrível, pai?

Vincent franze a testa, mas dá um aceno sutil.

— Eu me sentiria melhor sabendo que você não estará lá em cima sozinha, mãe.

— Não se preocupe comigo. Vou ficar bem.

Ela parece tão encantada com seu plano que não posso deixar de ficar feliz por ela.

— Posso até tentar saltar de paraquedas enquanto estiver no aeroporto.

— Nona!

Ela cai na gargalhada, animada por ter nos provocado.

Carmen, Maria e eu acabamos sozinhas ao lado das outras.

— O que vocês souberam a respeito do Marcus? — Mantenho a voz baixa para que ninguém possa me ouvir.

— Ele se internou na reabilitação por trinta dias — Maria sussurra.

Fico chocada ao ouvir isso.

— Que tipo de reabilitação?

— Álcool.

— Sério? Desde quando ele é viciado em álcool?

— Pelo que ouvi de duas outras pessoas, há algum tempo. Ele estava bêbado quando se casou e não se lembra de nada.

— Vamos — Carmen protesta. — Isso é verdade ou o que ele quer que as pessoas acreditem?

— Sondei por aí e soube por dois amigos íntimos dele que Marcus vem ultrapassando os limites com a bebida há algum tempo.

Estou chocada.

— Como eu não sabia disso?

— Vocês moravam em cidades diferentes há muito tempo — Maria me lembra.

— Ainda assim, ele foi para Nova York e passou dias comigo, e nunca o vi beber assim.

— Ele provavelmente fazia um esforço para se manter sob controle na sua frente, e não é como se os amigos fossem relatar o que estava acontecendo aqui enquanto você estava em Nova York.

— Eu ficar em Nova York quando ele se mudou para cá estragou tudo.

— Não faça isso — Carmen diz ferozmente. — Talvez isso tenha o deixado um pouco estressado, mas não é culpa sua que ele seja alcoólatra.

Isso pode ser verdade, mas me sinto mal por ouvir isso. Vejo Nico conversando com Sofia. Ele está sorrindo, e o rosto dela está corado como se estivesse com calor ou envergonhada. Conhecendo Nico, provavelmente é a segunda opção. Cutuco Maria e aponto para eles com o queixo. — O que ele está fazendo?

— Não sei, mas não gosto.

— Eu também não — Carmen diz, quando ela percebe sobre o que estamos discutindo.

— A Sofia é um amor. Odiaria vê-lo jogar com ela, de todas as pessoas — Maria fala.

— Vou falar com ele — Carmen diz. — Vai ser melhor vindo de mim. Eu não sou irmã dele.

— Depois nos conte o que ele disse.

— E se... — A pergunta inacabada de Maria paira no ar.

— E se o quê? — pergunto a ela.

— E se ela realmente gostar dele e estiver incentivando sua atenção?

— Se a Sofia gosta dele, ela não o conhece bem o suficiente para tomar essa decisão. — Eu me sinto imediatamente culpada pelas palavras duras sobre meu irmão, mas seu histórico com as mulheres é horrível. — E sim, me sinto terrível dizendo isso em voz alta.

— É a verdade — Maria declara sem rodeios. — Eu não o apresentaria para a minha pior inimiga.

— Podíamos juntá-lo à vaca para afastá-lo da Sofia — Carme diz e nós três damos risada. Rimos tanto que temos que nos segurar uma na outra.

Quando finalmente nos acalmamos, encontro Wyatt me observando com uma expressão doce, como se o deixasse feliz em me ver me divertindo.

Saímos do restaurante pouco tempo depois e vamos para a casa dos meus pais para compartilhar nossas novidades com eles e, se minha mãe for receptiva, para que ele possa dar uma olhada no cateter de quimioterapia que está causando problemas. Estou nervosa por eles saberem sua história, embora, conhecendo minha família, eles provavelmente já saibam tudo sobre ele. Tenho certeza de que uma das minhas tias ligou para eles depois do *brunch* para informá-los sobre os acontecimentos.

— Meus pais já devem saber de tudo. — Paramos em um semáforo vermelho na Calle Ocho. — As notícias correm rápido em nossa família.

Ele aperta minha mão.

— Estou pronto para eles. Não se preocupe.

Adoro como ele sempre quer me tocar, mesmo que estejamos

apenas indo de carro para algum lugar juntos.

— Alguma ideia sobre a possibilidade de vir para Phoenix e voltar comigo?

— Eu adoraria. Meu tio e eu concordamos em começar no próximo mês. Ele disse que precisam de algum tempo para resolver algumas coisas, mas vamos começar a treinar esta semana.

— Perfeito, já que eu teria que dar um aviso de duas semanas ao meu trabalho atual. Você consegue trocar seus turnos no restaurante para que possa vir comigo?

— Não poderei ir no mesmo dia que você, mas posso ir mais tarde para te ajudar a fazer as malas e voltar com você.

— Isso significa semanas sem você. Como devo lidar com isso?

— Podemos nos falar pelo *FaceTime* todos os dias.

— Boa ideia. Viu o que você fez comigo em três dias? O pensamento de ficar sem você por duas semanas me deixa em uma profunda e sombria depressão.

— Pare de ser dramático — digo rindo, mesmo quando ele faz meu coração disparar com suas doces palavras.

— Não sou dramático. Estou falando sério. Vou sentir sua falta.

— Também vou. Espero que não seja por muito tempo.

— Provavelmente estou me azarando fazendo planos como se já tivesse conseguido o emprego.

— Você vai conseguir. Eles seriam loucos se não te contratassem.

— Eles podem ter as mesmas preocupações que você sobre minha saúde. Não tenho ilusões de que eles já não tenham descoberto que sou um receptor de transplante.

— Eu não tenho nenhuma preocupação com isso. Acontece que acredito que você vai viver por tempo suficiente para se tornar um velho mal-humorado que me deixa louca me perseguindo pela casa tentando ter sorte.

— Você ainda vai querer ser pega quando eu for velho e mal-humorado?

— Claro que sim.

— Você me dá esperança de que isso possa acontecer.

— Temos que acreditar. A minha mãe tem lido muitas coisas de autoajuda desde que ficou doente, e a única coisa que ela sempre nos diz é que temos que permanecer positivos, que uma mentalidade otimista é tão crítica quanto o tratamento médico que ela está recebendo.

— Ela está certa. Vejo muito isso no meu trabalho. Os pacientes que permanecem positivos e continuam lutando tendem a ser os que vivem mais. Isso faz uma grande diferença. — Ele faz uma pausa antes de acrescentar: — Aprecio que você tenha uma crença tão forte de que tudo ficará bem enquanto permanecermos positivos.

Afasto os olhos da estrada para olhar para ele.

— Mas?

— As probabilidades são o que são, não importa quanta fé tenhamos em milagres. Precisamos permanecer positivos, mas manter os pés no chão ao mesmo tempo.

— Podemos fazer isso, não podemos?

— Certamente podemos tentar.

— Eu me recuso a ficar obcecada com o que pode acontecer em algum momento distante no futuro.

— Isso faz de você uma mulher única, amor.

— Sou única mesmo, e você ficou sabendo que serei a gerente geral de um dos restaurantes mais populares de Miami?

— Fiquei sim e não poderia estar mais orgulhoso de você.

— Não tenho ideia do que estou fazendo, mas o Vincent e a Viv me disseram que me ensinariam tudo o que preciso saber e, claro, estarão sempre disponíveis se eu precisar. É tão louco eles terem me convidado.

— Não, não é. Eles veem algo em você de que precisam, e não apenas lealdade familiar, mas uma profissional prática, sem tolices, que faz as coisas acontecerem, que já conhece o negócio e pode segurar as rédeas dele e seguir em frente.

— Uau, você me faz parecer incrível.

Ele beija as costas da minha mão.

— Você é incrível, e todo mundo sabe disso, especialmente eu.

— Este fim de semana começou horrível e se transformou em um dos melhores da minha vida.

— Para mim também, só que não começou horrível como o seu.

— Soube de algumas coisas sobre ele hoje. — Nem paro para me perguntar se deveria compartilhar coisas sobre meu ex com ele. É tão fácil falar com Wyatt sobre tudo e qualquer coisa, e foi assim desde o início. Conversamos sobre tantas coisas no casamento, e foi por isso que não hesitei em aceitar o convite para sair depois.

— Que tipo de coisa?

Conto a ele o que Maria descobriu.

— Como ele pode ser alcoólatra e eu não fazia ideia?

— Já ouvi falar de casos em que os cônjuges não sabiam que seu parceiro era alcoólatra.

— Sério? Isso pode acontecer?

— Claro que pode. As pessoas fazem um grande esforço para manter os vícios escondidos de seus entes queridos.

— Odeio que ele estivesse sofrendo assim, e eu estava alheia.

— Ele escolheu esconder isso de você, Dee. Provavelmente não há nada que você pudesse ter feito diferente.

— Eu poderia ter me mudado para casa de Nova York.

— Por que você não o fez?

— A Maria diria que não há lugar melhor do que aqui, e eu concordo com isso, mas eu tinha... não sei como descrever, exceto como uma necessidade ardente de sair daqui e estar em outro lugar por um tempo antes de me estabelecer, me casar e criar uma família aqui. É por isso que só me inscrevi em faculdades em Nova York e Boston. O Marcus e eu começamos a namorar naquela época, e ele se inscreveu nos mesmos lugares, então ainda podíamos nos ver. Todos aqui acharam que eu era louca por ir tão longe de casa, mas eu precisava disso.

— Você queria uma aventura.

— Sim — digo com um suspiro, aliviada por ele entender. — Meu primo Dom, que estava lá há um ano, fez parecer muito divertido e, para ele é, porque ganha muito dinheiro como representante de vendas de uma empresa de suprimentos médicos.

— Não foi bom para você?

— Não tanto depois da faculdade. Viver em Nova York é difícil. É insanamente caro e cheio, e até a coisa mais simples, como fazer compras no supermercado, é complicado. Eu mal ganhava o suficiente para a minha metade do aluguel, então não pude ir a todos os espetáculos que pensei que veria, aos shows ou aos museus. Mas ei, pelo menos posso dizer que fiz isso.

— Isso é uma grande conquista para alguém tão próximo da família.

— Fiquei com muita saudade de casa no começo. Foi terrível. Senti muita falta de todos.

— É interessante ouvir que você sentiu falta deles, mas você não disse que sentiu falta do Marcus.

— Senti. Claro que sim. — Suspirando, acrescento: — Mas não como a da minha família.

— Interessante.

É mesmo. Me lembro vividamente de ansiar por minha família, especialmente aos domingos, quando todos estavam juntos no *brunch*. Embora eu sentisse falta de Marcus depois que ele voltou para Miami, não era da mesma forma que sentia saudade de todos os outros. E nunca pensei sobre isso dessa maneira até agora. Já sei que nunca me contentaria em viver longe de Wyatt. Agora que o conheço, tudo o que quero é passar cada segundo que puder com ele.

Muito interessante mesmo. Talvez Marcus tenha feito um favor a nós dois acabando com o nosso relacionamento e nos dando a chance de encontrar algo melhor do que o que tínhamos juntos.

Quando chegamos à casa dos meus pais, estaciono atrás do Toyota Highlander prata do meu irmão Milo.

— O Milo está aqui, então você também poderá vê-lo.

— Excelente.

Ele me segue para dentro da cozinha. Meu pai e meu irmão estão na mesa jogando dominó enquanto tomam café.

— O tio Vin mandou algumas sobras. — Coloco as caixas do restaurante na geladeira.

— Obrigado, querida — meu pai diz quando beijo sua bochecha.

— Wyatt, você se lembra do meu pai, Lorenzo, e meu irmão Milo, do casamento.

Ele aperta a mão de ambos.

— Bom ver vocês de novo.

— Igualmente. — Meu pai dá uma olhada mais de perto em Wyatt. — Ouvi dizer que vocês dois fizeram um grande alvoroço no *brunch*.

— Eu disse que eles já sabiam.

O sorriso de Wyatt me diz que ele não se importa.

— Você fez um transplante de coração — Milo diz. — Isso é terrível.

— Não tanto se for você quem está abrindo o peito.

— Ai — Milo fala.

— Não é a coisa mais divertida que já vivenciei.

— Eles disseram... — meu pai olha para mim e depois para Wyatt. — Que o tempo de vida é até certo tanto tempo.

— Isso mesmo, mas até agora está tudo bem comigo depois de dezessete anos.

— Onde está a mamãe? — Não desejo dissecar a situação de Wyatt novamente. Já tivemos o suficiente disso por um dia.

— Está na sala assistindo ao noticiário.

— Como ela está se sentindo?

— Mais ou menos — meu pai responde.

Ele parece exausto e pálido. A doença da minha mãe também está afetando-o.

— Wyatt disse que daria uma olhada no cateter se ela quiser. Ele é médico.

— Vamos ver o que ela tem a dizer.

Dou uma olhada na minha mãe e posso dizer que ela está com febre. Seus olhos estão vidrados e suas bochechas estão rosadas.

— Mãe, meu amigo Wyatt, do casamento da Car está aqui. Ele é médico e disse que ficaria feliz em dar uma olhada no cateter, se você quiser. Wyatt, você conheceu minha mãe, Elena, no casamento.

Minha mãe sorri com o jeito apressado que entrei.

— Olá para você também, meu doce.

Eu me inclino para beijar sua bochecha e me afasto alarmada com o quanto ela está quente.

— Oi, mãe.

— Se o seu belo médico quiser dar uma olhada, não vou dizer não a isso. — Ela desabotoa a blusa e a puxa para o lado para que ele possa.

— Há quanto tempo está vermelho e inchado? — pergunto a ela.

— Desde sexta-feira. O médico me deu antibióticos, mas não parece estar fazendo efeito.

Wyatt dá uma olhada no local e depois se senta para falar com ela.

— Acho que você deveria ir ao pronto-socorro, Elena. O cateter está infeccionado e você pode precisar de antibióticos intravenosos.

Ela geme com o pensamento de voltar ao hospital.

— Sinto ser o portador de más notícias, mas você não vai querer deixar isso fora de controle. Infecções podem ser arriscadas.

O suspiro profundo da minha mãe diz tudo.

— Se você acha que é tão sério, então acho que é isso que faremos.

Ela quer tomar banho antes de ir, então eu a ajudo, piscando para conter as lágrimas, como sempre faço quando vejo as cicatrizes da cirurgia, bem como a perda de peso, hematomas e outros estragos provocados pela doença. Me envolvo em uma conversa alegre enquanto a ajudo a vestir um moletom folgado, sempre focada em manter seu ânimo, independentemente do último revés.

— Seu Wyatt é lindo — ela sussurra, mesmo que não haja ninguém por perto para ouvi-la.

— Também acho.

— Nós precisamos conversar.

— Eu sei, mas não agora, sim? Vamos ao pronto-socorro para que possamos descobrir o que está acontecendo e trazê-la para casa o mais rápido possível.

Meu pai insiste em ir com o carro dele, então Wyatt e eu os seguimos até o Miami-Dade no meu carro. No caminho para lá, ligo para Jason para perguntar se ele conhece alguém no pronto-socorro que possa nos ajudar, para que minha mãe não tenha que esperar horas em uma sala com pessoas doentes.

— Vou fazer uma ligação e te retorno — ele diz.

— Muito obrigada.

— É uma boa ideia pedir ajuda para ser atendida — Wyatt comenta. — O sistema imunológico dela está comprometido com o tratamento.

— Eu me sinto tão mal que ela esteja lidando com isso quando já teve tantos contratempos.

— O tratamento do câncer é assim. Caramba, muitos tratamentos são assim. Para mim também foi. Um passo à frente, três para trás, até que não houvesse mais para onde ir além da lista de transplantes.

— O que você acha que vai acontecer com minha mãe?

— Eles vão começar com antibióticos de amplo espectro.

— E se isso não funcionar?

— Podem ter que remover o catete e colocar um novo depois que ela se recuperar da remoção.

Meu coração se aperta. Seriam mais duas cirurgias.

— Mas remoção de cateter é raro. Tente não se preocupar com isso até que você precise.

Felizmente, ele se ofereceu para dirigir porque não consigo ver através das minhas lágrimas.

Sua mão cobre a minha, me dando conforto.

— Odeio te arrastar para um hospital em um dia de folga — digo. — Se você não quiser ir...

— Estou com você, garota. Está tudo bem.

— Está tudo bem porque você está aqui comigo.

— Não há nenhum outro lugar que eu preferiria estar.

— Foi tão doloroso agora... ajudá-la no banho. — Enxugo as lágrimas que escorrem pelo meu rosto. — Ela está tão envergonhada de precisar de ajuda.

— Eu me lembro de como era isso também. Eu tinha doze ou treze anos, e meu pai ficava me ajudando no hospital, e eu morrendo de vergonha. Você sabe o que ele dizia?

— O quê?

— Que nós dois tínhamos as mesmas partes e que eu não deveria ter vergonha de ele me ver. Eu precisava fingir que éramos apenas dois caras em um vestiário fazendo o que os caras fazem.

— Isso é tão gentil. Seu pai sabia exatamente o que você precisava ouvir.

— Sabia mesmo. Depois disso, não foi tão estranho deixá-lo me ajudar. Melhor do que minha mãe, de qualquer maneira.

Rio da careta que ele acrescenta ao final dessa frase.

— Imagino.

— Resumindo, como alguém que esteve na posição em que sua mãe está, ela aprecia a ajuda, mesmo que deseje não precisar dela. Ter vocês por perto enquanto ela está passando por isso faz toda a diferença, mesmo quando é difícil.

— Estou muito agradecida por poder estar aqui para ajudá-los a superar isso. Meu pai está tão de coração partido por que ela está doente, que tudo o que ele faz é chorar quando ela sofre. Parte do que estamos fazendo é mantê-lo ocupado também. Nico e Milo o levam para jogar golfe pelo menos uma vez por semana, e espero levá-lo para pescar novamente em breve. Ele não quer ficar inalcançável, por isso que não fizemos isso antes. E o tio Vin está planejando levá-lo a alguns dos jogos do Austin neste verão. Estamos todos fazendo o que podemos.

— Eles têm a sorte de ter tantas pessoas cuidando deles. Acredite ou não, algum dia, quando sua mãe estiver de volta à saúde total, você olhará para trás neste momento tão intenso e o verá como um pontinho no grande esquema das coisas.

— Aguardo ansiosamente por esse dia. Você acha que ela vai se recuperar completamente?

— Não há como saber com certeza, mas alguém muito sábio me disse uma vez que temos que permanecer positivos e esperar o melhor.

Sorrio para ele, o que é um milagre, quando se considera o quanto eu estava me sentindo para baixo há um minuto.

— Ela deve ser muito sábia.

— Uma das pessoas mais sábias que já conheci.

— Certamente isso não é verdade.

— É sim. Ela me faz acreditar que tudo é possível, mesmo coisas que eu costumava pensar serem impossíveis.

— E você me faz sentir muito mais calma do que se não estivesse aqui para me dizer que minha mãe vai ficar bem.

— É difícil manter a calma quando os contratempos acontecem, mas meu terapeuta costumava me dizer que cada contratempo era um passo à frente na jornada geral. Demorei um pouco para entender isso, mas, em retrospectiva, pude ver que ele estava certa.

— Essa perspectiva deve significar muito para seus pacientes.

— Acho que ajuda. Saber que passei por aquilo, faz com que eles sintam que eu entendo o que eles estão passando. Quero escrever um livro sobre como passar de um paciente transplantado a um cirurgião cardiotorácico.

— Você deveria mesmo. Seria uma história incrível.

— Está na minha lista de desejos.

Quando estamos entrando no estacionamento do hospital, Jason me liga de volta.

— Oi, chame o dr. Simmons, e ele vai atender vocês imediatamente. Ele também entrou em contato com o oncologista de sua mãe para que ele saiba que vocês estão a caminho.

— Muito obrigada, Jason.

— Nos mantenha informados sobre como ela está.

— Pode deixar.

Dr. Simmons leva minha mãe direto para um quarto, examina a área do cateter e prescreve antibióticos intravenosos. Peço ao meu pai para ir ao refeitório pegar cafés para todos, para dar a ele algo para fazer além de se preocupar com minha mãe. Milo vai junto com ele.

— Obrigada por mandá-lo em uma missão — minha mãe diz quando ela, Wyatt e eu estamos sozinhos. — Ele me deixa muito nervosa com o quanto fica chateado com tudo.

— É difícil para ele te ver sofrer — Wyatt comenta. — Me lembro de como era para meus pais quando eu estava doente. Às vezes, eu sentia que era mais difícil para eles do que para mim.

Minha mãe olha para ele com nova apreciação.

— Então, um transplante de coração, hein? É tão duro quanto um câncer de mama.

Wyatt sorri.

— Não é uma competição. Tudo é uma merda igualmente.

Ela dá um tapinha na lateral da cama.

— Venha sentar-se comigo.

Ele olha brevemente para mim antes de aceitar o convite.

Ela segura a mão dele.

— Você parece um jovem adorável.

— Ah, obrigado. É gentil da sua parte dizer isso.

— A minha Dee é uma pessoa extraordinária.

— Concordo. Eu a acho incrível. — Ele se inclina para acrescentar: — E super bonita.

Minha mãe sorri.

— Sei que sou tendenciosa, mas acho que minhas garotas são as mais bonitas do mundo.

— Você não vai me ouvir discutindo sobre isso — ele diz, piscando para mim.

Ele poderia ser mais fofo?

— Quero que você saiba uma coisa — ela fala, continuando a segurar sua mão. — Antes de ficar doente, provavelmente teria dito a Dee para não arriscar com você. Dizem que as chances não são muito boas para você, certo?

— Isso mesmo. Estou cerca de seis anos além da taxa média de sobrevivência.

— Mas você se sente bem?

— Eu me sinto ótimo, especialmente desde que conheci a Dee.

— Estar doente assim... Muda a forma como você vê as coisas. Isso aconteceu com você também?

— Sim. Você tem uma nova apreciação por cada dia bom.

— Era isso o que eu ia dizer. E quero que você aproveite cada dia bom que você tiver com a minha Dee.

— Esse é o nosso plano.

Quando ele estende a mão livre para mim, eu a seguro enquanto tento não perder a compostura mais uma vez.

— A Dee me convenceu de que preciso saber como é estar apaixonado.

— O que você acha até agora? — minha mãe pergunta a ele.

Ele olha direto para mim quando diz:

— É a melhor sensação que já senti.

CAPÍTULO 13

Dee

Meu pai nos encoraja a ir para casa, já que vai demorar um pouco até sabermos se os antibióticos estão fazendo efeito. Maria, Nico e Milo vão conosco e como não conseguimos convencer meu pai a ir também, o deixamos com o pedido de que ele nos ligue mais tarde para nos informar como ela está.

Saímos para o sol da tarde tão brilhante que faz meus olhos arderem depois da luz artificial do hospital.

Meus irmãos e eu parecemos zumbis enquanto absorvemos o choque de mais uma crise na jornada do câncer de nossa mãe.

— Ela vai ficar bem, pessoal — Wyatt nos diz. — Esse tipo de infecção é muito mais comum do que vocês imaginam. Na maioria das vezes, os antibióticos fazem efeito. Tentem não se preocupar muito.

Posso ver que suas palavras fazem a diferença para os outros, até para Maria, que é enfermeira. Pode ser difícil para ela confiar em seu conhecimento profissional quando suas emoções estão fora de controle.

— Querem comer uma pizza ou algo assim? — Milo pergunta.

Os outros rapidamente concordam com a ideia, e decidem ir ao Crust, que fica perto de casa. Não quero ir, mas pergunto a Wyatt.

— Você me conhece, baby. Eu sempre posso comer.

— Então já é "baby", hein?— Nico pergunta.

Wyatt nunca pisca quando diz que sim.

— Cuide da sua vida, Nico. — Uso a expressão favorita da Nona de quando éramos crianças e estávamos sempre tomando conta da vida um do outro. Algumas coisas nunca mudam.

— Só estou perguntando — Nico diz com indignação.

— Não se preocupe, cara. — Wyatt coloca o braço em volta de mim. — Eu amo sua irmã. Estamos juntos. É simples.

Não é fácil parar Nico quando ele cisma com alguma coisa, mas Wyatt consegue muito bem.

Maria me dá um olhar presunçoso que me diz que ela está pensando a mesma coisa que eu.

Nos dirigimos para nossos carros, e Wyatt segura a porta do passageiro para mim.

Quando entro, percebo que Nico está nos observando e me pergunto qual é o problema dele. Não que eu planeje deixá-lo me incomodar. Tenho o suficiente pesando em minha cabeça sem ele aumentar a carga.

— Você lidou bem com o Nico — digo a Wyatt quando estamos a caminho de Little Havana.

— Esperava que você pensasse assim. Qual é o problema dele, afinal?

— Quem sabe? Ele está sempre implicando com alguém ou alguma coisa. É assim que ele age. Geralmente, nós o ignoramos.

— Irmãos podem ser irritantes.

— Sim. Ele é um chato. É por isso que a Nona o chama de Malinha.

— Que bonitinho.

— Ele não acha, mas nunca diria isso a ela. Ela é a única pessoa com quem ele nunca mexe porque ela poderia destruí-lo com algumas palavras mais duras. E ele sabe disso.

— Amo isso. Suas avós são incríveis.

— Tenho uma terceira, que mora em Palm Springs, a mãe da

minha mãe. Não somos tão próximas dela quanto de Nona e *Abuela*. Minha mãe acha que a mãe dela sente ciúmes porque somos próximos da *Abuela*, o que é besteira. *Abuela* participou de todos os eventos esportivos, shows e peças que fizemos quando crianças. Mal víamos minha outra avó, e ela sente ciúmes? As pessoas são ridículas.

— Meus avós foram uma grande parte de nossas vidas. Os pais da minha mãe se mudaram para morar perto de nós em Phoenix para cuidar do meu irmão e irmã quando eu estava no hospital. Os pais do meu pai já moravam lá.

— Eles devem ter sido uma grande ajuda para seus pais.

— Foram sim, com certeza. Mas eram mais quatro pessoas em cima de mim. Não que eu não os ame, mas quando me libertei e me mudei para a Carolina do Norte, estava pronto para me livrar de toda aquela pressão familiar.

A maneira como ele diz isso me faz rir.

— Posso imaginar o quanto você devia se sentir confinado.

— Muito. Todos se sentiram gratos por eu ter recuperado a saúde, mas eles queriam me enrolar em plástico bolha e me manter a salvo de tudo e qualquer coisa. Tive que me sentar com os seis e implorar para que me deixassem aproveitar a segunda chance que eu tive a sorte de ter. E então contei que pretendia ir para a faculdade de medicina na Carolina do Norte.

— O que eles disseram sobre isso?

— Começaram a falar sobre se mudar para lá, e eu ameacei enxotá-los.

— Eles realmente iriam se mudar?

— Acho que sim, até que eu disse que nunca mais falaria com eles se eles fossem. Sem mencionar que meus irmãos também não podiam ser prejudicados. Eles estavam no ensino médio até então, e suas vidas já haviam sido interrompidas o suficiente por minha causa. Felizmente, eles reconsideraram a ideia, mas ainda são muito mais envolvidos na minha vida do que seriam se eu não tivesse quase morrido cerca de seis vezes antes dos dezessete anos.

— Caramba, Wyatt. Seis vezes?

— Sim, foi o número de paradas cardíacas eu tive e isso foi bem traumatizante para eles. Tento estar atento ao que eles passaram também. Que é minha maneira indireta de dizer que eles vão ficar superchateados por eu estar planejando me mudar, e que eles podem descontar isso em você.

— Caramba.

— Não quero que você se preocupe com eles. Eles virão até aqui. Eles sempre vêm atrás de mim.

— Nunca falamos sobre eu me mudar para Phoenix.

— Você não pode fazer isso agora com a sua mãe lutando contra o câncer. Sem mencionar esta incrível oferta de trabalho dos seus tios.

— Aprecio como você nunca hesitou sobre isso.

— Entendo onde você precisa estar, e como eu preciso estar com você, faremos isso aqui. Desde que eu consiga o emprego, mas procurarei outro lugar no sul da Flórida se não conseguir. Alguma coisa vai aparecer.

— Ainda parece estranho que, há dois dias, você estava determinado a manter distância de mim, e agora estamos fazendo planos de vida?

— Não, não é nada estranho porque é você. Estar com você é muito bom, não importa o que estamos fazendo, e agora que você me convenceu, preciso saber como é estar apaixonado. Quero me sentir assim durante cada dia que me resta.

Suas doces palavras me levam às lágrimas.

— Não posso acreditar em tudo o que aconteceu em um fim de semana. Minha cabeça está girando.

— No bom sentido, espero.

— Da melhor forma possível.

— Precisamos encontrar um lugar para morar. Eu amo o apartamento da Carmen e do Jason. Que tal algo assim?

— Também amo, mas prefiro morar em uma casa com quintal e talvez uma piscina.

— Podemos procurar. Você conhece algum corretor de imóveis?

— Vou pedir indicação a Car e a Mari.

— Peça ao corretor o que você quiser.

— Você tem que me dar alguns parâmetros do que você quer.

— Quero viver com você. Esse é o meu parâmetro.

— É incrível poder comprar uma casa com você por causa do meu novo emprego. Em qualquer outro fim de semana, essa seria a história principal.

— Vou comprar a casa e colocar em nossos nomes.

— *Vamos* comprar a casa.

— Deixe-me fazer isso, Dee. Quero ter certeza de que você está amparada, você sabe, só por segurança.

Sofro quando penso nos cenários "por segurança", mas estou determinada a seguir meu próprio conselho sobre permanecer otimista até que haja motivo para não ser.

— É importante para mim que façamos isso juntos. Eu quero contribuir.

— E eu quero cuidar de você o máximo que puder e organizar as coisas, para que você esteja sempre amparada e protegida. Você tem que me deixar fazer isso.

— Já que você quebrou todas as suas regras por mim, acho que posso quebrar uma das minhas por você.

— Olhe para nós, nos comprometendo e tudo mais. Seremos exemplo para outras pessoas.

Rindo disso, eu o direciono para o estacionamento do Crust. Somos os últimos a chegar, e os outros já conseguiram uma mesa. Wyatt se senta entre Nico e eu em uma mesa circular.

— Pedimos nossas pizzas habituais — Milo avisa — mas não tínhamos certeza do que Wyatt iria querer.

— Vou comer só uma salada — ele diz, examinando o cardápio.

Ele não vê que Nico curva os lábios em sua direção.

— Você só vai comer salada?

— Sim — Wyatt afirma. — Isso é um problema?

— Deixe-o em paz, Nico. Ele tem que tomar cuidado com o que come por causa de sua condição.

— Ah, certo. A condição que poderia matá-lo a qualquer momento.

— Por que você está sendo mais idiota do que o habitual? — Maria tira as palavras da minha boca.

— Juro por Deus que não estou sendo idiota — Nico responde.

— Mas eu sou o único que está preocupado com o fato de a Dee se envolver tão rapidamente com alguém que tem... Vocês sabem... — Ele moveu a mão para nós preenchermos o espaço em branco.

— Um prazo para morrer? — Wyatt pergunta.

— Wyatt, não. — Ele não precisa fazer isso de novo. A única opinião que importa é a minha, e ele já sabe como me sinto.

— Está tudo bem, baby. Seu irmão tem preocupações. Eu entendo.

— É só isso — Nico fala, suavizando seu tom. — Depois do que aconteceu com o Marcus, não posso suportar ver você se magoar de novo.

Fico chocada quando meus olhos se enchem de lágrimas. Ele nunca é fofo assim.

— Ah, Jesus, não chore — Nico pede, soando mais como ele novamente.

— Não estou chorando.

— Mentirosa.

— É tão chocante quando você é legal comigo.

Maria e Milo caem na gargalhada.

— Cale a boca — Nico resmunga. — Todos vocês.

Enxugo os olhos com um guardanapo de papel e olho para Wyatt, que está analisando as travessuras da família Giordino com uma expressão divertida.

Austin chega com Everly, e movemos os assentos para dar lugar a eles.

— O que eu perdi? — Austin pergunta depois de beijar Maria e prender Everly em uma cadeira alta de madeira. Ele tira giz de cera da mochila da menina e a incentiva a pintar um desenho no jogo americano de papel do restaurante em questão de segundos.

Sempre fico impressionada com o pai maravilhoso que ele é. Ele cuide de Everly com uma facilidade natural e praticada que é tão doce.

— Nico estava sendo um I-D-I-O-T-A, mas então ele foi legal com a Dee e a fez chorar — Maria explica a ele. Eles têm que ter cuidado com tudo o que dizem perto de Everly. — Muita confusão, como de costume.

— Parece que sim — Austin diz, sorrindo. — Você vai se acostumar com eles, Wyatt. Depois de um tempo.

— Bom saber.

— Por que o Nico estava sendo um I desta vez? — Austin pergunta, ganhando uma carranca de seu futuro cunhado.

— Estou preocupado com a Dee.

A garçonete volta com uma jarra de cerveja e copos.

— Gostaria de água com limão — Wyatt pede.

— Traga duas — Austin acrescenta. — Estou dirigindo.

— Alguma coisa além da pizza? — a garçonete pergunta.

— Vou querer a salada de couve com salmão, por favor — Wyatt responde.

— E uma pizza de queijo infantil — Austin diz.

— Trago já.

— Voltando a falar sobre o Nico pelas costas dele mas na sua cara — Austin diz, sorrindo para Nico.

— Essa é uma grande ideia — Nico afirma. — Vamos continuar.

— Por mais que eu não concorde — Wyatt diz —, devemos falar sobre isso para que você possa abrir seu coração.

— Estou mais preocupado com o seu do que com o meu — Nico fala, fazendo todos nós rirmos.

O riso ajuda a aliviar a tensão.

— Meu coração está ótimo — Wyatt garante a ele. — Me consulto mensalmente e meus exames estão perfeitos. Como de forma saudável, malho religiosamente - exceto neste fim de semana, que estou distraído da melhor maneira possível - e cuido muito bem de mim. Acho que é por isso que nunca tive problemas com meu novo coração.

Nico, Milo e Maria prestam atenção em cada palavra dele, e eu aprecio sua preocupação e interesse.

— Mas isso não significa que você está curado, certo? — Milo pergunta com timidez.

Ele nunca iria querer que ninguém pensasse que ele é um idiota como Nico pode ser. Nico não é um cara ruim. Ele apenas passa dos limites às vezes, e isso pode ser irritante para a outra pessoa.

— Não, não significa. Não tenho ideia do que esperar daqui para frente. A expectativa de vida dos receptores de transplante é de cerca de onze anos. Já superei isso, mas não tenho motivos para me preocupar no momento.

— No momento — Nico fala. — Essa é a parte que me preocupa.

Olho para Wyatt.

— Permita-me.

Ele gesticula para que eu faça isso.

— Este momento, aqui, agora, é tudo o que temos, Nico. Não há mais nada. Estar com o Wyatt me deixa mais feliz do que nunca, e já sei disso depois de apenas alguns dias, mesmo que isso possa parecer loucura ou impulsividade para você. Nós nos conhecemos muito bem no fim de semana do casamento e mantivemos contato desde então, então não está acontecendo tão rápido quanto você pensa. Quero mais da sensação que tenho quando estou com ele. Quero tanto desse sentimento quanto eu puder ter, e como podemos ter pouco tempo juntos, não há nada a perder. Estamos agarrando este momento, o único que temos, e aproveitando o máximo que podemos tirar dele. Se o pior acontecer, lidaremos com isso quando for preciso, mas me recuso a desperdiçar o precioso tempo que temos juntos temendo o futuro. Meus olhos estão bem abertos para o que pode acontecer. Não sou imprudente, tola ou estúpida. Estou tomando uma decisão informada com total apreciação pelos possíveis riscos. E decidi que Wyatt vale qualquer risco potencial ou desgosto futuro.

Por muito tempo depois que termino de falar, ninguém diz nada até que Milo pigarreia e quebra o silêncio.

— Isso é lindo, Dee — ele diz.

— Eu concordo — Austin fala. — E, como alguém que lidou com uma doença potencialmente fatal na pessoa que mais amo, devo aplaudir a escolha de viver ao máximo o aqui e agora. Nunca sabe o que está à espreita na próxima curva, esperando para atrapalhar toda a sua vida. Vocês certamente sabem disso, já que sua mãe ficou doente.

— Isso é verdade — Milo afirma, olhando para Nico.

Meu irmão mais novo é um amor. Enquanto Nico é complicado, Milo é um garoto fofo. Como o mais novo de nós quatro, ele sempre desempenhou o papel de pacificador. Ele não suporta conflitos e quer que todos se deem bem.

— Entendo o que você quer dizer — Nico diz em voz baixa, como se não tivesse certeza se deveria falar o que pensava depois de todos o chamarem de idiota mais cedo.

— Se você quer falar algo, apenas diga — digo a ele. — Coloque isso para fora para que possamos seguir em frente.

É incomum que meu irmão mais velho e eu falemos dessa maneira, então quero seguir com isso enquanto ele parece interessado em mim.

— Quando tudo aquilo aconteceu com o Marcus — ele diz, tirando o papel que embala o canudo e o dobra ao redor dos dedos —, quis matá-lo por fazer aquilo com você.

Eu não fazia ideia.

— Fico feliz que você não o matou. Você ficaria pálido com o uniforme laranja da prisão.

Seus lábios se curvam com o início de um sorriso.

— Estou falando sério. Quando soube que ele se casou com outra e nem te contou, eu quis matá-lo.

Me inclino em direção a Wyatt para colocar a mão na de Nico.

— Obrigada por se importar. Significa muito.

— Claro que me importo. Talvez eu não aja assim o tempo todo...

— Nunca — Maria diz como se estivesse com tosse enquanto o resto de nós rimos.

— Eu me importo — Nico diz, com o rosto corando. — Não quero ver nenhum de vocês se magoar como o Marcus te magoou.

— Obrigada, Nico — digo. — Obrigada.

— Aproveitando que estamos tendo essa conversa sobre sentimentos... — Maria fala —, o que você está aprontando com a Sofia no restaurante?

Ele recua da pergunta.

— Não estou aprontando nada. Afinal, do que você está falando?

— Você sabe do que estou falando, então não se faça de bobo comigo.

Nunca vi Nico se contorcer daquele jeito, como ele está sob o calor do olhar intenso de Maria.

— Honestamente, não estou "aprontando" nada — Nico diz após uma longa pausa. — Nós somos amigos. Só isso.

— Ela significa muito para todos — Maria diz a ele. — A *Abuela* e a Nona te castrariam se você fizer algo para machucá-la.

— Pelo amor de Deus, Maria. Por que eu iria querer fazer isso com ela?

— Ah, não sei. — Minha irmã pode ser implacável quando quer, e eu amo isso nela. — Talvez você esteja querendo ter sorte e depois seguir em frente, e se for esse o caso, encontre outra pessoa.

— Se acalme, sim? Nós somos apenas amigos. Não transforme isso em nada mais do que é.

— Contanto que você não faça isso, estamos todos bem — Maria diz.

Nico é salvo de uma nova inquisição quando a comida chega, mas fico feliz que Maria o tenha alertado.

— Precisamos fazer um brinde a Dee — Maria diz, sorrindo. — A nova gerente geral do Giordino's!

— Mentira! — Milo exclama, sorrindo. — Era sobre isso que nossos tios estavam conversando com você depois do *brunch*?

— Como sabe disso se você nem estava lá?

Milo me dá um olhar fulminante.

— Recebemos um relatório completo da tia Francesca.

— Ainda não acredito que eles me convidaram. Eles disseram que a doença da nossa mãe foi um alerta e agora querem ter algum tempo para se divertir antes que fiquem velhos demais para aproveitar todo o trabalho duro.

— Isso é ótimo para eles e para você — Nico fala. — Parabéns.

— Obrigada. Estou animada e nervosa. Mas o tio V prometeu que me ensinaria tudo o que preciso saber e, como ele disse, não irá a lugar nenhum onde eu não possa entrar em contato se precisar dele.

— Você vai ser ótima — Austin diz. — Parabéns.

A animação da família e seu encorajamento significam tudo para mim.

— Obrigada a todos.

— Quanto a situação com a mamãe — Milo começa em voz baixa. — O quanto precisamos nos preocupar. — Ele aborda a questão com Maria e Wyatt.

— Parece ser só uma infecção — Maria fala.

— E isso pode acontecer com cateteres de quimioterapia — Wyatt acrescenta. — Não é incomum. Há quanto tempo ela fez exames?

— Um mês — digo a ele — e estavam bons.

— Isso é o mais importante — ele diz. — Tentem não entrar em pânico. Haverá contratempos e alguns passos à frente, seguidos de alguns passos para trás. É sempre assim com esse tipo de doença.

— Foi assim para você? — Maria pergunta.

— Com certeza. Um mês eu estava me sentindo bem e pensando que tinha ficado bom, no mês seguinte, estava de volta ao hospital lutando pela vida novamente. Foi uma montanha-russa total até eu fazer o transplante.

— E você imediatamente se sentiu melhor? — Milo pergunta.

— Me senti renascido. Sua mãe está indo muito bem. Este é um revés, mas ela está indo na direção certa com bons resultados nos exames. Isso é o mais importante.

Nico insiste em pagar a conta, provavelmente para provar que não é um babaca, e nos despedimos no estacionamento. Maria promete entrar em contato com nosso pai e depois nos avisar sobre a condição de nossa mãe para não sobrecarregá-lo com mensagens de texto.

Ela me dá um abraço bem apertado.

— Eu amo o Wyatt — ela sussurra em meu ouvido.

— Eu também.

— Estou muito feliz por você.

Isso significa tudo para mim, e ela sabe disso.

Enquanto Wyatt nos leva de volta para minha casa, me sinto contente de uma maneira que não me sentia há muito tempo. Estou preocupada com minha mãe, mas confortada pelo que Wyatt disse sobre contratempos serem comuns ao lutar contra doenças graves.

Olho para ele, aproveitando sua presença enquanto ainda posso. Meu peito dói ao pensar que ele vai embora amanhã.

— Obrigada por ser tão bom com eles. Sei que ajudou a eles ouvir que os contratempos são comuns. Me ajudou também ouvir isso.

— Fico feliz por ter ajudado. Os contratempos podem ser assustadores para as famílias. Eu sei.

Quando voltamos para minha casa, ele pergunta se pode pegar emprestado o ferro de passar. Encontro um que algum inquilino anterior deixou debaixo da pia da cozinha e entrego para ele. Enquanto ele passa a camisa para a entrevista de amanhã, verifico minhas mensagens e encontro uma do meu primo Domenic.

Oi, prima, espero que as coisas estejam bem por aí e que a tia Elena esteja bem. Encontrei alguém para dividir o apartamento de forma permanente e estava pensando se poderia arrumar suas coisas e enviar para casa. Achei que com tudo o que está acontecendo, isso lhe pouparia uma viagem a Nova York. Me avise que peço a Tori para arrumar sua gaveta de roupas íntimas. Ecaaaa.

Eu rio enquanto respondo a ele. Ele está namorando Tori há um tempo, mas se recusa a chamá-la de namorada de verdade. *Isso seria INCRÍVEL. Só me avise quanto te devo pelas caixas e frete. me diga o que devo a você por caixas e frete. Vou te reembolsar. Minha mãe está indo bem. Ela teve um pequeno contratempo com uma infecção no cateter, então ela está no hospital. Nos disseram que não devemos nos preocupar, mas é mais fácil falar do que fazer. Além disso, HAHAHA sobre a gaveta de roupas íntimas. Agradeça a Tori por mim. Como estão as coisas com ela, afinal?*

Tudo bem. Estamos nos divertindo. Não tenho certeza se ela é A GAROTA, mas acho que veremos. Vou arrumar suas coisas esta semana. Lamento saber sobre a tia Elena, me mantenha informado sobre isso. Ouvi algumas coisas interessantes a seu respeito. O que está rolando com o médico com o coração ruim?

Olho para Wyatt, que está concentrado no que está fazendo. Como ele pode ser tão adorável mesmo quando está passando roupa? *O coração dele está bem – não o coração com que ele nasceu. Ele é o meu CARA.*

Mentira! Sério?

Muito.

Isso é incrível, D. Estou tão feliz por você. Mal posso esperar para conhecê-lo.

Mal posso esperar, também. Quando você volta para casa?

Talvez no próximo mês. Veremos. O que mais há de novo em Miami?

Você não vai acreditar. Tio V e tia V me pediram para ser a gerente do restaurante. Eles estão prontos para começar a trabalhar menos e queriam alguém em quem confiassem para administrar o negócio.

Isso é INCRÍVEL, D. Você será ótima nisso.

Espero que sim. É super emocionante. Obrigada novamente por arrumar as coisas para mim. Tirou um peso enorme da minha cabeça.

Feliz em ajudar. Te aviso quando as coisas estiverem a caminho.

Obrigada, Dom.

— Bem, isso é um grande alívio — digo a Wyatt.

— O quê?

— Meu primo Domenic, que dividia o apartamento comigo em Nova York, vai empacotar minhas coisas e enviar para mim. Isso me poupa uma viagem até lá.

— Isso é ótimo. Ele é de que parte da família?

— Ele é filho da irmã do meu pai, Francesca. Ela e o marido, Domenic Pai, são os donos deste lugar.

— Vou precisar de um mapa de sua família.

— Posso fazer um desenho para você.

Ele vem até mim e me abraça.

— Isso ajudaria. — Ele olha para mim por um longo momento antes de me beijar de leve. — Hoje foi ótimo. Amei cada minuto com você e sua família incrível.

Sorrio para ele.

— Mesmo quando estávamos dizendo a Nico que ele é idiota?

— Isso foi particularmente divertido. Admiro a maneira como vocês simplesmente colocaram as coisas às claras.

— Não costumamos fazer isso, então foi interessante vê-lo na defensiva. Normalmente, ele está no ataque, sendo o mais ofensivo possível. Mas ele tem um bom coração. Ele tem sido incrível com nossos pais, desde que minha mãe ficou doente. Ele realmente amadureceu. Todos nós, mas eu não esperava isso dele. É bom saber que ele é capaz.

— Com certeza. — Ele afasta meu cabelo para que possa beijar meu pescoço. — E o que você disse sobre mim e nós...

Mal consigo permanecer de pé porque seus beijos deixaram meus joelhos fracos.

— Você gostou disso, não é?

— Hum, adorei. Não sei como começar a dizer o que esses últimos dias significaram para mim e quanto estou feliz por uma mulher bonita como você querer ficar comigo, mesmo sabendo o que pode estar por vir.

— Nunca me senti assim antes, e é libertador saber que podemos ter um limite de tempo, porque elimina todas as bobagens comuns pelas quais as pessoas passam antes de chegar ao cerne da questão.

— E qual é o cerne desta questão?

— Eu te amo. Amo estar com você. Quero estar com você o máximo que puder, pelo tempo que puder.

— Isso me faz sentir o cara mais sortudo que já existiu porque eu também te amo. Amo tudo em você. Adoro o jeito que seu cabelo é tão brilhante e tem reflexos vermelhos no sol. Eu amo o jeito que seus lindos olhos castanhos revelam tudo o que você sente e a facilidade com que você se entrega.

Eu rio enquanto meus olhos se enchem de lágrimas provocadas por suas doces palavras.

— Eu amo ver você com sua família, o jeito que você se encaixa perfeitamente com eles, o jeito que você os ama e como eles amam você. Você me faz querer fazer parte disso. — Ele coloca uma mecha de cabelo atrás da minha orelha. — Eu amo a sua relação com a Maria e a Carmen. O vínculo entre vocês três é adorável. E mais do que tudo, eu amo o jeito que você me faz sentir verdadeiramente otimista sobre o futuro, de uma maneira que nunca senti.

Com os braços em volta do pescoço dele, eu o puxo para um beijo profundo e sensual, que é de alguma forma mais intenso do que qualquer coisa que experimentei até agora com ele. Compartilhar nossos sentimentos aumentou a intensidade, e posso dizer pela forma como ele responde, que sente tanto quanto eu. Em seguida, ele me leva para o meu quarto, sem perder o ritmo no beijo.

Não tenho certeza de qual de nós está mais ansioso para deixar o outro nu, mas a competição é acirrada e fica engraçada quando a camisa dele fica presa na cabeça. Rindo, ele a tira e então se concentra no meu sutiã, que ele remove com uma velocidade de tirar o fôlego.

— Você é muito bom nisso.

Ele segura meus seios nus enquanto olha para mim com fogo em seus lindos olhos.

— Treinei muito para o evento principal. — Me colocando na cama, ele me segue, apoiado sobre mim em um braço enquanto acaricia meu seio com a mão livre. — Tudo estava levando a você.

Eu o quero muito. Quero tudo o que posso ter com ele, e quero agora. Quando eu o alcanço, ele se aproxima mais de mim, me beijando novamente com o mesmo desespero de antes. Envolvo os braços e pernas ao redor dele, querendo-o mais do que eu sabia que era possível querer qualquer um. Depois de tantos anos em um relacionamento, pensei que entendia sobre amor, sexo e desejo, mas não sabia nada de até amar Wyatt.

Ele me preenche tão completamente, tão perfeitamente, que estou à beira do orgasmo antes que ele comece a se mover. Cada parte de mim vibra com a consciência e um tipo desesperado de necessidade, que é novo para mim.

Isto é amor. Isso é o que quero e preciso, e não há nada que eu não faça para mantê-lo enquanto puder.

CAPÍTULO 14

Marcus

O olhar fixo da dra. Stern me faz perceber que ela não está aqui para brincadeira.

— Como você está se sentindo?

— Muito melhor. — Reabilitação é terrível. Nunca me senti mais doente na minha vida.

— E você está se adaptando bem aqui?

— Até agora tudo bem. — A clínica de reabilitação é melhor do que o esperado, não que eu tivesse alguma ideia do que esperar.

— E você está indo às sessões de grupo todos os dias?

— Isso é uma exigência.

— Você está participando?

— Ainda não falei muito, mas estou ouvindo.

— Esse é um bom começo. Tem ouvido histórias que soam familiares?

— Sim, com certeza.

— As pessoas em recuperação encontram conforto em saber que não estão sozinhas. Meus pacientes costumam me dizer que o elemento de companheirismo no AA é uma das melhores partes para eles. Eles encontram pessoas que entendem as lutas e que sabem o quanto pode ser difícil ficar sóbrio.

— Posso ver como isso é útil.

— No que você tem pensado desde que chegou aqui? — a dra. Stern pergunta.

— Estive pensando na Dee. Mal posso esperar para vê-la, ter a chance de me desculpar e explicar a ela sobre o que aconteceu.

— O que você diria se ela estivesse aqui?

— Que sinto muito por tudo o que fiz, que eu não estava pensando claramente quando estava bebendo e nunca deixei de amá-la.

— Vamos ter essa conversa, então? Vou fingir ser ela.

Não tenho certeza de como me sinto sobre isso, mas se isso matar o tempo que tenho que passar com a médica, que assim seja.

— Claro.

— Se eu fosse a Dee, diria que esse pedido de desculpas demorou muito, mais de um ano depois que você se casou com outra mulher enquanto estávamos em um relacionamento. Eu perguntaria onde você estava durante todo esse tempo em que ficou casado enquanto supostamente se sentia mal pelo que fez comigo. Como você responderia?

Engulo o enorme nó na garganta que se forma sempre que penso na dor que infligi à pessoa que mais amo.

— Diria novamente o quanto sinto por tudo o que aconteceu, que nunca tive a intenção de machucá-la ou ficar tanto tempo sem tentar resolver as coisas com ela. Eu diria a ela que fiquei mal pelo que fiz, tão mal que não conseguia agir.

— Mas você conseguiu agir bem o suficiente para ficar casado por quase um ano com uma mulher que você diz ter se casado por engano.

— Isso foi um erro! A coisa toda foi um erro gigantesco! A única pessoa com quem eu queria me casar era a Dee. — Fico chocado quando meus olhos se enchem de lágrimas. Eu as afasto com as costas da mão, mortificado por desmoronar na frente da médica. Mas ela provavelmente está acostumada com isso.

— Por que você ficou casado por tanto tempo se foi um erro,

Marcus? Por que não solicitar imediatamente a anulação, o divórcio ou o que fosse necessário para acabar com um casamento que você nunca pretendeu ter?

— Eu estava *muito* confuso. A Ana tentou me ajudar e eu fiquei com medo de encarar a Dee depois que ela descobrisse o que fiz. Sei que foi covarde, mas não suportaria encará-la sabendo que a magoei daquele jeito.

— Então, em vez disso, você deixou passar um ano inteiro, durante o qual a Dee provavelmente pegou os pedaços da vida que ela pensou que teria com você e fez novos planos para si mesma. É isso?

Não tenho ideia do que dizer sobre isso.

— Um ano é muito tempo para deixar algo assim passar sem uma única palavra sua. Se eu fosse a Dee, estaria pensando... *bem, se ele não se importou o suficiente para tentar acertar as coisas comigo durante todo o ano depois que ele se casou com outra pessoa – e permaneceu casado com ela – acho que é seguro assumir que está tudo acabado com ele e preciso seguir em frente.*

Ela está tentando me irritar ou é só impressão minha?

— Não é certo assumir isso.

— Marcus, quero que você me escute. Realmente me escute. Pode fazer isso?

— Não é o que estou fazendo aqui?

— Preciso que você me ouça quando eu disser que a Dee não vai voltar. Não há nada que você possa dizer ou fazer neste momento para consertar o que fez com ela. Você entende?

— Você não sabe como foi quando estivemos juntos por anos.

— Não, não sei, mas como mulher, posso te dizer que se o homem com quem fiquei durante anos, se casasse com outra sem sequer me dizer uma palavra antes ou depois, eu não teria muito a dizer a ele mais de um ano depois. Acho que também é bastante seguro supor que todas as pessoas que me amam ergueriam uma parede tão grande e tão alta que aquele homem nunca mais conseguiria chegar perto de mim. Imagino que a Dee tenha amigos e familiares que a amam.

A família dela é fantástica, e sinto falta deles quase tanto quanto dela. Dou um aceno rápido para responder à pergunta da médica. Ela está certa sobre a família e os amigos de Dee. Carmen e Maria devem querer me apunhalar no coração, sem falar no que os pais, tias, tios, primos, *Abuela*, Nona, Nico, Milo e Dee devem pensar de mim.

— Eles não vão te deixar chegar perto da moça. Você tem que se conscientizar disso.

— Se não tenho a possibilidade de me reconciliar com a Dee, então por que estou aqui? Por que estou me incomodando em fazer a reabilitação? O que isso importa?

— Não faça isso. Não diga a si mesmo que não há sentido nas coisas, a menos que a Dee faça parte da equação.

— Bem, não há. Ela é a única razão pela qual estou aqui.

— Esse não pode ser o motivo. Você tem que fazer isso por si mesmo, em primeiro lugar. Você tem que querer melhorar, restaurar sua saúde e combater seu vício. Essa deve ser a razão principal, ou tudo isso será em vão.

— Não adianta nada se eu não tiver chance de me reconciliar com ela quando tudo acabar.

— Marcus, você não tem chance de se reconciliar com Dee.

— Como você pode ter certeza disso? Você falou com ela ou algo assim?

— Não, não falei, mas não preciso falar para saber que há quase zero chance de ela decidir de repente te perdoar por se casar com outra mulher e te aceitar de volta como se nada tivesse acontecido.

Sinceramente, não suporto ouvir isso. As palavras da médica extinguem a pequena chama de esperança que queima dentro de mim e que tem me mantido vivo nos últimos dias horríveis.

— Imagine que foi ela quem se casou com alguém em Nova York. Imagine que você esteve com ela algumas semanas antes e, de repente você fica sabendo por outras pessoas a Dee se casou. Como você acha que teria sido para você saber disso assim.

— Seria uma merda.

— E então imagine que você não teve notícias dela por mais de um ano depois que ela se casou com outro cara que você nem fazia ideia que ela conhecia. Imagine ter que imaginá-la morando e dormindo com ele, quando você ainda nem falou com ela diretamente.

Enquanto ela respira, tento conter a raiva que sinto por esse cenário que ela está pintando para mim.

— Daí, depois de um ano inteiro sem nenhum contato com ela, você descobre, novamente por terceiros, que ela deixou o marido e que tudo o que ela quer é ter outra chance com você. O que você acha que diria a ela nesse momento?

Eu odeio admitir que a situação parece diferente para mim quando ela vira as coisas dessa maneira.

A dra. Stern se inclina para mim com a expressão séria.

— Há algumas coisas que nunca podem ser consertadas, não importa o quanto desejemos o contrário. Algumas mágoas nunca podem ser desfeitas ou superadas, não importa o que digamos ou façamos para compensar. Os cortes são muito profundos para cicatrizar adequadamente.

Não é nada disso que quero ouvir. Saber que não tenho chance de resolver as coisas com Dee me faz sentir sem esperança em relação ao futuro.

— Então, o que faço agora que você está me dizendo que não há chance de eu acertar as coisas com ela?

— Você tem que acertar as coisas consigo mesmo. Não pode fazer isso pela Dee ou qualquer outra pessoa além de si mesmo.

Apesar do comentário terrível da médica, me recuso a acreditar que não tenho chance de consertar as coisas com Dee. Eu me agarro a essa possibilidade. Pode ser a única coisa que me mantenha vivo. Mas se eu disser isso à médica, ela vai apertar o botão do pânico e me declarar suicida, quando eu não sou. Quando sair daqui, vou me encontrar com Dee e contar a verdade sobre o que aconteceu. Com sorte, vou fazê-la ver que cometi um grande erro porque estava nas garras de um vício que ainda não percebi ou aceitei completamente.

Até que Dee me olhe nos olhos e me diga que não há chance para nós, não vou desistir.

— Você entende o que precisa fazer, Marcus? Como você precisa se colocar em primeiro lugar em sua recuperação?

— Entendo.

CAPÍTULO 15

Dee

Wyatt e eu estamos famintos um pelo outro, como duas pessoas que estão separadas há anos e finalmente encontraram o caminho de volta um para o outro. Quando a luz do dia começa a se infiltrar no quarto, estou dolorida, cansada e animada depois da noite mais fantástica da minha vida. É ainda melhor do que a primeira noite que passamos juntos, porque agora sei que ele me ama, e ele sabe que eu o amo.

O amor faz toda a diferença.

Estou deitada de lado, de frente para ele, segurando sua mão enquanto nos encaramos em um estado de descrença atordoada. Pelo menos é o que sinto.

— Isto é real? — pergunto a ele, quebrando um longo silêncio.

— Tão real e perfeito que nem é engraçado.

Sorrindo, levanto a cabeça para olhar o relógio na mesa de cabeceira.

— Sua entrevista é em duas horas. Quer dormir um pouquinho?

— Posso dormir no voo para casa.

A lembrança de que ele vai embora esta tarde é como uma alfinetada no meu balão de bom humor. Me sinto desanimada e triste, e ele ainda nem foi.

— Não faça isso.

— O que estou fazendo?

— Pensando na minha partida e que as coisas vão ficar confusas. Isso não vai acontecer.

— Como sabe?

— Porque nenhum de nós vai deixar isso acontecer. Você é a pessoa mais importante da minha vida, e vamos fazer isso dar certo. Prometo.

Sua doçura e certeza me fazem ofegar, me deixando sobrecarregada com todas as emoções.

Ele chega mais perto de mim, coloca o braço em volta do meu corpo e me beija.

— Não se preocupe com nada.

— O quê? Eu me preocupar?

— Você tem que seguir seu próprio conselho de princesa guerreira e permanecer otimista. Vou conseguir o emprego no Miami-Dade, me mudar para cá, vamos morar juntos e seremos tão felizes que as pessoas ficarão com inveja da nossa felicidade. E é assim que vai ser. Entendeu?

Libero sua mão e coloco a minha em seu rosto, sentindo o arranhar sutil de sua barba por fazer contra minha palma.

— Estou com você e não vou te deixar.

— Não se atreva. Eu nunca te perdoaria depois que você me convenceu a me apaixonar por você.

— Não vou. Prometo.

Ficamos ali por mais meia hora, sussurrando, nos beijando e fazendo planos. Quero viver dentro desta bolha com ele para sempre e nunca mais sair.

— Venha me ajudar no chuveiro — ele pede. — Preciso que você lave minhas costas.

Rindo, eu me arrasto para fora da cama e imediatamente me sinto tímida quando o lençol cai.

Ele está bem ali, me abraçando e me segurando perto.

— Nunca se sinta constrangida perto de mim. Eu te acho uma deusa que ganhou vida.

— Você me faz sentir muito bem comigo mesma.

— Você deve se sentir excepcionalmente bem consigo mesma. — Sorrindo, ele acrescenta: — Por que eu me sinto assim com você. — Ele segura minhas mãos e anda para trás em direção ao banheiro, me levando com ele enquanto deleita seus olhos em cada centímetro nu do meu corpo.

Meu corpo inteiro está em chamas de vergonha, excitação e desejo.

Quando a água quente cai sobre meus músculos doloridos parece o paraíso, assim como a doce massagem que ele faz nas minhas costas e ombros.

Quando me viro para encará-lo, passo um dedo pelo centro de seus peitorais sobre a leve cicatriz de sua cirurgia.

— Quem fez o desenho?

— Eu mesmo. Foi como me vi após a cirurgia, abrindo minhas asas, pronto para qualquer coisa que pudesse vir no meu caminho.

— É lindo. Você desenhou outras coisas?

— Um monte de coisas. Foi assim que me mantive são durante os meses no hospital.

— Quero ver.

— Vou te mostrar tudo quando você for para Phoenix. — Ele passa as mãos ensaboadas sobre meus seios e barriga, fazendo minhas pernas parecerem fracas e elásticas embaixo de mim. — Estava pensando em Phoenix. Sei que você disse que tem que trabalhar no próximo fim de semana, mas você poderia pegar um voo no próximo domingo? Vou dar o aviso prévio de duas semanas no trabalho e podemos voltar no fim de semana seguinte. Dessa forma, você poderia conhecer meus pais antes de partirmos.

Minha cabeça está girando, mas da melhor maneira possível.

— Desde que minha mãe esteja bem, não vejo problema.

— Se ela precisar de você, não se preocupe. Posso vir dirigindo de volta sozinho.

— Não tenho dúvidas de que a Maria e a Carmen ficariam

felizes em ajudar com meus pais para que eu pudesse fazer a viagem com você.

— Isso seria muito legal da parte delas.

— Há um tempo elas dizem que queriam que eu encontrasse um homem como o Jason ou o Austin. Elas queriam que eu tivesse o que elas têm. Sei que as duas farão tudo o que puderem para nos apoiar.

— Me sinto sortudo por ter o apoio delas. Sei o quanto isso importa para você.

— Sim. Elas são minhas melhores amigas.

— Estou feliz que você as tenha.

— Nós dois as temos. Se eu te amo, elas farão qualquer coisa por você também.

— É bom saber disso.

Eu o beijo e o deixo no chuveiro para fazer a barba enquanto visto leggings e uma camiseta que deixa um ombro nu. Antes de secar o cabelo, verifico meu telefone, procurando uma mensagem sobre minha mãe, que Maria enviou.

Falei com as enfermeiras esta manhã. Nossa mãe teve uma boa noite e os antibióticos estão fazendo efeito. A febre baixou e ela deve receber alta ainda hoje, com uma nova receita de antibióticos mais potentes. Parece que a crise atual passou.

Respondo a mensagem no grupo que inclui meus irmãos, Vincent, Vivian, Francesca, Nona e *Abuela. Que alívio. Obrigada por avisar. Vou cuidar do jantar para eles esta noite.* Cuidar dos meus pais me dará algo para fazer depois que Wyatt for embora.

E rapidamente, meu peito dói com o pensamento dele indo embora. Sei que é temporário, mas depois deste fim de semana agitado, tudo que quero no mundo inteiro – além da recuperação completa da minha mãe, é claro – é estar com ele.

Decido deixar o cabelo secar cacheado porque estou muito cansada e com preguiça para me preocupar com o ritual de secagem e alisamento. Eu o prendo em um coque para evitar que molhe minha camisa.

Wyatt sai do quarto usando terno cinza com camisa branca e gravata com estampa marinho.

Estou completamente sem palavras ao vê-lo de terno.

— Terra para Dee? Você está bem?

Umedeço meus lábios secos.

— Você... você está tão bonito.

Seu sorriso ilumina seus olhos.

— Obrigado. Você também está muito bonita. — Ele vem em minha direção com uma intenção que não pode ser confundida depois do tempo que passamos juntos.

Levanto a mão para detê-lo.

— Calma aí, amigo. Você tem compromisso.

— Odeio que eu tenha compromisso, mas se isso vai me permitir me mudar para a cidade natal da minha garota, então acho que vale a pena.

Ouvi-lo me chamar de sua garota me faz sentir tonta e feliz. Feliz demais.

— Boa notícia: a febre da minha mãe passou e ela vai para casa hoje.

— Essa notícia é fantástica. — Ele verifica o relógio elegante em seu pulso. — Acho que devo chamar um Uber.

— Eu te levo. Posso visitar o escritório da Carmen enquanto espero por você. Ela me chama há meses para ir lá.

— Tem certeza? Não quero estragar o seu dia.

— Você vai estragar meu dia indo embora mais tarde. Não me importo de te levar. Podemos parar para tomar um *cortadito* na nossa *ventanita* favorita.

— Hum, tradução, por favor?

— Café cubano.

— Ah, quero um descafeinado.

— Ah, droga. Me desculpe. Esqueci que você não toma cafeína.

— Não tem problema, baby.

Mordisco o lábio.

— Preciso que você me dê uma lista completa do que está fora dos limites, para que eu não te tente com coisas que você não pode comer.

— Eu gosto quando você me tenta.

— Você sabe o que quero dizer. Não quero cozinhar algo que te faça mal ou te levar para tomar um café que você não pode beber.

— Aposto que há uma opção descafeinada. Vamos lá.

— E vai me fazer uma lista do que precisamos evitar?

— Vou me certificar de que você tenha todas as informações que precisa.

Ele pega uma pasta de couro e saímos. Dirijo até a *ventanita* de Juanita, que é um buraco na parede em um posto de gasolina. No caminho, descrevo os quatro tipos de café cubano:

— *Cafecito, colada, café con leche e cortadito.*

— Qual você acha que eu deveria experimentar?

— Já que você não é um bebedor regular de café, e honestamente, não sei como as pessoas conseguem ficar de pé sem isso, eu tentaria um café com leite descafeinado. É mais suave que o *cortadito*, que, segundo a Abuela, dá cabelo no peito.

— Mas eu não quero cabelo no seu lindo peito. — Ele finge fazer uma anotação em seu portfólio. — Nota para mim mesmo. Ela precisa de um café incrível para começar o dia.

— Precisa mesmo, ou ela não é responsável por seu mau humor, especialmente depois de quase não dormir na noite anterior.

— Melhor noite de todas — ele diz, olhando para mim. — Ainda melhor que a primeira, e eu não teria pensado que isso era possível.

— Fiquei tão envergonhada depois daquela noite.

— O quê? Por quê?

— Nunca fui de... hum... me comportar dessa maneira com um homem que acabei de conhecer. Era como se eu estivesse fora de mim ou algo assim. Não sei explicar.

— Não importa se seu comportamento foi diferente do seu padrão naquela noite, gostei muito de ficar com você. Tanto que eu constantemente revivia aquilo até pensar que enlouqueceria se não te visse novamente o mais rápido possível.

— Sério?

— Sério. E isso nunca aconteceu. Nunca fiquei obcecado em ver alguém do jeito que me senti com você. Acho que eu já estava a caminho de me apaixonar por você antes de você me derrubar completamente.

— Eu não te fiz nada.

— Fez, sim. Você me fez acreditar, e não tem ideia de como isso é importante para mim. Antes disso, antes de você, eu achava que era um cara bem otimista. Não me debrucei muito sobre a incerteza que é uma parte tão grande da minha vida, mas também posso ver que estava perdendo coisas incríveis ao colocar limites no que eu permitia que acontecesse. Então, sim, você me fez ver algumas coisas que não deveriam ser perdidas, e sempre serei grato a você por me incentivar a isso.

Eu lhe dou meu melhor sorriso atrevido.

— Eu me saí muito bem também.

— Não me lembre disso ou vai me mandar para a minha entrevista com uma excitação que não vai abrandar.

— Estou surpresa que ainda funcione.

Ele pega minha mão e a coloca na base rígida de sua ereção.

— Funciona muito bem.

— Pare! — protesto, tentando puxar a mão, mas ele não aceita. — Waytt...

— Sim, Dee?

— Estamos aqui.

Ele olha para o posto de gasolina, com as sobrancelhas franzidas com confusão.

Dou outro puxão na minha mão.

— Você vai ver, mas tem que me soltar.

— Vou soltar. Por enquanto.

Descemos do carro e entramos na fila para o café mágico e os doces de Juanita. Ela se move devagar porque Juanita faz tudo sozinha e tira tempo para conversar com cada um de seus clientes. Estamos com folga para Wyatt chegar ao hospital para sua entrevista às nove e meia, mas ele continua verificando o relógio.

— Vou te deixar lá na hora. Não se preocupe.

— O quê? Eu me preocupar?

Eu o amo. Amo estar com ele e como é fácil. É fácil, como respirar. Seguro sua mão nas minhas.

Ele dá um pequeno aperto.

Olho para cima de nossas mãos unidas para ver Juanita nos observando, com um grande sorriso iluminando seu lindo rosto.

— *Olá, amiga ¿Cómo estás? ¿Dónde encuentran tu hermana, tu prima, y tú estos chicos tan atractivos y cómo puedo conseguir uno para mi hija?* — Oi, amiga. Como você está? Onde você, sua irmã e prima encontram esses homens gostosos, e como posso conseguir um para minha filha?

Rindo, olho para Wyatt e digo:

— *Lo encontré en la boda de Car* — . Eu o encontrei no casamento da Car.

— *Ah, sabía que no me hubiera ido a mis vacaciones para ir a esa boda.* — Ah, eu sabia que deveria ter pulado minhas férias para estar naquele casamento.

— Por que sinto que vocês estão falando de mim pelas minhas costas? — Wyatt pergunta com um sorriso.

Juanita abana o rosto.

— Estamos falando de você, sim, mas estamos fazendo isso bem na frente do seu rosto muito bonito.

— Ah, hum, obrigado.

— Juanita, este é o Wyatt. Wyatt, conheça Juanita.

— Muito prazer em conhecê-lo — ela fala.

— Igualmente.

— Quero um *cortadito* e o Wyatt gostaria de um café com leite descafeinado.

Juanita faz uma careta que me permite saber o que ela pensa da palavra *descafeinado* e se ocupa fazendo nossas bebidas. Ela pergunta como está minha mãe, se Carmen já está grávida e não contou a ela, e como estão Maria e o sexy jogador de beisebol.

— Sua garotinha é adorável. Ela também gosta do café com leite descafeinado.

— Ela é muito fofa.

Juanita traz nossas bebidas para a janela.

— Um *cortadito* e um café com leite descafeinado para o *chico* sexy.

— Ela acabou de dizer que eu sou sexy? — Wyatt pergunta.

Eu gaguejo com o riso.

— Como se você ainda não soubesse disso.

— *Me gusta este, cariño* — Juanita diz. — *Es bueno verte sonreír de nuevo.* — Eu gosto deste, querida. É bom ver você sorrindo novamente.

— *Gracias, a mi me gusta él también.* — Obrigada. Gosto dele também.

Wyatt paga os cafés e aceita a sacola com deliciosos *pastelitos* que acompanham cada pedido de café. Não tenho certeza se ele vai comer, mas espero que ele ao menos prove o sabor amanteigado.

— O que tem aqui? — ele pergunta, segurando a sacola enquanto caminhamos de volta para o carro.

— Paraíso.

— O Paraíso em uma sacola, é?

— Sim.

No carro, ele toma um gole hesitante do café.

— Uau, isso é bom.

— Eu te disse. — Pego a sacola dele, tiro um dos *pastelitos* e ofereço um pedaço. — Eu me sinto como a Eva no Jardim do Éden, oferecendo a Adão algo ruim para ele.—

— Uma provinha não faz mal. — Ele dá uma mordida e geme. — Sim, isso é bom demais. Não acredito que ela trabalha em um posto de gasolina e vende o melhor café de Miami.

— Ela tem um grande negócio com aquele pequeno buraco na parede. As pessoas vêm de toda a cidade todos os dias e esperam na fila pelo que ela está servindo.

Ele toma outro gole de sua bebida.

— Posso entender o porquê. Eu poderia abrir mão de café de qualquer tipo, mas esse poderia se tornar um hábito.

— Estou feliz que você goste. — Me sinto orgulhosa de tê-lo apresentado a algo que tem sido uma grande parte da minha vida. — Você não pode crescer em Miami com parentes cubanos próximos e não ter algum tipo de história com o café. É uma pedra angular do nosso tecido social.

— Estou intrigado com os aspectos culturais de Miami e, a propósito, foi super sexy ouvir você falar espanhol fluentemente. —

Ele abana o rosto de forma dramática. — Não sabia que você era bilíngue.

— Isso vem com o crescimento aqui. Todo mundo fala espanhol. Você pode viver toda a sua vida aqui e nunca falar inglês.

— Você aprendeu espanhol na escola?

— Sim, mas já era fluente no ensino médio. Tenho tantos amigos próximos e primos que falam espanhol, que aprendi por imersão. — Olho para ele. — Se você quiser, depois da entrevista, podemos dar uma volta em Little Havana. — Seu voo é só as cinco e meia, então temos a tarde toda para passarmos juntos.

— Isso parece ótimo. Eu adoraria dar uma volta com você.

— Estou falando de caminhar, caso você esteja pensando em outras coisas.

— Quando você está por perto, estou sempre pensando em outras coisas, mas neste caso, eu sabia o que você queria dizer.

Quando chegamos ao Miami-Dade, Wyatt dá um olhar crítico no local e diz que o paisagismo é lindo.

— Não consigo superar a diferença entre aqui e Phoenix. Tudo lá é tão seco e estéril, e aqui é exuberante e verde.

— No sul da Flórida, o paisagismo é importante.

— Adoro isso.

Estou tão feliz que ele ama minha cidade e quer estar aqui, porque acho que não suportaria ir embora de novo, não depois de ter feito isso uma vez antes. Agora que estou em casa, percebi o quanto senti saudades em Nova York, mesmo tendo meu primo lá comigo. Não era o mesmo que estar aqui, cercada pela maioria das pessoas que amo e estar com elas a hora que eu quiser.

Paramos no estacionamento de visitantes e entramos juntos, pegando o elevador para os escritórios executivos, onde Carmen trabalha do outro lado do corredor do presidente do hospital, que, junto com o diretor médico, chefe de cirurgia e chefe de cardiologia, vai se reunir com Wyatt.

— Talvez você devesse entrar antes de mim, assim não vai parecer que você trouxe uma acompanhante para a entrevista.

Sorrindo, ele diz:

— Não me importo que eles achem isso.

— Você precisa conseguir este emprego, Wyatt. Não posso me mudar para Phoenix.

— Sei que você não pode, mas não se preocupe. Se eu não conseguir este, vou me inscrever para outras vagas. Eu vou conseguir alguma coisa.

— Quero que você consiga algo que te faça feliz.

— Eu quero estar com você. Você me faz feliz.

Antes que eu possa responder, chegamos ao andar da presidência do hospital. Fico encantada por ver Carmen na área da recepção, falando com uma mulher sentada em uma mesa. Eu a reconheço do casamento, mas não consigo me lembrar do nome dela.

Carmen se ilumina ao nos ver.

— Mona, você se lembra da minha prima Dee, do casamento, bem como do bom amigo do Jason, o dr. Wyatt Blake?

— É bom ver vocês dois de novo — Mona responde.

Car abraça Wyatt e eu.

— Estava esperando vê-lo antes da entrevista, Wyatt, assim eu poderia te desejar boa sorte. — Para mim, ela acrescenta: — Esta é uma boa surpresa.

— Achei que este era um bom momento para aceitar o convite para conhecer seu escritório. Se você não estiver ocupada.

— Tenho tempo — ela diz.

— Você está fantástica, a propósito. — Ela está usando um terno preto com blusa de seda vermelha e saltos altíssimos. — Está arrasando com esse terno.

— Ah, obrigada.

O sr. Augustino sai de seu escritório. Me lembro dele do casamento.

Carmen nos apresenta a ele, que aperta a nossa mão.

— Bom vê-la de novo. Dr. Blake, estamos prontos para atendê-lo em meu escritório.

— Vá na frente. — Wyatt passa a mão pelas minhas costas enquanto segue o sr. Augustino em seu escritório.

Estou uma pilha de nervos ao vê-lo partir, esperando e rezando que ele consiga esse emprego, o primeiro passo para tornar nossos planos realidade.

— Entre. — Car me tira do meu estupor em direção ao escritório dela, fechando a porta. — Olhe para você.

Me sento em uma das cadeiras de visitante.

— Hã?

Ela se senta ao meu lado.

— Você está com olhos sonhadores.

— Estou?

— Ah, sim, e é muito bom de ver. Me conte tudo e não deixe nada de fora?

— Você não tem que trabalhar?

Ela acena com a mão como se dissesse esqueça o trabalho.

— Isso é muito mais importante. Me conta, Dee.

— Eu o amo. Tipo, amo muito, *muito* mesmo.

Carmen solta um gritinho e bate palmas.

— Esta é a coisa mais emocionante desde que Maria conseguiu um jogador de beisebol sexy.

— E o seu neurocirurgião gostoso?

— Isso foi no ano passado.

Eu rio da cara que ela faz.

— Então você está se sentindo melhor quanto a isso agora?

— Gosto de ver você tão feliz e nunca faria nada para tirar isso de você.

— Obrigada. Isso significa tudo para mim.

— Isso não significa que não vou me preocupar com você – e com ele –, mas posso ver o quanto vocês estão apaixonados, e é muito fofo.

— Não posso acreditar que isso está acontecendo, Car. Quero dizer, a noite do casamento foi uma loucura, mas não esperava vê-lo novamente. Agora não consigo imaginar a vida sem ele.

— Espero que ele consiga o emprego. Falei bem dele e o Jason também.

— Falaram? Isso é incrível!

— Claro que falamos. Ele é ótimo e o Jason disse que ele é um dos melhores médicos que conhece. Eles seriam loucos se não o contratassem.

— Estou muito nervosa. Sinto que tudo o que sempre quis, está ao meu alcance, mas tenho muito medo de algo estragar tudo.

— Vai ser ótimo. Sei isso. E eu não poderia estar mais animada que meus pais ofereceram a você o emprego de gerente. Estou no pé deles há anos para desacelerar e se divertirem. Foi preciso a doença de sua mãe para chamar a atenção deles.

— Estou muito empolgada, nervosa e grata pelo convite deles.

— Você era a única que eles queriam para a vaga. Conversamos sobre isso e todos concordamos que deveria ser você.

— Obrigada pelo voto de confiança. Estou ansiosa para começar e aprender o lado comercial das coisas.

— Estou ansiosa para que meus pais tenham algum tempo para si mesmos. Eles trabalharam muito. Merecem isso.

— Merecem mesmo.

— Você ainda não me contou tudo.

— Ele quer comprar uma casa e morar junto.

— Acho incrível que você está indo direto para as coisas boas.

— Não temos tempo a perder.

— Sobre isso... — Ela parece escolher suas palavras com cuidado. — Fiz o Jason explicar tudo para mim em termos que eu entenderia.

— E?

— É meio assustador. Eu gostaria de não ter perguntado. Como você está lidando?

— Fingindo que não é um problema e seguindo em frente com nossos planos. E antes que você me pergunte, não estou em negação. Entendo que as chances não estão a favor de Wyatt, e é por isso que estamos tentando viver o momento ao máximo que podemos. Isso é tudo o que podemos fazer.

— Você é muito corajosa, Dee. Sempre achei isso, mas não tanto como agora.

— Você sempre achou que eu era corajosa? Sério?

— Claro que sim. Você se mudou para a maior cidade do país.

Fiquei com tanta inveja de você por isso. Eu não poderia imaginar deixar minha rede de segurança aqui para fazer algo assim.

— Você poderia ter feito isso.

Ela balança a cabeça.

— Não poderia, especialmente depois que perdi o Tony. Eu precisava do apoio da família para seguir em frente. Eu não teria me saído bem em outro lugar.

— Você é a corajosa. Sobreviveu a algo que teria matado uma pessoa fraca.

— Sobrevivi porque não tive escolha, e você também vai, se o pior acontecer.

— Espero que sim. — Eu me recuso a ter pensamentos sobre essa possibilidade em um dia tão cheio de promessas.

— Chega disso. Onde vocês vão morar?

— Quero uma casa com quintal e talvez uma piscina. Onde devemos procurar?

— Vi algo à venda no caminho para a casa da Maria outro dia. — Ela pega o telefone, liga para Zillow e, em questão de minutos, marca uma visita para mim em uma casa de três quartos e três banheiros amanhã à tarde.

Eu rio de seu trabalho rápido.

— Você não brinca, mulher.

— Foi você que disse que não há tempo a perder, certo?

— Isso mesmo.

— Ela tem outra perto da casa da Maria. Você pode ver as duas amanhã antes do trabalho.

Solto uma respiração profunda.

— Não posso acreditar que isso está acontecendo.

— Acredite. Você merece depois de... você sabe...

Ela não quer dizer o nome de Marcus.

— Soube alguma coisa sobre como ele está?

— Só que ele está na reabilitação, mas você sabe disso.

— Não acredito que não fazia ideia de que ele era alcoólatra. Como não notei isso?

— Você não deixou de notar. Ele simplesmente fez um excelente trabalho em esconder. — Ela faz uma pausa antes de acrescentar: —

Você pode estar se culpando por ter ficado em Nova York e colocar essa pressão em seu relacionamento. Mas eu estava pensando nisso ontem à noite, e me ocorreu que se você não tivesse ficado lá, isso provavelmente teria explodido muito mais cedo porque você teria percebido que ele tinha um problema com a bebida. Você estaria aqui para ver.

— Parte de mim sente que deveria ter estado aqui com ele.

— Não Isso não é verdade. Você precisava desse tempo antes de ter um compromisso permanente com ele. Você não tem motivos para se sentir culpada por isso. Ele também teve a opção de continuar ou não o relacionamento depois que você decidiu ficar. Ele escolheu voltar com você depois do tempo que passaram separados, o que torna o que ele fez muito pior, na minha opinião.

— É tudo tão difícil de entender. Mesmo depois de todo esse tempo.

— A Bianca disse a Maria que ele ainda está determinado a consertar as coisas com você.

Fico chocada com essa informação.

— O que ele acha que há para consertar depois que ele se casou com outra pessoa?

— Não faço ideia, mas, aparentemente, esse é seu único objetivo na vida.

— Não quero nem ouvir isso. Não estou disponível para ser seu único objetivo na vida.

— Isso mesmo. Ele teve sua chance e a desperdiçou de forma épica.

— Não quero falar sobre ele. Vamos falar de outra coisa.

— Que tal o fato de que estou começando a pensar que o seu irmão tem uma queda pela Sofia?

— Também notei isso. Eu e a Maria o pressionamentos ontem à noite, e ele afirma que são apenas amigos. Nós o deixamos saber que estamos de olho e que é melhor que ele não faça nada de errado com ela.

— Estou feliz que vocês tenham dito alguma coisa. Tenho andado meio preocupada com isso.

— Ele jura que suas intenções são boas e entende que vamos

matá-lo se ele fizer mal a ela. Mas é o seguinte... acho que ele gosta dela.

— Gosta de verdade?

— Sim, e ele não tem ideia do que fazer sobre isso porque nunca quis se prender a ninguem. Ele não tem ideia de como ter um relacionamento real. Ele nunca teve um.

— Exceto com a Tânia. Lembra dela?

— Isso foi, tipo, na décima primeira série.

— Mas ele gostava dela, e ela o dispensou. Depois disso, ele começou a agir mal quando se tratava de meninas e mulheres. Como se ele não estivesse disposto a fazer um esforço e permitir que algo assim acontecer novamente. Ele terminava primeiro.

— Hã, eu não tinha pensado dessa maneira, mas você pode estar certa. — Olho para o relógio na parede atrás da mesa. — Quanto tempo essas entrevistas levam? Será que dá tempo de ir ver a minha mãe?

— Ela já foi liberada. Fui vê-la esta manhã e eles estavam saindo.

— Ah, uau, foi mais cedo do que o esperado.

— Desculpe, achei que você já sabia.

— Sem problemas. Como ela parecia?

— Bem. Ansiosa para sair daqui e voltar para casa.

— Isso é a cara dela. — Envio uma mensagem para meus irmãos e os outros, para avisar que minha mãe já deve estar em casa.

Todos respondem com alívio ao saber da notícia.

Uma nova mensagem chega da minha mãe em nosso bate-papo em grupo. *Estou em casa e me sentindo muito melhor. Obrigada por todos os bons votos. Depois que soube que eu estava no hospital, a sra. Lopez trouxe uma caçarola, então já temos o jantar. Podem tirar a noite de folga. Está tudo está bem aqui. Amo vocês, mamãe.*

Mostro a mensagem para Car, aliviada por mais uma crise parecer ter passado.

— Ela parece bem.

— Sim e eu estou livre do jantar hoje à noite, o que é meio chato porque o Wyatt vai embora e eu estava feliz por ter algo para fazer.

— Venha jantar conosco.

— Tudo bem. Vocês não precisam tomar conta de mim.

— Não nos importamos de jeito nenhum. Farei reservas em algum lugar divertido e vou chamar a Maria, o Austin e a Everly também. Vamos te animar.

— Parece bom. Obrigada, Car.

— Qualquer coisa para você, garota. Quando você planeja vê-lo de novo?

— Preciso ver isso com o seu pai, mas se ele conseguir o emprego aqui, espero pegar um voo para lá no próximo domingo e passar a semana em Phoenix, para conhecer seus pais e ajudá-lo a terminar de fazer as malas. Então voltaremos juntos no fim de semana seguinte.

— Isso é tão emocionante!

— É normal sentir um frio na barriga quando algo assim está acontecendo?

— Perfeitamente normal. Eu me senti assim o tempo todo com o Jason até ter certeza de que ele iria trabalhar aqui e que poderíamos ficar juntos.

— Eu me lembro disso. Foi uma montanha-russa para você.

— Mas vale a pena no final.

Seu telefone toca, e ela se levanta para atender a chamada.

— Claro, Mona, diga a ele para entrar. — Ela desliga e vai abrir a porta para Wyatt.

Meu coração dá uma cambalhota louca ao vê-lo. Preciso perguntar a ele se devo me preocupar com isso, mas estou muito ocupada olhando para ele para colocar o pensamento em palavras.

— Como foi? — Carmem pergunta.

— Ótimo — ele fala. — Acho que eles gostaram de mim. Como a minha agenda é muito louca, já fiz várias reuniões e conheci as instalações remotamente, então hoje foi meio que uma formalidade. Mas vamos ver.

— Quando você vai saber a resposta? — Carmem pergunta.

— O sr. Augustino disse que me ligaria assim que decidissem.

— Dedos cruzados para que seja em breve, assim você não vai ficar ansioso demais.

— Isso seria bom.

Wyatt sorri para mim e pega minha mão.

— O que as senhoras andaram fazendo?

— Só conversando.

— E procurando casas — Carmen acrescenta. — Encontramos duas possibilidades perto da de Maria que podem servir.

— Me mostrem. — Ele se inclina sobre as costas da minha cadeira, me cercando com seu calor e o aroma sutil de sua colônia.

Mostro a ele as duas casas que encontramos, e ele adora as duas.

— Gosto daquela com a piscina — ele fala. — Poderíamos fazer boas festas naquele quintal.

Conversamos com Carmen por mais alguns minutos, e então ela nos acompanha até o elevador.

— Dedos das mãos e pés cruzados para você, Wyatt. Nos avise assim que souber de alguma coisa.

— Pode deixar. Obrigado novamente por falar bem de mim.

— Espero que ajude.

Quando o elevador toca, abraço minha prima.

— Obrigada por me fazer companhia.

— A qualquer momento. Ligue para mim sobre o jantar.

— Pode deixar.

— Vocês vão jantar? — Wyatt pergunta enquanto descemos para o andar principal.

— Minha mãe está em casa e a vizinha dela cuidou do jantar desta noite. Eu disse que estava triste por que você vai embora e eu não teria nada para me manter ocupada. Ela imediatamente organizou o jantar para que eu tivesse algo para fazer.

— Estou feliz que sua mãe esteja em casa e com certeza amo sua família.

— Eles são muito bons.

Ele coloca um braço em volta de mim enquanto caminhamos para o estacionamento.

— Tenho um bom pressentimento de que estarei de volta aqui muito em breve.

— Espero que você esteja certo.

CAPÍTULO 16

Wyatt

Quando meu voo decola do aeroporto de Miami às seis da tarde, olho para o lugar que passou a significar tanto para mim em tão pouco tempo. Dee está lá embaixo em algum lugar, provavelmente se sentindo tão mal quanto eu depois de me despedir na área de embarque. Deixá-la foi doloroso, mesmo que seja apenas por uma semana. Menos do que uma semana. Seis dias.

Tivemos ótimos momentos passeando por Little Havana. Vimos charutos sendo feitos, idosos jogando dominó no parque e dividimos um sanduíche cubano. Dee chorou quando comprei flores para ela e novamente quando nos despedimos – por enquanto.

Eu a amo tanto. Ela é perfeita para mim em todos os sentidos, desde seu otimismo sem limites até sua doçura, a conexão que ela compartilha com sua família, a maneira como ela se preocupa tanto com as pessoas que ama. Tenho a sorte de ser uma dessas pessoas e sei disso.

Logo antes de embarcar, recebi uma mensagem de texto da minha mãe me convidando para um jantar de boas-vindas amanhã à noite. *Estamos tão felizes que você está voltando para casa!*

A ideia de compartilhar meus planos com eles me enche de

pavor, sabendo que eles não ficarão felizes por mim se isso significar que vou me mudar para o outro lado do país. Odeio que minhas notícias os perturbem, mas depois de ter experimentado o paraíso com Dee no fim de semana passado, tenho certeza de que me mudar para ficar com ela é a coisa certa a fazer, mesmo que aborreça meus pais.

Aos trinta e quatro anos, devo ter passado muito tempo do ponto em que meus pais influenciam minhas decisões de vida. Ainda assim, é impossível explicar para pessoas que não experimentaram o que uma doença grave na infância faz com a dinâmica pai-filho, mesmo muito tempo depois que a "criança" é adulta.

Estou exausto da noite sem dormir e cochilo quase todo o voo de quatro horas para Phoenix. Quando pousamos, ligo o telefone e ouço a mensagem do diretor médico do Miami-Dade na caixa postal, me oferecendo uma posição em sua equipe cardiotorácica. Eu estava preocupado que minha situação de saúde pudesse ser um fator decisivo. Na entrevista, eles perguntaram sobre minha situação e eu disse a verdade: que estou bem e pretendo continuar assim. Me sinto aliviado que isso não inviabilizou o processo. Ele me pediu para ligar para ele de manhã para discutir os detalhes. Preciso me controlar para não soltar um grito de excitação ali mesmo na cabine do avião lotada.

Ligo para Dee.

— Oi, chegou bem?

— Acabei de desembarcar e recebi uma mensagem do Miami-Dade com uma proposta.

Ela solta o grito que tive que conter no avião cheio de outros passageiros.

— Parabéns, Wyatt. Estou tão feliz por você.

— Estou muito feliz por nós dois. Está tudo se encaixando, baby.

— Com certeza é o que parece.

— Como foi o jantar?

— Foi ótimo. Comemos comida tailandesa em um restaurante novo e legal no centro da cidade.

— Vai me levar lá algum dia? Eu amo comida tailandesa.

— Quando você quiser. Estou tão animada, Wyatt.

— Eu também. Adorei as pessoas que conheci hoje no hospital, e o trabalho parece ótimo. Mas isso é o de menos.

— Não seja bobo. Você acabou de conseguir um novo emprego incrível. Tem todo o direito de estar animado.

— O trabalho não ganha comparado a você. Você é a parte excitante. Já sinto muito a sua falta. Senti saudade no segundo em que você foi embora.

— Eu chorei todo o caminho para casa.

— Ah, eu odeio ouvir isso.

— Foram lágrimas boas. Do melhor tipo. Só quero piscar os olhos e que esta semana termine para que possamos estar juntos novamente.

— Mais uma semana e depois juntos para sempre.

— Mal posso esperar por isso.

— Eu também. — Converso com ela durante todo o caminho para casa e até tarde da noite, até que estamos bocejando tanto que não temos escolha a não ser nos despedir.

Chego no trabalho às seis, com cirurgias consecutivas agendadas. Entre as cirurgias, me encontro com o chefe do meu departamento e dou a ele o aviso prévio de duas semanas. Quando fui contratado, me certifiquei de colocar uma cláusula em meu contrato em que eu teria uma forma fácil de sair do emprego se eu precisasse, devido à minha situação de saúde. Na maioria das vezes, se espera pelo menos noventa dias de antecedência. Meu chefe fica completamente chocado ao saber que estou me demitindo, mas não hesito em minha determinação de correr atrás do sonho com Dee. Quando ele percebe que não vai me fazer mudar de ideia, ele aperta minha mão e me deseja sorte em minha nova posição. Mas posso dizer que ele está chateado por eu não ter lhe dado mais tempo.

Mas tempo é uma coisa que não posso desperdiçar.

Termino a última cirurgia pouco depois das cinco e deixo os residentes encarregados de monitorar os pacientes, com ordens para ligarem se precisarem de mim. Pouco depois das seis, saio do estacionamento no Audi SUV preto e vou para a casa dos meus pais. No caminho, ligo para Dee, me sentindo afastado depois de não ter falado com ela o dia todo.

— Olá, como foi seu dia?

— Ocupado. Mas o destaque foi dar o meu aviso prévio. E você?

— Ainda estou no trabalho. Posso te ligar mais tarde?

— Estou indo jantar na casa dos meus pais, mas te envio uma mensagem quando estiver saindo de lá.

— Combinado. Estou com saudade.

— Eu também, baby. Demais.

— Falo com você daqui a pouco. Aproveite o jantar.

— Te amo.

— Também te amo.

Mal posso acreditar que estou dizendo essas palavras para uma mulher ou ouvindo-as dela. Estar apaixonado por Dee é o ponto mais alto que experimentei desde que tive minha segunda chance na vida. Ela faz todo o inferno que passei para sobreviver valer a pena. Ela é o pote de ouro no final de um arco-íris muito longo. Tais pensamentos seriam inimagináveis para mim antes de conhecê-la. Mas agora que sei que ela está por aí em algum lugar, a única coisa no mundo que quero é estar com ela.

Levo essa decisão comigo para a casa contemporânea de meus pais, coberta pelos painéis solares que meu pai vende. Seu sucesso na indústria solar mais do que compensou o enorme golpe financeiro que eles sofreram quando eu estava doente.

Minha mãe fica muito feliz em me ver. Puxei ao cabelo escuro dela e a altura do meu pai.

— Estou tão feliz que você está em casa. Você se divertiu?

O melhor momento de toda a minha vida.

— Muito.

— Como está o Jason?

— Está ótimo. Adorando a vida de casado.

— Estou muito feliz em ouvir isso.

Ela serve legumes e homus para mim e queijo e biscoitos para eles.

— Algo está cheirando bem. O que você fez?

— Refogado de camarão. E aquelas ervilhas que você ama.

— Obrigado, mãe. — Ela cuida de mim como uma mãe que viu seu filho passar por uma doença quase fatal: com atenção implacável aos detalhes.

— Quais as novidades?

— Seu pai conseguiu um grande cliente novo, com o qual ele está animado, e minha turma ficou entre os melhores de todas as quintas séries do estado no recente teste estadual de leitura.

— Isso é fantástico em ambos os aspectos.

— Foi um bom mês.

E vou matar a alegria deles com minhas notícias, o que diminui um pouco minha empolgação. Mas então penso no rosto doce de Dee e como é me perder nela, e não tenho dúvidas de que estou fazendo a coisa certa para nós dois. Pertencemos um ao outro, e cabe a mim tomar as medidas necessárias para que isso aconteça.

Meu pai chega do trabalho, abre uma cerveja e me cumprimenta com um abraço de um braço só.

— Bom te ver — ele diz como se não me visse há semanas.

Eu os vi no domingo retrasado quando tomamos um *brunch* com meus irmãos.

— Digo o mesmo. Ouvi dizer que os negócios estão indo bem.

— Muito. Melhor do que nunca.

— Isso é ótimo, pai. Fico feliz em ouvir isso.

— Como vai o negócio de coração e pulmão? — meu pai pergunta.

— Ocupado como sempre. Fiz três cirurgias hoje e tenho mais três marcadas para amanhã.

— Você não está se esforçando muito, está? — minha mãe pergunta. — Você parece cansado.

— Estou cansado. Tive um fim de semana agitado e um dia louco no trabalho. — A falta de sono no fim de semana valeu a pena. — Estou com um cansaço normal, mãe. Nada para se preocupar.

Durante o jantar, fico sabendo que a esposa do meu irmão está com diabetes gestacional e minha irmã está procurando um cão de abrigo para adotar. Um par de avós está curtindo uma visita em Palm Springs com amigos, e o outro está no norte de Nova York visitando a irmã da minha avó. Todo mundo está feliz, saudável e indo bem, o que significa que meus pais também estão bem e minhas notícias vão aborrecê-los. Eu odeio isso, mas enquanto os ajudo a tirar a mesa e limpar a cozinha, me forço a seguir em frente

— Então, pessoal, tenho algumas novidades.

Eles param o que estão fazendo e se voltam para mim. Suas expressões são cautelosas.

— Não é nada de ruim. É meio que a melhor coisa de todas.

— O que é? — minha mãe pergunta.

— Conheci uma pessoa incrível.

— Ah, bem, quem é ela? — meu pai quer saber.

— Prima da esposa do Jason, a Dee. Fomos par no casamento e realmente nos conectamos. — Ah, como nos conectamos naquele dia – e naquela noite. — Mantivemos contato desde então, e, bem, eu me apaixonei por ela.

— Isso é maravilhoso, querido. — Os olhos da minha mãe brilham de prazer. — Estou muito feliz por você.

— Obrigado. Estou muito feliz por mim também. Ela é... Ela é tudo. Você vai amá-la. Ela é doce, bonita, engraçada e muito dedicada à sua família. Ela é tem três irmãos, mas eles têm uma família extensa. Seus tios administram um famoso restaurante cubano-italiano em Little Havana, e recentemente convidaram a Dee para ser gerente geral. Ela está muito animada com a nova oportunidade. — Percebo que estou emocionado, mas como posso não me sentir assim ao falar sobre Dee?

— Então, se ela mora em Miami e você mora aqui, como isso vai funcionar? — meu pai pergunta, indo direto ao ponto como sempre faz.

— Vou me mudar para lá. Consegui um emprego no Hospital Miami-Dade. A Dee e eu vamos construir uma vida juntos.

Minha mãe está tão pasma que ela olha para mim incrédulo.

— Antes que vocês possam me dizer todas as razões pelas quais esta é uma ideia terrível, deixe-me dizer por que acho que é a melhor ideia que eu já tive. Estou verdadeiramente apaixonado pela primeira vez na minha vida, e tudo o que quero é estar com ela o máximo que puder. Sim, eu só a conheci há alguns meses. Sim, aconteceu rápido. Mas sabemos que o tempo não está do meu lado, e queremos ficar juntos enquanto podemos.

Meu pai limpa a garganta.

— Então ela sabe... de tudo?

— Sabe e foi ela que me convenceu a assumir o nosso relacionamento, experimentar como é estar apaixonado, e é... — Agora as palavras podem expressar adequadamente o que ela significa para mim ou como me sinto. Estar apaixonado por ela. — Tive o melhor fim de semana de toda a minha vida com ela e mal posso esperar por mais.

— É justo? — minha mãe pergunta, secando às lágrimas com um lenço de papel. — Com ela?

— Provavelmente não, mas ela decidiu que vai ficar tudo bem, e não vamos nos preocupar com o que pode acontecer no futuro. Nós vamos viver o agora. — Não posso nem falar sobre ela sem sorrir como um tolo. — Estou lhe dizendo, vocês vão amá-la tanto quanto eu.

Eles se entreolham, mas não dizem mais nada.

— Sinto muito se isso está perturbando vocês, mas estou muito feliz e quero que vocês fiquem felizes por mim.

— Estamos felizes por você, Wyatt — minha mãe diz. — É muita coisa para processar. Achamos que você estava indo para Miami para visitar o Jason, não para se candidatar a um novo emprego e começar uma vida totalmente nova do outro lado do país.

— Me desculpem não ter contado sobre a entrevista, mas não achei que valia a pena falar sobre isso até conseguir a vaga. E quando fui lá na sexta-feira, não tinha ideia do que esperar com Dee ou se seria tão bom quanto foi a primeira vez que nos encontramos. — Não achei que nada poderia superar aquele primeiro dia e noite com ela. Eu estava muito, muito errado.

— Você é um homem adulto, filho — meu pai diz. — Pode fazer o que quiser, e se essa mulher em Miami é o que você quer... — Sua voz falha junto com meu coração.

Eu odeio incomodá-los mais do que já fiz.

— Não quero viver longe de vocês. Espero que saibam que não é isso. É só que tenho a chance de ter algo que pensei que nunca aconteceria para mim, principalmente porque me recusei a permitir que isso acontecesse. E agora que tem...

— Entendo — meu pai fala — e fico feliz em saber que você terá essa experiência. É apenas, você sabe, difícil para nós. Nos preocupamos com você.

— Sei disso e odeio ser a causa da chateação e preocupação de vocês. Mas estou me sentindo ótimo, melhor do que nunca. Não há motivo para se preocupar com nada. Vou morar com a Dee em Miami. Estaremos cercados pela família dela e o Jason estará lá também. Não é como se eu estivesse me mudando para algum lugar sem apoio, como fiz quando fui para a Duke. A Dee até tem avós amorosas para ajudar a ficar de olho em mim. E eu estava pensando... Talvez vocês pudessem passar parte do inverno conosco em Miami. Vamos comprar uma casa com muitos quartos e, pai, você tem falado em tirar mais tempo agora que o negócio está indo bem. Mãe, você deveria se aposentar e aproveitar a vida. Vocês dois certamente ganharam o direito de relaxar.

Minha mãe está com o segundo lenço de papel enquanto enxuga as lágrimas que continuam caindo. Vou até ela e a abraço.

— Me desculpe por te incomodar, mas juro que isso é uma coisa boa. A melhor coisa.

— O que devemos fazer se você tiver algum tipo de problema e estiver em Miami?

— Vocês podem ir para lá em algumas horas se for necessário, o que não vai acontecer.

— Você não pode ter certeza disso, Wyatt — minha mãe diz.

— Não, não posso, mas decidi parar de viver como se estivesse morrendo.

— Você não tem feito isso! — A angústia da mãe se transforma em raiva em um instante. — Olhe para o que você conquistou: é um cirurgião cardiotorácico certificado pelo conselho. Como isso equivale a viver como se estivesse morrendo?

— Minha carreira é incrível. Tenho muito orgulho do que conquistei. É o resto da minha vida que está faltando. Tive relacionamentos temporários com mulheres, nunca me permitindo me envolver demais por medo de meu coração doado ceder e do quanto seria injusto pedir a alguém para se envolver comigo quando isso pudesse acontecer.

Faço uma breve pausa antes de continuar.

— A Dee me lembrou que a morte espreita a vida de todos. Podemos andar no meio-fio no momento errado, acelerar em um cruzamento quando alguém está passando no sinal vermelho ou uma série de coisas terríveis podem acontecer. Estive tão ocupado seguindo minha carreira com uma determinação implacável que, em algum lugar ao longo do caminho, esqueci de viver. A Dee me mostrou outra coisa: algo que eu quero mais do que jamais quis, e vou atrás disso. Quero que vocês façam parte disso. Mas o que não quero é aumentar o seu estresse. Quero que vocês fiquem felizes por mim e não se preocupem comigo.

— É difícil não nos preocuparmos — meu pai fala em voz baixa.

— Eu sei e sou grato. Odeio ter feito vocês passarem por esse inferno, mas esta é a recompensa pelo que todos nós passamos. A Dee é a recompensa. Ela é meu pote de ouro.

— E você sabe disso com certeza tão rapidamente? — minha mãe pergunta.

— Eu soube imediatamente. O dia em que a conheci foi diferente de todos os dias que já passei com alguém, e tudo em que pensei desde então foi em vê-la novamente. Por favor... Fiquem felizes por mim. Não vamos nos debruçar sobre todas as maneiras pelas quais isso pode dar errado. Vamos apenas ser felizes neste momento, o único que temos. — Uso as palavras de Dee para selar o acordo com eles, ou assim espero.

Meu pai cruza a distância entre nós e me abraça ferozmente.

Meus olhos ardem com lágrimas.

— Estamos felizes por você, Wy, e mal podemos esperar para conhecer a sua Dee.

— Obrigado, pai. Você vai amá-la. Sei que você vai.

Quando ele me solta, eu me viro para minha mãe.

— Você está bem?

— Acho que vou ficar. Só não consigo suportar a ideia de você morar tão longe de nós.

— Você passou pelos quatro anos que eu estive na Carolina do Norte — eu a lembro.

— Isso foi um inferno, sempre esperando receber um telefonema.

— O que nunca aconteceu. Eu estava bem. Estou bem. E vou continuar assim. Temos que ter fé nisso e, se chegar o dia em que eu não estiver, vamos lidar com a situação. Enquanto isso, não quero que você fique chateada.

— Sinto muito. — Ela enxuga mais lágrimas. — Não quero tirar nada da sua felicidade. Eu só... preciso de um minuto para absorver isso.

— Leve o tempo que precisar. A Dee virá no próximo domingo para passar uma semana aqui antes de partirmos para Miami. Espero que vocês possam passar algum tempo com ela enquanto ela estiver aqui. Prometo que você vai se sentir muito melhor depois de conhecê-la.

Pelo menos eu espero que sim.

CAPÍTULO 17

Dee

A semana após a partida de Wyatt se arrasta como nunca. Cada minuto parece um ano, exceto pelas horas que passo conversando com ele, geralmente até tarde da noite após meus turnos de garçonete. Estou tão cansada, que estou praticamente delirando, mas não trocaria as horas no *FaceTime* com ele por dormir. Até agora, visitei seis casas em potencial e reduzi as opções para duas que amei. Quero que ele as veja antes de tomar qualquer decisão, mas o pensamento de viver com Wyatt em qualquer uma delas me enche de uma alegria irracional.

Passei um tempo com meus pais todos os dias desta semana, mas ainda não falei com eles sobre Wyatt e nossos planos. Eu nem mesmo disse que vou para Phoenix no domingo. Estou planejando vê-los antes do meu turno mais tarde para contar.

Finalmente é sexta-feira, e devo me encontrar com meus tios esta manhã, então saio do meu caminho para parar na Juanita e tomar uma dose muito necessária de cafeína.

— *¿Dónde está tu chico sexy?*

Sorrindo, eu digo:

— Meu homem sexy está em Phoenix, onde ele mora. Por enquanto. Ele está se mudando para cá na próxima semana.

— Isso é *incrível*. É muito bom ver você sorrindo de novo depois do que aquele idiota do Marcus fez.

— Você sabia disso, é?

— Todo mundo sabe. E eu conheço a *puta* com quem ele se casou, e ela não é Dee Giordino.

— Ah, obrigada, mas isso é passado agora. Estou apaixonada pelo Wyatt, e estamos fazendo planos. Está tudo bem.

— Você merece, *cariño*. — Ela entrega meu *cortadito*. — Ouvi falar sobre seu grande novo emprego também. Parabéns.

— Obrigada. — Enquanto dou a ela uma nota de dez dólares, gesticulo para o café. — Isso será fundamental para o meu sucesso no trabalho.

— Estou aqui para te apoiar.

— Deus te abençoe, *amiga*.

Dirijo para o restaurante no trânsito da hora do rush, me sentindo exultante, cansada e muito pronta para ver Wyatt novamente. O tempo separados foi pura tortura, o que só confirma minha decisão de ficar com ele. Se me sinto assim depois de alguns dias sem ele, então sei que estou fazendo a coisa certa. Me ocorre que, se a pior coisa possível acontecer, terei que sentir essa dor terrível todos os dias pelo resto da minha vida.

— Não, não pense nisso — digo em voz alta como se isso pudesse me fazer ouvir o meu conselho. — Pare com isso agora.

Eu me recuso a deixar minha mente ir para esse possível cenário apocalíptico, não depois de ter prometido a Wyatt que ficaria bem, não importa o que acontecesse. Essa é uma promessa que pretendo manter.

Quando chego ao restaurante, meus tios estão me esperando no escritório com mimosas para comemorar meu primeiro dia de treinamento. Eles são fofos demais.

— Um brinde à nossa nova gerente geral em seu primeiro dia do que esperamos que seja uma carreira longa e feliz — Vincent diz.

— Vou beber a isso — Vivian acrescenta.

Sorrindo, eu digo:

— Eu também.

Tocamos os copos e tomamos um gole de nossas bebidas.

— E a vocês dois, que construíram este negócio incrível. Estou honrada e orgulhosa por vocês terem me escolhido para guiá-lo no futuro. Prometo fazer o meu melhor para ser digna da fé que vocês têm em mim.

— Não poderíamos estar mais felizes por você ter aceitado — Viv responde.

Passamos as próximas três horas revisando a rotina semanal. Tudo, desde pedidos de comida e bebidas até roupas de mesa e outros suprimentos.

— Comecei a fazer anotações diárias detalhadas há cerca de três meses, quando essa ideia começou a tomar forma. — Vincent me entrega um caderno. — Está tudo aí, o que faço todos os dias, juntamente com algumas explicações do que faço e quando, além de detalhes sobre a quantidade de tudo que costumamos pedir junto com ressalvas para explicar banquetes, casamentos, etc.

— É muita coisa — Viv fala sem rodeios. — Não esperamos que você entenda isso imediatamente, e é por isso que planejamos que você nos acompanhe nos próximos meses até que se sinta confiante em seguir sozinha.

— Graças a Deus por isso. — Já estou sobrecarregada, mas determinada. Eu vou descobrir. Só não vai acontecer da noite para o dia.

Como estou trabalhando hoje à noite, eles me mandam para casa com o almoço para viagem para descansar antes do meu turno.

Estou comendo minestrone caseiro e salada Caesar, me debruçando sobre o caderno do tio V quando Wyatt liga. Seu nome no meu identificador de chamadas é tudo que precisa para fazer meu coração disparar.

— Olá.

— Oi, baby. Só queria dar um oi entre as cirurgias. Como foi seu treinamento?

— Foi ótimo, mas assustador. Tenho muito a aprender.

— Você estará administrando esse lugar sozinha em pouco tempo. Não tenho dúvidas.

— Estou feliz que você não tenha.

— Você já tem muita experiência lá. Vai ser útil quando você assumir esse novo papel.

— Sim, vai. Como foi a cirurgia?

— Correu bem. Foi uma angioplastia de rotina. O paciente deve ter uma recuperação completa. A próxima é a colocação de cardioversor-desfibrilador implantável.

— É muito sexy quando você fala palavras como angioplastia e cardioversor-desfibrilador implantável.

Sua risada retumbante me faz sorrir.

— Terei que me lembrar disso na próxima vez que te encontrar.

— Quanto tempo mais?

— Cerca de quarenta e oito horas.

— Parece uma eternidade.

— Estou contando os minutos. Provavelmente estarei no aeroporto duas horas mais cedo no domingo.

— Mal posso esperar para te ver.

— Mal posso esperar para te beijar, te abraçar e...

— Pare.

— Não quero parar. Na verdade, depois do trabalho hoje à noite, por que não lhe digo exatamente o que vai acontecer quando você chegar a Phoenix no domingo?

Engulo em seco.

— Não tenho certeza se falar sobre isso vai melhorar.

— Vamos tentar e descobrir. — Ele geme. — Tenho que ir. Me liga quando chegar em casa?

— Pode deixar. Boa sorte com sua cirurgia.

— Obrigado. Tenha uma boa noite no restaurante. Não fale com nenhum garoto estranho que te ache gostosa.

Divertida, eu digo:

— Vou tentar.

— Te amo.

— Também te amo.

— Humm, mal posso esperar até domingo.

O telefone fica mudo antes que eu possa responder que também não posso. Mas ele sabe disso. Eu me sinto como uma adolescente no auge do primeiro amor. Mal posso me controlar de querer estar com ele o tempo todo. Os sentimentos são tão grandes e avassaladores que não posso acreditar que alguma vez pensei que estava realmente apaixonada por Marcus. Eu o amava. Eu realmente amei. Mas não era nada assim.

A percepção me faz mandar uma mensagem para minha irmã, pedindo que ela me ligue quando tiver uma folga na clínica.

Ela me liga cinco minutos depois.

— Você me pegou comendo um lanche rápido entre os pacientes. O que houve?

— Queria te fazer uma pergunta meio pessoal.

— Claro... Desde quando somos tímidas uma com a outra?

— É sobre o Scott.

— Ah, tudo bem... O que tem ele?

— Quando você estava com o Austin, parecia estranho pensar que você achava estar apaixonada pelo Scott?

— Foi diferente com o Austin desde o início, mas fui apaixonada de verdade pelo Scott. Até que ele me traiu, e o amor morreu.

— Quando você diz "totalmente diferente", o que quer dizer com isso?

— Minha conexão com o Austin é mais profunda do que eu tinha com o Scott. É difícil de explicar. É apenas mais.

— Sim — digo baixinho. — Foi isso que eu quis dizer.

— O que trouxe isso, ou devo dizer, quem trouxe isso? Embora eu provavelmente possa adivinhar.

— É tão diferente com o Wyatt, que isso me fez pensar no que eu tinha com Marcus. Eu o amava. Realmente amava, mas não era assim.

— Isso é porque ele foi seu amor inicial. O Wyatt é seu amor para sempre.

— Resumiu perfeitamente.

— Ouça, Dee... Pelo que eu ouvi, Marcus está muito determinado a acertar as coisas com você.

— Isso não vai acontecer. Como podemos ter certeza de que ele sabe disso?

— Eu poderia deixar chegar na irmã dele sobre você e o Wyatt.

— Como você faria isso?

— Posso postar uma foto de vocês no Facebook com uma legenda que diga algo como "um brinde ao novo amor".

— Eu gosto dessa ideia. Isso acabaria com qualquer esforço de reconciliação. Não posso suportar a ideia de ele me caçar para conversar sobre isso. O que há para dizer?

— Absolutamente nada. Você tem uma boa foto sua com o Wyatt?

— Tenho.

— Mande-a para mim.

— Devo mandar uma mensagem primeiro para perguntar se ele se importa se publicarmos isso no Facebook?

— Ele está se mudando para cá, para morar com você, Dee. Ele não vai se importar, e eu não vou marcá-lo. Vamos apenas alertar as pessoas que precisam saber.

— Você é diabolicamente brilhante, e eu te amo.

— Eu também te amo. Estou muito, *muito* feliz em te ver sorrindo de novo.

— É bom, quase bom demais para ser verdade.

— Não é. É tão verdadeiro quanto parece. Ele é louco por você. Todos nós podemos ver isso.

— Eu sou muito louca por ele. Esta semana, desde que ele partiu, tem sido uma tortura absoluta.

— Eu me lembro de como foi depois que conheci o Austin e ele voltou para Baltimore por alguns dias. Foi brutal.

— Essa é uma boa palavra para descrever, mesmo que eu me sinta super dramática. É só que tudo parece tão urgente com o Wyatt.

— Eu entendo. Você vai estar com ele em breve e vai ficar ocupada vivendo.

— Mal posso esperar. Como você está se saindo com o Austin no treinamento de primavera?

— Está tudo bem. A equipe vai jogar três jogos em Fort Myers, esta semana. Eu só sinto falta dele quando ele está fora durante a noite. Fiquei mal-acostumada por tê-lo em casa durante todo o inverno.

— Eu me ofereceria para te fazer companhia, mas vou trabalhar hoje e amanhã à noite, vou para Phoenix no domingo de manhã.

— Não se preocupe comigo. Estou bem. O Austin vai estar em casa amanhã à noite. A Everly e eu tentaremos ir jantar amanhã, quando você estiver trabalhando.

— Estou ansiosa para ver vocês duas.

— Me envie a foto.

— Eu vou. Obrigada novamente, Mar.

— Qualquer coisa para você. te amo.

— Também te amo.

Como sempre, minha irmã mais velha me faz sentir melhor sobre o que quer que esteja pesando sobre mim. Sempre foi assim conosco. Enquanto outras irmãs que conhecíamos brigavam como gatas, nós nunca brigamos.

Encontro minha foto favorita com Wyatt, uma *selfie* que tirei no barco no fim de semana passado, e envio para Maria. Ele está sem camisa, com seu lindo peito e tatuagem à mostra, e eu estou com um biquíni fofo. Quem vir essa foto não terá dúvidas de que estamos felizes e apaixonados.

Me dói pensar em magoar alguém, especialmente Marcus, mesmo depois do que ele fez comigo, mas ele precisa saber que não há esperança de nos reconciliarmos. Maria está certa – um post em seu Facebook vai acabar com isso rapidamente.

Não tenho tempo a perder com o passado. Não quando meu presente e futuro parecem tão perfeitos.

Às três, vou checar meus pais antes do meu turno. Eu os encontro na sala, sentados em poltronas reclináveis lado a lado e de mãos dadas enquanto assistem à TV. Eles são muito fofos, e tudo que eu quero neste mundo inteiro é chegar a idade deles e ainda estar de mãos dadas com Wyatt enquanto assistimos TV.

— Oi, querida — meu pai diz. — Acabei de falar com o Vincent, e ele me disse que sua primeira sessão de treinamento foi ótima.

— Fico feliz em saber que ele achou isso. — Eu beijo os dois e me sento no sofá.

Papai desliga o noticiário.

— *Você* também achou? — ele pergunta.

— Foi bom. Tenho muito a aprender, mas terei tempo. Mas é um desafio emocionante. Como você está se sentindo, mãe? — Já mandei uma mensagem para os dois hoje, mas ainda tenho que perguntar.

— Estou bem. Nada com que se preocupar. Tenho uma consulta na próxima semana.

— Sinto muito que esteja sendo uma provação.

— É o que é. Estou mantendo o foco em todas as coisas positivas da minha vida, como o brilho feliz no rosto da minha filha mais nova porque ela encontrou o amor novamente.

Não consigo evitar que o sorriso se estenda em meu rosto com a menção de Wyatt.

— Encontrei mesmo. Ele é incrível.

— Ele parece um jovem especial — meu pai comenta.

— Vou para Phoenix no domingo, para conhecer os pais do Wyatt e voltar com ele. Vou ficar fora por uma semana. A Carmen prometeu ajudar se necessário e a Maria disse que poderia fazer mais também, já que o Austin está viajando com a equipe.

— Não se preocupe conosco, querida — minha mãe diz. — Vá ter um tempo maravilhoso com seu Wyatt. Você merece uma pausa. Está trabalhando e cuidando de nós há meses. Nós ficaremos bem.

— Promete?

— Prometo — ela diz, sorrindo. Estar doente suavizou suas arestas, tornou-a mais doce e amorosa do que nunca, mesmo que sempre tenha sido uma mãe maravilhosa.

— Também temos conversado — meu pai fala — e decidimos fechar a empresa.

Ela é advogada e ele é contador. Sua empresa fornece serviços jurídicos e financeiros para centenas de outras empresas locais. Eles são viciados em trabalho, então esta é uma notícia um tanto chocante.

— Isso é uma grande coisa.

— Está na hora — ele diz, suspirando. — O Duncan e a Gloria fizeram um trabalho brilhante dirigindo a empresa desde a doença de sua mãe. Estamos negociando um acordo para eles comprarem a sociedade, com um plano de pagamento de dez anos, o que nos dará renda garantida pela próxima década. Depois disso, poderemos dar entrada na Previdência Social e no plano de previdência privada.

Estou surpresa com o nível de planejamento deles, já que é a primeira vez que ouço falar disso.

— Parece uma boa ideia. — Toda essa mudança é muito para absorver. — Vocês acham que vão sentir falta?

Meu pai sorri.

— Se você tivesse me perguntado isso seis meses atrás, eu teria dito que não havia como ficar longe do trabalho por tanto tempo. Mas agora... — Ele olha para minha mãe, que o encara com amor e carinho. — Agora, eu não poderia me importar menos com o negócio, o que me diz que é a hora certa de me afastar. Com Vincent e Vivian fazendo o mesmo, esperamos fazer algumas viagens juntos.

— Isso é maravilhoso. Estou feliz por todos vocês. Vocês trabalharam duro a vida inteira. É hora de se divertir.

— Isso mesmo. Assim que a sua mãe conseguir a liberação dos médicos, nós vamos fazer isso.

Só espero que ela consiga se curar logo. Eu os deixo para ir ao restaurante para uma das noites mais movimentadas da semana. Não é incomum que eu ganhe até trezentos dólares em gorjetas nas noites de sexta e sábado.

No sábado à noite, trabalho no lado cubano da casa, que solicitei para ver o que está acontecendo com *Abuela* e o sr. Muñoz. Enquanto faço minha preparação antes da correria, ela vem me ajudar a enrolar talheres em guardanapos de linho.

— Obrigada pela ajuda.

— Sem problemas.

Ela fez o cabelo, como de costume para um sábado, e está particularmente linda em um vestido cor de champanhe. Dou uma olhada mais de perto e noto que ela está usando uma sombra que combina com o vestido.

— Você está linda, *Abuela*.

— Ah, obrigada, querida. Faço o que posso com o que me resta.
Ela me faz rir toda vez que falo com ela.

— Você tem muito sobrando.

Trabalhamos juntos em um silêncio satisfeito por algum tempo
antes de me ocorrer que o silêncio satisfeito não é coisa de *Abuela*.

— O que está acontecendo com você?

Ela olha para mim, parecendo assustada com a pergunta.

— O quê? Nada.

— Está sim. Você está quieta.

— Toda essa conversa de mudanças me deixou inquieta — ela
diz depois de uma longa pausa, durante a qual não tenho certeza se
ela vai me dizer o que está na sua cabeça. — O Vincent me disse
para pensar em algo que eu desejava fazer enquanto usava o
trabalho como desculpa para não fazê-lo. Só não tenho ideia do que
faria se não tivesse este lugar para vir todos os dias.

— Talvez você devesse aceitar a oferta do sr. Muñoz de se juntar
a ele para jantar. Embora o pobre homem provavelmente morreria
de choque se você dissesse sim.

Seu rosto cora com um rubor que é adorável e chocante.

— *Quieta!*

— Abuela. — Espero até que ela olhe para mim. — Você gosta
dele?

Ela encolhe os ombros.

— Ele parece bom. Ele com certeza é persistente.

— Ele está te convidando para sair há quanto tempo?

— Não sei. Quatro anos, talvez? Desde cerca de um ano depois
que sua esposa morreu.

— Você já ouviu falar de ele ter saído com mais alguém nessa
época?

Ela pensa sobre isso por um segundo antes de balançar a cabeça.

— Acho que não.

— *Abuela*... Ele está esperando você dizer sim para ele. Está
esperando por você.

— Não seja tola. Não está.

— Está sim. Ele está esperando você dizer sim e não vai parar de convidar até que você aceite. O que você tem a perder por jantar com um homem legal que gosta de você?

— Não posso fazer isso aqui. Todo mundo falaria. Seria mortificante.

Eu a encaro, incrédula.

— É por isso que você não disse sim para ele antes?

Ela mantém o ritmo embalando os talheres, mas o seu dar de ombros revela a verdade.

— Se você aceitar, vou me certificar pessoalmente de que ninguém diga uma palavra sobre isso. Eu prometo.

— Boa sorte com esta família.

— Vou colocar uma proteção ao seu redor. Prometo, *Abuela*. Ninguém vai dizer uma palavra.

— Mas todos ainda vão saber.

— Que dois adultos fizeram uma refeição juntos? O que importa se eles sabem disso?

— Não posso suportar ser o centro das atenções e de fofocas. Eu simplesmente não posso.

— Vou avisar que o assunto está fora dos limites. Vou me certificar disso, *Abuela*. Ou vou pedir ao sr. Muñoz para levá-la a outro lugar.

— Outro lugar — ela diz com uma risada desdenhosa. — Não há nenhum outro lugar.

A maldição de se possuir e trabalhar para um restaurante familiar conhecido por sua excelente cozinha fez de todos nós esnobes de restaurante.

— Diga sim a ele, *Abuela*. Por favor, diga sim.

Antes que ela possa responder, vemos os primeiros clientes aparecerem na entrada, e ela sai para cumprimentá-los.

Começamos a ficar ocupadas, mas fico de olho nela e observo o sr. Muñoz, que vem no mesmo horário que vem toda semana, dizer algumas palavras elogiosas para *Abuela* enquanto ela o leva para sua mesa de sempre, a C32, de onde ele pode ver a recepção onde ela fica – e pede que ela se junte a ele. Do outro lado, eu o vejo gesticular para a cadeira em frente à dele. A expressão esperançosa em seu rosto bonito me toca profundamente. *Por favor, diga sim,*

Abuela. Não tenho certeza se penso ou digo isso, mas os observo tão de perto que mal pisco ou respiro o minuto inteiro que ela leva para puxar uma cadeira e se sentar.

Preciso me esforçar para conter a alegria que me enche enquanto ela se acomoda e apoia o guardanapo que enrolamos juntas em seu colo.

O olhar atordoado no rosto dele não tem preço.

Vivian se aproxima de mim por trás, me pegando de surpresa.

— O que está acontecendo?

Uso o queixo para direcionar sua atenção para a C32.

— Olhe.

Ela ofega ao ver sua mãe viúva sentada com um homem.

— Você não pode dizer nada sobre isso para ela. Prometi que ninguém falaria a esse respeito. Certo?

— Eu, hum, tudo bem.

— Você vai contar para todo mundo? Tive a sensação de que ela queria dizer sim para ele, mas não queria que todos a provocassem sobre isso. Prometi que não iríamos.

— Vou avisar a todos.

— Você está bem com isso?

— Ah, querida, é claro que estou. Ela está sozinha há muito tempo. Depois que o meu pai morreu, eu sempre esperei que ela encontrasse outra pessoa, mas ela estava muito determinada a permanecer fiel a ele. O que você acha? O que a fez finalmente dizer sim?

— Acho que foi o Vincent ter dito a ela e a Nona que elas precisavam encontrar algo para fazer além de trabalhar. E quando prometi que não deixaria ninguém provocá-la, isso pareceu ajudá-la a se decidir.

— Isso é maravilhoso, Dee. Ótima ideia.

— É melhor eu ir lá e anotar o pedido de bebida antes que ela comece a criticar o serviço.

Vivian ri.

— Verdade.

— Pode avisar a todos para irem com calma?

— Sim. Vou cuidar disso e ocupar o lugar dela.

— Obrigado, tia V. — Me dirijo ao C32, onde *Abuela* e o sr. Muñoz estão conversando com animação e param quando me aproximo da mesa. — Olá, bem-vindos ao Giordino's. Sou a Dee, e vou atender vocês esta noite. Posso lhes oferecer um coquetel?

Sei de cor o que os dois vão pedir para beber, mas faço o papel de qualquer maneira.

Sr. Muñoz gesticula para *Abuela*.

— Marlene, o que você vai beber? — Seus olhos brilham com puro deleite que faz meu coração feliz.

— Eu gostaria de uma vodca Collins, por favor, com Absolut e duas cerejas.

— Certo. E para você?— Ele sempre toma bourbon Maker's Mark.

— Vou querer o mesmo — ele diz, sorrindo para ela. — Parece delicioso.

Ela cora.

Eles poderiam ser mais fofos? Vou ao bar para pegar as bebidas. Quando volto, os braços dele estão sobre a mesa e ele está pendurado em cada palavra dela. Depois de colocar as bebidas na mesa, percorro a lista de especialidades e anoto os pedidos. Ela pede a *ropa vieja* e ele pede o *picadillo*.

— Eu já volto com salada e pão. — Quando começo a me afastar, Vivian traz outra pessoa para uma mesa próxima sem olhar na direção da mãe.

Perfeito.

Nas próximas horas, eles desfrutam do jantar, da sobremesa e de uma garrafa de champanhe que Vincent envia.

Abuela está rindo e sorrindo, parecendo estar se divertindo muito. É a melhor coisa que já vi. Eles ainda estão lá quando começamos a limpar para o fechamento.

— Vamos ter que expulsá-los? — Vivian pergunta.

— Talvez.

Mas antes que possamos fazer isso, o sr. Muñoz se levanta para ajudar *Abuela* a se levantar.

Eu me aproximo para dar boa noite.

Ele me entrega seu cartão de crédito.

— Vincent pediu para lhe dizer que é por conta da casa.

— Isso é muito gentil da parte dele. Por favor, agradeça a ele por nós.

— Farei isso.

Ele coloca o cartão de volta na carteira, retira uma nota de cem dólares e a coloca na minha mão.

— A Marlene me disse que você vai para Phoenix ajudar seu novo namorado a se mudar para Miami. Use isso para jantar uma noite em sua viagem.

— Muito obrigado, sr. Muñoz. Posso chamar um táxi para vocês?

— Já pedi um Uber. Vou levar a Marlene para casa em segurança.

Beijo *Abuela* e sussurro em seu ouvido:

— Não faça nada que eu não faria.

Ela gagueja e dá um tapa no meu braço, mas quando se afasta com a mão apoiada no cotovelo dele, está tão feliz como nunca vi, como se finalmente tivesse feito algo que queria fazer há muito tempo.

Ainda estou animada com o sucesso do "encontro" de *Abuela* quando chego em casa e vou para o banho. Separo as roupas para lavar e faço as malas para a viagem para Phoenix antes de me acomodar na cama para ligar para Wyatt.

Ele imediatamente aceita minha ligação do *FaceTime*.

— Oi, linda. Como foi a sua noite?

— Foi muito boa. Você não vai acreditar no que aconteceu. — Conto tudo sobre *Abuela* e o sr. Muñoz e como ela finalmente disse sim a ele. — Ela estava tão feliz. Foi a coisa mais fofa que já vi.

— Você fez uma coisa boa dando um empurrão nela.

— Sei como é ter todo mundo se metendo em sua vida e como isso pode ser desconfortável. Se tudo o que era preciso era uma promessa de que ninguém iria provocá-la, valeu a pena. Estou muito feliz pelos dois. Ele é um homem muito legal. Vincent ofereceu o jantar por conta da casa, mas o sr. Muñoz me deu cem dólares para levá-lo para jantar em nossa viagem.

— Muito legal da parte dele. Vou me certificar de que você experimente a comida incrível do sudoeste enquanto estiver aqui.

— Quantas horas mais?

— Cerca de dezessete.

— Não vou conseguir.

— Não desista de mim ainda. Estamos quase lá. E a boa notícia é que vamos dormir a maior parte dessas horas.

— Estou muito animada. Como vou dormir?

— Você precisa estar muito bem descansada quando chegar aqui.

Suas palavras provocam um arrepio de desejo em minha espinha que aterrissa em um nó apertado de necessidade entre minhas pernas. Nunca desejei alguém fisicamente antes. Não assim.

— Mal posso esperar.

— Eu também, linda.

CAPÍTULO 18

Wyatt

Chego no aeroporto duas horas mais cedo. A notícia de que estou me mudando para Miami se espalha entre minha família, amigos e colegas. Meu telefone tem vibrado com mensagens durante toda a semana que ainda não respondi. Estou esperando Dee chegar aqui para tirarmos uma nova *selfie* que vou mandar para todos que querem saber o que há em Miami que não temos em Phoenix.

No geral, as pessoas parecem estar recebendo bem a notícia. Minha mãe esteve um pouco contida esta semana, tendo ligado só uma vez desde que os vi na segunda-feira, em vez das três ou quatro vezes habituais. Suspeito que meu pai a aconselhou a seguir o fluxo depois de ver como estou decidido a ter essa vida com Dee.

Não consigo me lembrar da última vez em que fiquei mais empolgado com qualquer coisa do que em vê-la. Graças a Deus o voo dela vai chegar na hora. Um atraso nos levaria ao limite hoje.

A expectativa está me matando até que finalmente anunciam a chegada de seu voo de Miami. Outra meia hora se passa sem nenhum sinal dela, o que é pura tortura.

No momento em que a vejo vindo em minha direção, sinto

que não posso esperar mais um segundo por algo que pensei que não precisava. Ela estava certa. Teria sido uma pena perder a sensação de pura alegria que toma conta de mim ao ver seu rosto lindo e sorridente. Ela caminha para meus braços estendidos como se estivesse voltando para casa e, de certa forma, nós dois estamos.

Dee me abraça com tanta força quanto eu a abraço.

— Estou tão feliz de vê-lo.

— Eu também. Estava prestes a explodir esperando você chegar aqui.

— Não faça isso. Preciso de você inteiro.

Eu a solto apenas o tempo suficiente para pegar a mochila e a alça da mala. Passo o braço em volta dela novamente para sair do aeroporto. Quando saímos do ar-condicionado, entramos em um dia quente e ensolarado do deserto.

— O que achou da vista do alto?

— É muito diferente de Miami.

— Parece Miami precisando de um copo de água.

Ela ri da minha descrição.

— Apenas um clima diferente. Mal posso esperar para ver mais.

— Gostaria que tivéssemos tempo para ir a Sedona e ao Grand Canyon. Faremos isso quando voltarmos para visitar. Você vai adorar Sedona. É o lugar mais bonito.

— Mal posso esperar para ver tudo.

Quando chegamos ao meu SUV, coloco sua bagagem na parte de trás e seguro a porta do passageiro para ela.

— Isso é bom — ela diz sobre o carro.

— Obrigado. — Como não posso esperar por mais um segundo, eu me inclino no carro para beijá-la.

Ela segura meu rosto e abre a boca para minha língua. Rapidamente, me sinto completamente perdido nela.

— Segure esse pensamento — digo quando finalmente interrompo o beijo para caminhar até o lado do motorista. Uma vez no carro, eu a alcanço novamente, e continuamos de onde paramos, nós dois nos esforçando para nos aproximar mais.

— Por favor, me diga que não temos planos para hoje.

— Tenho um plano que envolve você na minha cama por muitas, *muitas* horas.

— Vamos a isso.

— Sim, senhora. — Dirijo para casa o mais rápido que me atrevo, mostrando alguns pontos de Phoenix enquanto estamos na estrada.

— Eu amo cactos! Precisamos pegar alguns para levar para Miami para nossa nova casa.

— Podemos fazer isso. Falando em nossa nova casa, e as novidades?

— Marquei com a corretor de imóveis uma visita nas duas casas daqui uma semana. Ela disse que estão no mercado há algum tempo, então provavelmente é seguro esperar. Ela pediu ao agente de listagem para nos informar se receberem outras ofertas.

— Eu te disse: se gostou mais de uma do que de outra, não há problema em fazer a oferta.

— Quero que você veja primeiro.

— Se você estiver comigo, eu poderia viver em uma barraca e ser feliz.

— Isso é loucura. Você não pode comprar uma casa sem ter ido vê-la.

— Sim, eu posso. Curta o momento. Não é esse o nosso lema? Se você gosta mais de uma do que da outra, faça a oferta.

Sua risada nervosa me enche de uma sensação alegre e ofegante que estou começando a reconhecer como alegria. É a melhor coisa que já experimentei.

— Tem certeza? Tipo mil por cento de certeza de que você quer comprar uma casa sem vê-la?

— Tenho dez milhões por cento de certeza. Vá em frente, baby.

— Está bem. — Ela pega o telefone e seleciona um anuncio em uma listagem que me mostra em um semáforo. — Esta é a que mais gostei. — No tempo que leva para a luz mudar, ela me mostra a casa que já vi uma vez na internet. — A cozinha é de morrer, tem dois fornos, fogão a gás e eletrodomésticos top de linha. Gosto que tenha duas suítes master, então se seus pais vierem nos visitar, eles terão seu próprio espaço.

— Isso seria perfeito porque eu disse a eles que deveriam considerar passar o inverno em Miami.

— Eles deveriam mesmo. Também tem quatro quartos e dois banheiros no andar de cima, uma sala de TV e um escritório que podemos compartilhar.

— Não há ninguém com quem eu prefira dividir um escritório a você. Me mostre-me a piscina novamente.

Ela vira para a imagem de uma piscina cercada por um paisagismo exuberante, com palmeiras.

— Também amei essa. Essa piscina é linda. Envie uma mensagem para a corretora. Diga a ela que vamos comprá-la.

Mais uma vez, ela ri, e o tom mais alto me diz que ela está animada, mas nervosa. Eu amo que já sei essas coisas sobre ela.

— Vamos mesmo fazer isso?

— Sim e é a melhor coisa que já aconteceu comigo. Compre a casa, Dee. Vamos fazer dela o nosso lar.

Seus olhos brilham de excitação quando ela me mostra o preço em outra parada no semáforo.

— O que você quer oferecer?

— O preço total, assim eles vão aceitar.

— Ninguém oferece o preço total, Wyatt. Nós não vamos fazer isso. — Ela reduz cem mil do preço pedido e envia a oferta por mensagem de texto para a corretora de imóveis antes de largar o telefone no colo como se de repente estivesse quente demais para segurar.

— Você não vai vomitar, vai?

Sorrindo, ela olha para mim com olhos lindos cheios de felicidade.

— Acho que não, mas me reservo o direito de vomitar mais tarde.

— Está tudo bem, amor. Vou conseguir um bom dinheiro pela minha casa aqui, e tenho um bom dinheiro guardado. Ficaremos bem.

— Além disso, também temos meu novo emprego.

— Isso mesmo.

— Sei que não é nada comparado ao que você provavelmente ganha.

Eu me inclino para beijar as palavras de seus lábios doces.

— Não existe isso de *nada*. É fantástico e você será a melhor gerente geral da história dos gerentes gerais.

Ela revira os olhos.

— Se você diz.

— Digo. Não há como seus tios te convidarem para a vaga se eles não tivessem tanta certeza quanto eu de que você seria ótima nisso. Eles têm muito em jogo, confiando seu negócio de muito sucesso a alguém. Pode apostar que eles pensaram muito antes de falarem com você.

— Tenho certeza de que sim.

— Eles contrataram a melhor pessoa para o trabalho. Sem dúvida.

— Como eu já disse antes, você é muito bom para o meu ego.

— Se você soubesse quantas vezes pensei em você na semana passada, seu ego estaria grande demais para caber neste veículo.

— É mesmo? De quantas vezes estamos falando?

— Você quer, tipo, um número?

— Um número seria bom.

Ela está aqui há quinze minutos e já está tudo melhor. O sol está mais brilhante, o céu está mais azul e meu coração está mais leve que o ar.

— Talvez, tipo, mil?

— Hum.

— O quê? Isso é muito baixo?

Sua risada me encanta.

— Claro que não. Você estava pensando em mim quando estava fazendo a cirurgia?

— Sim.

— Isso é seguro?

— Para quem?

— O paciente!

Dou uma risada.

— Algumas dessas cirurgias eu faço com tanta frequência, que poderia fazê-las dormindo, mesmo que cada uma delas seja diferente de uma forma ou de outra. É seguro que a minha mente vague com pensamentos sobre a minha pessoa favorita.

— Eu sou a sua pessoa favorita?

— Caramba, sim, e você já era antes do fim de semana passado. Nunca pensei mais em outra pessoa na minha vida do que em você desde o dia em que nos conhecemos. Durante todo o tempo que eu estava no voo para Miami, dizia a mim mesmo para ficar longe de você, porque se eu te visse de novo...

— O quê? — ela pergunta, soando sem fôlego.

— Estava com medo de não ter força de vontade para fazer o que era melhor para você, e eu estava certo sobre isso.

— Não estava, não. O melhor para mim é mais tempo com você, tanto quanto eu puder, enquanto eu puder.

— E você se pergunta por que é a minha pessoa favorita.

— Você também é minha.

— Não precisa dizer isso. Você tem muitas pessoas em sua vida.

— Mas há apenas um você, e você é meu novo favorito. Também pensei em você sem parar na semana passada. Achei que o domingo nunca chegaria.

Piso no acelerador, morrendo de vontade de levá-la para casa para que possamos passar o resto do dia na cama.

— Existe uma razão para você estar acelerando?

— Sim.

— Vai me contar?

— Prefiro te mostrar.

CAPÍTULO 19

Dee

*N*unca senti nada nem perto do que sinto quando estou com ele. Durante a longa semana de intervalo, tive alguns momentos de preocupação sobre se estava fazendo a coisa certa, mergulhando nessa relação com ele sem nenhum dos cuidados e preocupações habituais que normalmente colocaria em uma decisão tão importante. O senso de urgência ligado à situação dele me fez pular direto a *devida diligência* que meu pai contador me ensinou.

A devida diligência é sobre pensar bastante, garantir que a decisão seja sólida e prática, que faça sentido no contexto do resto da minha vida.

Meu pai e eu fizemos uma análise de custo-benefício antes de eu optar pela faculdade em Nova York e outra quando decidi ficar depois da formatura. Fizemos uma lista de todas as minhas despesas e chegamos a uma faixa salarial que eu precisava ter para viver lá de forma independente. Ele diz que tenho a mente de um contador pela forma como analiso tudo até a morte.

Isso é o que torna meu comportamento com Wyatt tão fora do meu comum.

Não me importo com a devida diligência. Não gastei um minuto tentando encontrar suas redes sociais ou olhando além das pesquisas iniciais no Google que fiz antes de conhecer toda a sua história. Não me importo com quem ele namorou antes ou quem são seus amigos do Facebook.

Só me importo em estar com ele.

Nada mais importa, exceto meu novo emprego e minha família, mas mesmo eles de repente importam menos do que Wyatt.

Eu deveria estar com medo. Deveria estar questionando tudo. Deveria estar em pânico.

Mas não estou. Estou muito ocupada me sentindo totalmente viva pela primeira vez na vida para me preocupar com coisas como a devida diligência.

Enquanto observo a topografia do deserto pela janela, eu o desejo.

Minha barriga está em nós. A antecipação vertiginosa me lembra da manhã de Natal quando criança, quando a excitação ameaçava me consumir. É igual, só que melhor. Muito melhor.

No momento em que ele entra no condomínio, estou praticamente pulando no meu assento.

Enquanto Wyatt pega minha bolsa, espero por ele sob o sol escaldante que parece muito mais quente do que na Flórida, embora a temperatura seja comparável. Ele segura minha mão e me leva escada acima até a frente de uma casa branca com porta azul.

— Só um aviso de que a minha mãe e a minha irmã me ajudaram a escolher os móveis, e qualquer coisa que seja legal é graças a elas.

— É bom saber antes de eu lhe dar crédito por sua linda casa.

— Eu não mereço nenhum.

Enquanto os móveis são principalmente de cores neutras, é a arte que chama minha atenção.

— Amei os quadros.

— É de um artista local especializado em paisagens desérticas.

— É lindo.

— Fico feliz que você goste. Vamos escolher alguns dos seus favoritos para levar para Miami.

— Quero ver sua arte também.

— Vou te mostrar tudo. — Ele deixa minha mala na escada e passa os braços em volta de mim. Olhando para mim, ele sorri e diz: — Oi.

— Oi.

— Bem-vinda a minha casa.

Passo os braços em volta do seu pescoço e fico na ponta dos pés para beijá-lo.

— Obrigada por me receber.

— O prazer é todo meu. Quer alguma coisa? Comprei aquele chá gelado de que você gosta.

— É muito gentil da sua parte. Vou querer um pouco mais tarde. — Olho para as escadas. — O que há lá em cima?

— Quartos.

— Me mostre.

— Claro. — Ele mantém um braço em volta de mim e pega a mala com a mão livre enquanto subimos as escadas. — Para a direita.

Passamos por outros dois quartos e um banheiro no caminho para a suíte, que tem um banheiro privativo.

— Belo quarto, doutor.

— Eu gostava muito até ver aquela casa em Miami, e agora não vejo a hora de morar lá com você.

— Ainda estou tentando acreditar que isso está acontecendo. Você está se mudando para Miami e vamos comprar uma casa juntos. Alguém, por favor, me belisque. Devo estar sonhando.

Ele desce a mão pelas minhas costas antes de beliscar minha bunda.

— Não estamos sonhando, embora pareça um sonho em alguns aspectos. Como algo tão incrível pode ser real? Mas é muito real, e você estava certa. Teria sido trágico perder isso, então obrigado por me fazer me apaixonar por você. É a melhor coisa que já fiz.

— Gosto de estar certa.

— Haha, vou me lembrar disso daqui para frente.

— Sei que vai. — Adoro a pessoa que me torno quando estou com ele. Digo o que me vem à mente e nunca demoro nem um segundo para me perguntar se devo dizer. Não há auto edição, nem preocupações sobre ele levar algo pelo lado errado. É muito libertador. — Posso te dizer uma coisa?

Ele coloca a mala ao lado da cômoda.

— Claro.

— Quando eu estava com o Marcus, costumava me preocupar com o que eu dizia a ele e como ele reagiria. Não tenho que fazer isso com você, e é um grande alívio para mim. Achei que você gostaria de saber.

— Adoro saber isso e sinto o mesmo. Estar com você é fácil como respirar.

— Sei que é assim que deve ser.

— É tudo — ele sussurra no segundo antes de me beijar.

Enquanto estou em seus braços, o mundo inteiro desaparece até que haja apenas nós dois e este quarto. O sol da tarde lança um brilho quente e rosado sobre a cama king-size. Este, aqui com ele, é o melhor momento de toda a minha vida até agora. Enquanto nos despimos lentamente e de forma reverente, tenho a sensação de que vamos superar isso muitas vezes.

Wyatt me abaixa na cama e vem em cima de mim, tudo sem interromper o beijo que faz com que todos os outros que já tive, mesmo com ele, pareçam ruins em comparação. Sua língua se emaranha com a minha. Eu me esforço para me aproximar mais. Quero tudo e quero agora. Esse senso de urgência torna o desejo mais nítido e intenso do que nunca.

— Calma — ele sussurra enquanto interrompe o beijo para se concentrar no meu pescoço.

Seus lábios contra minha pele sensível provocam arrepios na minha espinha e aumentam a necessidade a níveis quase insuportáveis.

Ele segura meus seios e provoca meus mamilos com a língua e os dedos.

— Tão sexy — ele sussurra contra o meu mamilo.

Agarro um punhado de seu cabelo, precisando de algo para segurar, enquanto ele parece decidido a me beijar em todos os lugares. Como algo tão elementar pode ser tão diferente com ele do que era com o homem que eu amava? É quase confuso que com Wyatt, eu sinta que finalmente entendi o que significa fazer amor.

Suas mãos, lábios e língua me levam à beira do êxtase antes de recuar e começar de novo. Ele faz isso várias vezes, me deixando trêmula no momento em que ele me penetra e desencadeia um orgasmo que me atinge como um incêndio fora de controle.

Acho que grito, o que nunca havia acontecido, exceto com ele.

Ainda bem que ele vive em uma casa isolada é meu primeiro pensamento quando me recupero do orgasmo para descobrir que ele ainda está duro, se movendo dentro de mim e ainda não terminou. Puta merda, ele vai me matar com sua resistência. Problemas cardíacos? Quais problemas cardíacos?

Coloco as mãos em suas costas e deslizo-as para baixo para segurar seu traseiro musculoso, dando um aperto que o faz gemer.

— Vire-se.

— Hum?

Dou um empurrãozinho no ombro dele.

Ele alcança por baixo de mim, e com as mãos na minha bunda, nos vira sem perder nossa conexão.

Me sento e empurro o cabelo para trás do meu rosto.

— Impressionante.

Seus olhos ficam quentes de desejo enquanto ele encara meus seios.

— Você gosta disso?

Assentindo, giro os quadris e extraio outro gemido profundo dele.

— Caramba, isso é tão bom. É bom pra cacete. — Ele aperta os dedos em meus quadris enquanto me movo em cima dele.

Já que seus olhos estão fechados, eu o pego de surpresa quando me inclino para frente para morder seu mamilo de leve.

Ele goza com um grito dentro de mim.

Eu pouso em seu peito, e ele envolve seus braços em volta de mim.

— Eu realmente te amo, Dee Giordino.

— Também te amo, Wyatt Blake.

— Isso me deixa mais feliz do que qualquer outra coisa.

— Eu também.

Nós mudamos para os nossos lados, ficando de frente um para o outro. O ventilador de teto envia um fluxo constante de ar frio sobre nós que me faz estremecer enquanto meu corpo se recupera do esforço.

Wyatt puxa um cobertor sobre nós, se aconchegando a mim com um braço em volta da minha cintura e uma perna entre as minhas.

— Confortável?

— Muito. Talvez eu nunca mais queira sair desta cama.

Ele passa os dedos pelo meu cabelo.

— Eu ficaria bem com isso.

De repente, me sinto exausta depois de acordar antes das cinco para pegar o voo das sete. Meus olhos não ficam abertos, mas dormir é a última coisa que quero fazer depois de contar os minutos até poder vê-lo. Abro os olhos para encontrá-lo me observando.

— Me desculpe. Fiquei super sonolenta de repente.

— Tire um cochilo. Temos todo o tempo do mundo.

Eu realmente espero que seja verdade.

CAPÍTULO 20

Dee

O tempo em Phoenix é cheio de alegria de todas as maneiras possíveis, exceto uma: a recepção fria que recebo dos pais de Wyatt quando vamos jantar lá na quarta à noite. Enquanto ele arruma as coisas no trabalho, eu trabalho durante o dia para arrumar as roupas e itens pessoais que ele quer levar para Miami.

Estamos cansados de ficar acordados até tarde todas as noites e animados para começar nossa vida juntos em Miami, mas minutos depois do encontro com os pais dele, me sinto desanimada. Eles são educados, mas é óbvio que não aprovam os planos de Wyatt ou minha influência sobre ele.

Não é nada que eles dizem ou fazem. É mais a vibração que eles emanam.

Eles não perguntam sobre mim ou minha vida, nem fazem qualquer tentativa de me conhecer. Eles falam principalmente com Wyatt e agem como se eu nem estivesse lá. Wyatt continua me puxando para a conversa, mas é estranho e constrangedor.

Enquanto nós quatro nos sentamos à mesa para jantar, preciso me esforçar para engolir algumas garfadas por causa do enorme nó na minha garganta. Tenho tanto medo de que a mãe dele fique ofendida se eu não comer que me forço a mastigar e engolir.

Não ajuda que o ar-condicionado esteja no modo de congelamento profundo, o que me faz tremer. Eu sou da Flórida. Ar-condicionado geralmente não me incomoda, mas a recepção fria deles me deixa tão abalada que estou congelando.

Depois do jantar, Wyatt me leva para o andar de cima, para me mostrar seu quarto de infância. Me sinto tão aliviada por estar longe de seus pais que minhas pernas estão trêmulas. Não estou acostumada a ser odiada à primeira vista antes mesmo de dizer uma palavra em minha defesa.

Quando estamos no quarto, ele imediatamente passa os braços em volta de mim.

— Sinto muito. Por favor, saiba que isso não teve nada a ver com você e tudo a ver comigo.

— Pareceu bastante pessoal para mim.

— Eu sei, baby, e me sinto horrível. Odeio que eles tenham agido dessa maneira, mas não é por sua causa. Eles estão chateados por eu me mudar. Eu te falei isso.

— Sim, você falou. Mas podemos ir embora logo?

— É claro. Lamento que eles tenham te incomodado. Eles não são assim. Quando te conhecerem, vão te amar tanto quanto eu.

Tenho certeza de que ele quer acreditar que é verdade, mas como eles não fizeram nenhum esforço para me conhecer, não estou otimista. Pela primeira vez desde que Wyatt e eu traçamos nosso plano, tenho sérias dúvidas. Seus pais não gostam de mim simplesmente porque ele está se afastando deles para morar comigo.

Enquanto Wyatt me mostra os tesouros de sua infância, me sinto tão chateada que mal consigo me concentrar nele ou no que ele está dizendo.

— Eu adoro esses robôs. Joguei muito esse jogo quando estava no hospital. Um funcionário que se chamava Oscar me mostrou como vencer e, depois disso, ninguém conseguiu me superar.

— O que vai acontecer com as coisas que você ainda tem aqui?

— Acho que vou guardar coisas como os robôs para meus futuros sobrinhos e sobrinhas.

— E seus filhos?

Ele coloca os robôs de volta na prateleira e se vira para mim, parecendo chocado.

— Que filhos?

De repente, sinto frio novamente, embora por razões totalmente diferentes.

— Aqueles que vamos ter juntos.

— Eu, hum... não vou ter filhos, Dee. Como eu poderia fazer isso, sabendo que posso não viver para vê-los crescer?

Vou vomitar. Esse é o único pensamento na minha cabeça enquanto o conteúdo escasso do meu estômago retorna. Corro para o banheiro no corredor, conseguindo fechar e trancar a porta antes de me curvar sobre o vaso sanitário e vomitar.

Wyatt

Puta merda. Esta noite foi um desastre. Ver Dee sair correndo do quarto e ouvi-la vomitar no banheiro parte meu coração. Isso vai estragar tudo? Não pode. Não vou deixar isso acontecer. Vou ao banheiro e bato de leve na porta.

— Deixe-me entrar, linda.

— Não.

— Por favor?

Vários minutos depois, a fechadura se abre, bem como a porta. Entro e sinto o cheiro do purificador de ar que Dee borrifou para esconder o cheiro de vômito.

Seu rosto está pálido como um fantasma, e seus olhos estão arregalados e marejados de lágrimas, o que parte meu coração.

— Dee, baby...

Ela dá um passo para trás, não que ela possa ir muito longe no banheiro pequeno.

— Não. Por favor. Eu gostaria de ir para casa.

— Para minha casa ou Miami? — Eu mal posso respirar enquanto espero que ela responda.

— Para a sua casa por enquanto.

Por enquanto. Duas palavras já tiveram mais peso?

Encontro uma toalhinha no armário, a umedeço com água fria e enxugo as lágrimas de seu rosto.

— Por favor, não chore. Eu não posso suportar isso.

— Sinto muito. — Ela faz um esforço para se recompor, passando os dedos pelo cabelo e colocando um pouco de cor em suas bochechas. — Por favor, diga aos seus pais que não estou me sentindo bem para que possamos ir?

— Sim, claro, e não se desculpe por estar chateada.

Enquanto descemos as escadas, receio que tudo tenha mudado com Dee em questão de uma noite desastrosa. Nunca estive em uma situação como essa, em que a felicidade de outra pessoa significa mais para mim do que a minha. Estou chateado com meus pais, mas, aparentemente, eles também estão chateados comigo, o que torna tudo estranho quando nos despedimos.

— Vamos vê-lo antes de você ir? — meu pai pergunta.

— Acho que não. Temos muito o que fazer para nos prepararmos para a mudança.

— Então, quando vamos nos ver de novo?

— Voltarei para visitar em alguns meses, e vocês serão sempre bem-vindos em Miami. Nossa casa tem uma suíte de hóspedes que será toda sua. — Embora, depois desta noite, como posso sujeitar Dee a ter meus pais hospedados em nossa casa quando eles mal falaram com ela? Vou cuidar disso quando ela não estiver lá para se magoar ainda mais com eles.

— Obrigada pelo jantar, sr. e sra. Blake — ela fala em um tom muito duro, muito distante de seu calor habitual, que poderia muito bem ter vindo de um estranho. — Foi muito bom conhecer vocês.

— Igualmente — meu pai diz.

Minha mãe não diz nada.

Quero gritar com eles. *Vocês não percebem que essa mulher significa tudo para mim? Que ela é o amor da minha vida, a mesma vida que não tinham certeza de que eu teria por muito tempo?* Direi tudo isso e muito mais quando ligar para eles amanhã. Mas, por enquanto, tenho que tirá-la daqui e lidar com o outro problema que surgiu no andar de cima.

Abraço os dois antes de seguir Dee porta afora.

— Ligo depois.

Dee já está no carro quando entro e olho para ela, atordoado ao ver as lágrimas escorrendo pelo seu rosto.

— Sinto muito que tenha sido um desastre lá.

— Tudo bem.

Nunca tive uma namorada antes, mas uma coisa que sei com certeza é que se uma mulher está em lágrimas e diz que está tudo "bem", definitivamente não está. Ligo o SUV e saio da garagem, percorrendo as primeiras ruas em que dirigi, depois do transplante quando o mundo inteiro se abriu para mim. Aprender a dirigir e tirar a habilitação estava no topo da minha lista.

Quero contar isso a ela, mas não tenho certeza se devo dizer alguma coisa até falarmos sobre o que aconteceu. Penso em todas as conversas que tivemos, e não, nunca falamos sobre crianças, o que agora posso ver que foi um descuido significativo da minha parte. Eu deveria ter dito que não pretendo ter filhos, mas meio que presumi que ela saberia disso.

Esse foi um grande erro, que não tenho certeza se pode ser corrigido neste momento.

Ela não me diz nada durante a viagem de vinte minutos até minha casa, o que é um contraste marcante com a habitual conversa ininterrupta entre nós. Nós nunca ficamos sem coisas para conversar, e o silêncio parece pesado no meu peito.

Não posso estragar as coisas com ela. Depois de ter sido amado por Dee, eu ficaria devastado por perdê-la.

De volta à minha casa, ela vai direto para o andar de cima para tomar banho e vestir uma calça de pijama e uma camiseta minha de manga comprida. É a primeira vez que ela veste roupas para dormir desde que chegou aqui e isso me deixa triste. Adoro dormir nu com ela.

Dou-lhe meia hora antes de subir para ver como ela está. Levo um copo do chá gelado que ela adora e coloco na mesa de cabeceira no que se tornou o lado dela da minha cama. Me sento na beirada da cama e pego sua mão, que está gelada.

— Podemos falar sobre isso?

— Qual parte? Aquela sobre seus pais terem uma antipatia instantânea por mim ou a parte sobre você não querer filhos e esperar até agora para me dizer isso?

— Não é que eu não queira filhos, Dee. Se tudo fosse normal para mim, eu gostaria de ter um monte de filhos, especialmente se você fosse a mãe deles. Mas como faço isso com eles ou com você, sem saber o que o futuro me reserva? Você quer acordar como mãe solo com quantos filhos nós tivermos quando meu coração de repente falhar?

— O que eu gostaria, há duas semanas, era saber como você se sentia sobre esse assunto. Cometi o erro de pensar que quando você disse que ia embarcar em um relacionamento, significava que era o pacote completo.

— Estou com você. Eu te amo. Quero tudo com você, mas não quero trazer crianças para essa minha realidade incerta.

Para minha grande consternação, ela começa a chorar tanto que soluços sacodem seu corpo.

Eu a alcanço, mas ela levanta a mão para me impedir.

— Dee, baby...

— Não. Por favor, não.

Nunca me senti tão impotente.

— Não suporto que você esteja chateada por minha causa.

— A culpa é minha. — Ela usa o lenço que entrego para enxugar as lágrimas e assoar o nariz. — Entrei nesse relacionamento sem fazer minha devida diligência. Eu deveria ter te perguntado sobre filhos antes de concordar com qualquer coisa. Deveria ter te contado como esperei a minha vida inteira para ser mãe. Quando conversamos sobre meu aborto espontâneo, eu deveria ter dito o quanto é importante para mim tentar novamente algum dia.

A sensação de naufrágio que toma conta de mim me enche com o tipo de desespero que não experimento desde os dias em que esperava morrer a qualquer momento.

— Não quero que você fique chateada por minha causa, mas

você não consegue ver, nem um pouco, por que me sinto assim? Como teria sido sua vida se seu pai tivesse morrido quando você era criança?

— Teria sido muito diferente, mas eu saberia o quanto ele me amou porque minha mãe me diria todos os dias. Eu teria uma vida porque ele me deu essa vida.

— Mas você ficaria triste por tê-lo perdido, especialmente se nem se lembrasse dele.

— Sim, mas não teria me impedido de viver uma vida muito satisfatória. — Ela aceita um segundo lenço meu e enxuga o rosto novamente. — Quando você disse que queria experimentar cada parte de estar apaixonado, pensei que isso se estendesse à filhos.

— Sinto muito por não ter dito o contrário.

— Eu também sinto.

Me sinto enjoado.

— O que isso significa para nós? — Tenho medo de fazer essa pergunta.

— Não sei. Fomos impulsivos. Nos envolvemos muito rápido. Talvez tenhamos cometido um erro.

— Isso não foi um erro. — Nunca me senti tão desesperado por algo quanto em consertar isso com ela. — Não quero te perder, Dee. Eu te amo muito. Você foi a melhor coisa que já me aconteceu.

Seu queixo treme e novas lágrimas caem de seus lindos olhos castanhos.

— Eu também te amo. Eu realmente amo, mas...

Eu paro de respirar, esperando que ela termine esse pensamento.

— Você está me pedindo para sacrificar um sonho por outro, e eu simplesmente não sei se posso fazer isso, Wyatt. Mesmo por você. — Ela respira fundo e solta o ar. — E seus pais estão tão chateados por você se mudar. Talvez você não devesse fazer isso com eles.

— Não vou viver o que resta da minha vida por eles. Quero viver por mim e por você.

— Eu quero filhos.

Três pequenas palavras nunca tiveram um impacto mais significativo do que essas.

— Não tenho seguro de vida, Dee. Não posso ter, o que significa que deixaria você sem qualquer tipo de suporte além da casa e do dinheiro que consegui economizar, grande parte do qual irá para a casa. Minhas economias são boas, mas não são suficientes para ajudá-la a criar uma família sozinha em uma cidade cara como Miami.

— Agora tenho um bom emprego. Posso fazer isso sozinha, se for preciso. Talvez não vivamos em uma casa chique, mas eles terão o que precisam. Eu me certificaria disso, e minha família estaria ao meu lado, para me apoiar. Eu não estaria sozinha.

Minhas entranhas se contorceram em nós, mas sinto uma pequena faísca de esperança.

— A ideia de ter filhos que talvez nunca me conheçam é muito... É esmagadora para mim. Você consegue entender?

— Claro que sim, mas isso remonta ao que falamos no início de tudo isso, sobre não viver com medo de um futuro que não podemos controlar de qualquer maneira. Você não tem ideia se vai morrer jovem ou viver para ser um homem velho, e eu também não sei se vou.

— Você nunca será *um homem velho*.

Pela primeira vez em mais de uma hora, ela abre um sorrisinho.

— Eu não sei se vou viver até amanhã.

— Por favor, não diga isso. Você vai viver uma vida longa e boa.

— E você também pode. Esse é meu argumento. Não sabemos o que vai acontecer, então por que não viver ao máximo enquanto podemos?

— Você faz excelentes pontos. Posso tirar um tempo para pensar sobre isso?

— Quanto tempo? Você deve se mudar para Miami em dois dias. Se estivermos em um impasse sobre esse assunto, talvez... — Sua voz falha. — Talvez você não devesse se mudar.

Inspiro fundo e solto com um longo suspiro.

— É por isso que eu tinha regras que nunca quebrava. Não

queria que alguém me olhasse do jeito que você está me olhando agora, como se eu tivesse te decepcionado profundamente.

— Não é culpa sua. Nós dois fizemos isso. Mergulhamos de cabeça sem levar nem um segundo para ter certeza de que estávamos fazendo a coisa certa.

— Nada em toda a minha vida me pareceu mais certo do que isso, do que você. — Quando eu a alcanço desta vez, ela me deixa tocá-la.

Quando ela me abraça, fico aliviado por tê-la de volta em meus braços, mesmo sabendo que nossos problemas estão longe de ser resolvidos.

CAPÍTULO 21

Dee

Mal durmo a noite. Estou um desastre depois das últimas horas e com medo de que tudo tenha mudado entre Wyatt e eu – e não para melhor. Ele se remexe e se vira também, e está com olheiras quando vem me dar um beijo de despedida antes de sair para seu último dia de trabalho em Phoenix.

— Devo... hum, continuar fazendo as malas? — O que estava definido ontem, agora foi lançado em completa incerteza.

— Sim, me demiti do meu emprego aqui. O Miami-Dade está me esperando na próxima semana. Fizemos uma oferta pela casa em Miami. Este lugar vai entrar em venda neste fim de semana. Está tudo em movimento.

Todo o resto está em movimento, exceto nosso relacionamento, que atingiu um grande obstáculo na noite passada.

— Vamos conversar hoje à noite — ele diz, me beijando novamente. — Vamos resolver isso. Eu prometo. Gostaria de não ter que ir, mas tenho cirurgias consecutivas hoje.

— Eu sei.

— Eu te amo, Dee. Não importa o que você esteja pensando ou sentindo, por favor, lembre-se disso.

— Eu também te amo.

— Enquanto tivermos isso, o resto vai se encaixar. Acredito nisso, e você também deveria.

Posso dizer que ele honestamente não quer me deixar, mas se afasta para ir trabalhar. Depois que ouço a porta se fechar no andar de baixo, pego o telefone para ligar para minha irmã. Ela está no trabalho agora, mas atenderá a ligação se puder.

A chamada vai para a caixa postal e deixo uma mensagem pedindo para ela me ligar quando puder.

Levo o telefone comigo quando vou tomar banho e depois desço para fazer café. Eu me sinto horrível, quase tão mal quanto quando descobri que Marcus se casou com uma estranha. A sensação de mal-estar, os olhos doloridos e a desesperança generalizada são uma reminiscência daquela época terrível da minha vida.

Nunca mais queria me sentir assim de novo, e aqui estou eu. Mesmo no pouco tempo que estou com Wyatt, já sei que ele é muito melhor para mim do que Marcus jamais foi, mas estou descobrindo que a dor no coração é a mesma, não importa quem a cause.

Maria me liga de volta uma hora depois, quando estou no quarto, colocando as últimas roupas dele em caixas.

— Oi — ela diz quando eu atendo a ligação. — Como está indo?

— Estava indo muito bem até ontem à noite.

— O que aconteceu?

— Você tem um minuto?

— Tenho trinta. Estou em horário de almoço.

— Ah, bom. Talvez eu precise de todos esses minutos. O Wyatt me levou para conhecer seus pais ontem à noite, e eles foram super frios comigo. Ele disse que não tem nada a ver comigo. Que eles estão chateados por ele estar se mudando. Mas pareceu muito pessoal para mim.

— Caramba, aposto que sim.

— Fiquei desconfortável o tempo todo. Senti como se eles estivessem me culpando por sua decisão de se mudar ou algo assim. Não sei. Foi péssimo.

— Lamento que isso tenha acontecido.

— Eu também, e essa nem é a pior parte. O Wyatt me levou para o quarto dele de infância e estava me mostrando algumas das coisas que ele guardava para futuros sobrinhos. Quando perguntei a ele sobre seus filhos, ele me deu um olhar vazio e disse que não teria filhos e achou que eu soubesse disso.

— Ah, merda — Maria fala em uma longa expiração. — O que você disse?

— Fiquei tão chocada ao ouvi-lo dizer que não soube o que fazer. Vomitei no banheiro.

— Ah, Dee.

— Eu sei. Foi terrível. Mais tarde, quando estávamos de volta à casa dele, Wyatt me disse que não queria trazer crianças ao mundo, sabendo que talvez não estivesse vivo para criá-las. Ele não acha que isso seja justo para eles ou para mim.

— Eu meio que posso entender o lado dele. Você entende também?

— Claro que sim e me culpo por não trazer isso à tona antes. Cometi o erro de assumir que um relacionamento entre nós significava tudo, o pacote completo. Ele também me disse que não pode fazer seguro de vida por causa de sua condição, então não poderia me deixar com segurança financeira se o pior acontecesse.

— Essas são preocupações muito válidas, Dee. Criar filhos é caro, e se você tivesse que fazer isso sozinha, seria difícil.

— Eu sei.

— Não, não sabe. Nenhum de nós pode saber a verdade disso. Achamos que sabemos, mas a realidade é provavelmente muito mais difícil do que parece do lado de fora. Ele está te protegendo. Você precisa ver isso.

— Eu sei, mas vai ser uma escolha entre ele ou ter filhos? Porque não sei como eu faria essa escolha. Sempre me imaginei com crianças.

— Eu sei.

— Eu o amo, Mar — sussurro. — Sei que aconteceu rápido, e vocês provavelmente estão questionando minha sanidade, mas eu o amo.

— Não estamos questionando sua sanidade. Juro que não. Só

estamos preocupados de você se machucar – talvez não agora, mas no futuro, se o pior acontecer. Mas qualquer um pode ver que vocês dois são loucos um pelo outro.

Uma lágrima escorre pelo meu rosto, e eu a limpo.

— Nós somos. É a melhor coisa que já aconteceu comigo, e ele diz que é para ele também.

— Você tem que se perguntar se pode ser feliz novamente, sabendo que ele está em algum lugar sem você. Odeio a ideia de você desistir do seu sonho de ter filhos, mas isso pode se resumir a uma escolha.

— Odeio me sentir como se alguém tivesse me dado um soco no estômago.

— Eu conheço esse sentimento, e é horrível. Lamento que o que deveria ser um momento tão feliz para vocês tenha sido bagunçado dessa maneira.

— Papai me diria que é porque eu não fiz minha devida diligência.

Maria ri.

— Sim, ele diria, mas você sabe as coisas importantes sobre o Wyatt. Sabe que ele é um cara muito bom e que é louco por você. Fiquei feliz em ver a maneira como ele te olha e como você brilha quando está com ele. Senti falta de te ver feliz assim desde que deu errado com Marcus.

— Eu estava tão animada com tudo e agora...

— Agora, tornou-se real e isso acontece com todos em algum momento.

— Aconteceu com você e o Austin?

— As últimas semanas foram meio assim, com ele de volta ao trabalho depois de ficar em casa por meses. Eu me acostumei a tê-lo aqui o tempo todo, e agora ele vai ficar longe por dias a fio. Temos muita sorte de ter os pais dele ajudando com a Everly, mas sinto muito a falta dele quando ele não está aqui.

— É bom saber que a realidade atinge a todos, mesmo casais perfeitos como vocês dois.

— Não somos um casal perfeito — ela diz, rindo. — Nós brigamos porque o Austin deixa suas coisas espalhadas em todo o lugar e porque eu entupo o ralo do chuveiro com meu cabelo. Ele fica louco que eu seja louca por organização. Nenhum de nós quer ir ao supermercado e nunca concordamos sobre o que assistir na TV. Ele gosta de filmes de terror. Quero dizer, sério? E nem me fale sobre seu amor por heavy metal.

Fico realmente chocada em ouvir que eles discordam sobre qualquer coisa. Austin e Maria parecem tão sincronizados o tempo todo.

— Eu não fazia ideia.

— Nada é perfeito, Dee, mas o Austin é o mais próximo da perfeição para mim do que eu esperava encontrar nesta vida. E se o Wyatt for o seu o Austin, tenha cuidado ao traçar linhas na areia e fazer ultimatos que te deixarão infeliz sem ele. Sua situação é única, e acho que ele é sábio em se planejar para os piores cenários. Dou a ele pontos importantes por se preocupar com coisas como não ter seguro de vida, o impacto financeiro de sua partida e você ter que criar filhos sozinha. Essas preocupações não são pequenas, e você deve ser grata por ele se importar o suficiente para se preocupar com essas coisas.

— Sou muito grata pela maneira como ele se preocupa comigo e ficaria infeliz sem ele depois do que tivemos até agora.

— Então encontre uma maneira de fazer isso dar certo, mesmo que você não consiga tudo o que deseja.

— Não ter filhos é um grande problema para mim, Mari. Não tenho certeza se posso abrir mão disso.

— Então talvez você possa fazer com que ele se comprometa em ter um.

— Mas eu odiaria que meu filho crescesse sozinho.

— Ele ou ela *não* estaria sozinho. Seu filho teria a Everly e os outros filhos que Austin e eu esperamos ter juntos, e os filhos da Car, do Nico e do Milo algum dia. Eles estariam cercados por irmãos substitutos da mesma forma que Carmen cresceu conosco.

— Isso é verdade. — Solto um suspiro profundo. — Obrigada por isso. Ajudou conversar com você.

— Continue respirando e conversando com ele. Tenho certeza de que vocês podem encontrar uma maneira de se ajustarem.

Nunca mais quero ver você magoada do jeito que você ficou depois do Marcus, e tenho a sensação de que se isso não der certo com o Wyatt, será pior.

— Seria. Ele é o cara certo para mim. Sei disso.

— Então faça o que for preciso para que dê certo.

— Vou tentar.

— Estou aqui se puder ajudar.

— Você já ajudou. Mais do que imagina.

— Me mantenha informada, sim?

— Pode deixar. Devemos partir amanhã à tarde, depois que a mudança for despachada.

— Mal posso esperar para ter vocês dois de volta na cidade. Me envie uma mensagem mais tarde me dizendo como você está?

— Sim, com certeza. Te amo.

— Também te amo. Se mantenha firme.

— Vou tentar.

Termino a ligação com minha irmã me sentindo mil vezes melhor do que antes de falar com ela. Ela sempre tem esse efeito em mim. Não importa o que esteja me incomodando, conversar com Maria sempre melhora as coisas.

Por um longo tempo depois que terminamos a ligação, me sento na cama pensando em cada minuto que passamos juntos desde que nos conhecemos no ensaio do casamento de Carmen. Penso na primeira noite que passei com ele e em como encontrei algo novo e especial com ele.

Penso em como Wyatt me mandava mensagens de texto com frequência depois daquela noite, mesmo sabendo que não poderia ir a lugar nenhum com ele em Phoenix e eu em Miami. Gostei que ele tivesse mantido o contato mesmo depois de dormirmos juntos. Muitos caras teriam *dado nó pé depois de se darem bem*, como diria Nona. Mas não Wyatt. Ele gostou de mim desde o início e transar comigo só o fez gostar mais.

Fiz algo totalmente fora do meu normal ao ter aquela noite com ele em primeiro lugar, e fiz isso porque já sabia, mesmo naquela época, que podia confiar nele. O fato de ele ser um bom amigo de Jason ajudou, mas foi mais do que isso. Tivemos uma conexão desde o início, algo que nunca tive com mais ninguém. A primeira vez que o vi de novo quando ele voltou para Miami, tive certeza de que a conexão era real.

Nada foi mais real do que Wyatt, e não quero voltar para a vida que eu vivia antes de ele fazer parte dela. Com isso em mente, baixo um aplicativo de supermercado, crio uma conta e peço o que preciso para fazer o jantar para ele em uma mercearia local. Quando ele chegar em casa esta noite, vamos conversar e resolver isso.

Não estou disposta a considerar qualquer cenário que não o inclua ao meu lado, onde ele pertence.

CAPÍTULO 22

Wyatt

*H*oje foi o dia mais miserável que tive em anos. Perdi um paciente durante um procedimento de rotina de *stent* quando o homem teve uma parada cardíaca de repente. Fizemos tudo o que podíamos para recuperá-lo, mas nada funcionou. Tive que dizer a sua esposa que o procedimento havia dado errado e que seu marido estava morto. Vou ouvir os lamentos de seu coração partido em meus sonhos.

Sei que não houve negligência da minha parte, mas como o procedimento terminou mal, não me surpreenderia se houvesse uma ação judicial. Graças a Deus pelo seguro de negligência.

O coração é um órgão complicado e imprevisível de várias maneiras. O meu está doendo o dia todo por causa do desastre que se desenrolou ontem à noite em várias frentes. Depois de mais de dez horas longe dela, estou preparado para dar a Dee seis filhos se for preciso para mantê-la feliz e comigo onde ela pertence. Tive um dia muito longo para refletir sobre o resto da minha vida sem ela, e não estou disposto a isso. Nós vamos fazer isso dar certo, não importa o que tenha que acontecer que não estava nos meus planos.

Até crianças.

Meu coração faz loucuras só de pensar em ter filhos com ela. É como se toda a emoção dentro de mim fosse grande demais para caber no espaço disponível. É um sentimento diferente de qualquer outro que já tive, e estou oficialmente viciado em estar apaixonado por ela.

Estou quase escapando do meu último dia de trabalho quando meus colegas me surpreendem com uma festa de despedida que acrescenta mais uma hora a este dia interminável. Mas interajo com as pessoas com quem trabalhei por anos, aceitando seus bons desejos para mim, minha nova namorada e nossa vida em Miami. Alguns deles sabem o que passei e estão incrivelmente felizes por mim.

Eu só espero que não tenha acabado, e não saber onde as coisas estão com ela faz minha ansiedade atingir níveis perigosos.

Quando finalmente estou a caminho de casa, uma hora mais tarde do que o normal, ligo para meu pai através do Bluetooth. Tive o dia todo para pensar no que quero dizer a ele. Eu o escolhi porque ele tende a ser mais fácil de lidar em situações como esta. Não que eu já tenha estado em alguma situação como essa.

— Oi — meu pai fala quando ele atende a ligação. — Não esperava receber uma ligação sua hoje.

— Sim, gostaria de falar sobre a noite passada.

— O que tem isso?

— Por onde devo começar? Que tal com o jeito que vocês foram super rudes com a mulher que eu amo?

— Quando fomos rudes?

— Quando vocês a ignoraram completamente e desconsideraram o fato de que estão chateados *comigo*.

— Não fizemos isso.

— Sim, pai, vocês fizeram! Vocês a fizeram se sentir uma merda, o que consequentemente me fez me sentir igual. Sei que não querem que eu me mude, mas vocês não estão nem um pouco felizes por eu estar apaixonado pela primeira vez na minha vida?

— Estamos felizes por você, filho, mas o que não entendemos é por que você tem que se mudar para lá. Por que ela não pode vir para cá onde seus médicos estão e onde você tem o apoio da família e dos amigos?

— Há médicos em Miami e ela não pode vir porque, como eu já disse, a mãe dela está lutando contra um câncer de mama e ela acabou de receber uma fantástica oportunidade de carreira para administrar os negócios de sua família. Eu certamente não estarei sozinho lá. Terei a Dee, a sua família, o Jason.

Meu pai não tem resposta para isso.

— Sei que não é o que gostariam e entendo porque vocês se sentem assim. Mas você e a minha mãe lutaram muito para que eu tivesse a chance de viver. É isso que estou fazendo. Vocês têm que me deixar seguir em frente e precisam ser legais com a Dee, ou haverá problemas entre nós. Acho que vocês não querem isso.

— Eu não quero isso, e nem a sua mãe. Estamos chateados desde que você nos disse que ia se mudar.

— Sinto muito incomodá-los, mas isso não lhes dá o direito de tratar a Dee do jeito que vocês fizeram na noite passada. Fiquei mortificado. Vocês não perguntaram nada a ela, nem falaram diretamente com ela. Pode imaginar como isso foi estranho para nós?

— Eu... eu sinto muito, filho.

— Não sou eu quem precisa de desculpas. Vou lhe enviar o número da Dee. Quero que vocês mandem uma mensagem para ela e digam que sentem muito pela noite embaraçosa e que estão ansiosos para conhecê-la melhor, e qualquer outra coisa que possam pensar para suavizar isso. Tudo bem?

— Sim, claro. Faremos isso. Espero que você saiba... Não temos problema com a Dee.

— Eu sei! Vocês sabem disso! Mas como é que você acha que ela se sentiu quando meus pais mal olharam para ela porque a culpam por uma decisão que tomei completamente sozinho? Isso é inaceitável, pai.

— É sim. Nós vamos consertar isso com ela.

— Por favor, faça isso o mais breve possível. Estou mais feliz do que nunca com a Dee. Quero que vocês fiquem felizes por mim.

— Nós estamos. Podemos ver que você gosta dela.

— Quero que você faça parte disso e não fique de fora olhando.

Mas se vocês me forçarem a escolher, eu a escolherei. Eu quero isso que tenho com ela mais do que já quis qualquer coisa.

— Eu entendo.

— E você vai falar com a minha mãe?

— Vou.

— Obrigado. Odeio que vocês estejam chateados com isso. Espero que vocês eventualmente vejam que essa mudança foi a melhor coisa para mim, que ela é a melhor coisa para mim.

— Nós queremos que você seja feliz, filho. É difícil deixar de lado a preocupação com a qual vivemos por tanto tempo. Espero que você possa entender isso também.

— Espero nunca saber como foi para vocês e não tenho dúvidas de que não estaria aqui sem vocês tendo lutado por mim a cada passo do caminho. Mas nós vencemos, pai. Eu venci. Tenho a chance de viver de verdade e vou agarrá-la.

— Eu, ah... — Ele funga, o que me faz perceber que ele está em lágrimas. Nunca esquecerei a primeira vez que o vi desmoronar quando os médicos nos disseram o quanto a minha situação era terrível. Insisti em saber tudo o que estava acontecendo, e ver meu pai forte e seguro em lágrimas deixou uma marca permanente em mim. — Quero isso para você, filho. Tudo o que eu sempre quis foi que você tivesse tudo. Você nos deixou muito orgulhosos com sua tenacidade e sua incrível carreira.

— Isso significa muito para mim, mas nunca senti que realmente tinha tudo até conhecer a Dee. Agora é como se alguém tivesse aberto uma porta secreta e me mostrado o quanto há para descobrir, e eu quero tudo.

Até coisas que eu pensei que nunca iria querer, como filhos.

Meu pai concorda em enviar uma mensagem para Dee, e eu desligo sentindo que ele me entende. Com sorte, ele poderá convencer a minha mãe também, porque eu quero que eles façam parte desta nova vida que estou criando com Dee.

Quando estou no sinal vermelho, mando o número dela para ele. Dirijo mais rápido do que deveria porque quero muito chegar em casa. Só espero que ela ainda esteja lá.

CAPÍTULO 23

Marcus

A reabilitação é uma merda. Tudo o que fazemos é falar, falar e falar o dia inteiro sobre nossos problemas, nossos sentimentos, nossos vícios. Estou cansado de falar e ouvir outras pessoas com quem não me importo, falando interminavelmente sobre merdas que não me interessam.

Enquanto isso, estou ciente do tempo se afastando de mim no que se refere a Dee. Faz mais de um ano desde que estraguei tudo, e é muito tempo para alguém como ela construir uma nova vida que não me inclua.

O desespero, do tipo que eu não sentia desde que cheguei naquele quarto de hotel em Las Vegas e descobri que me casei com a mulher errada, tomou conta de mim nos últimos dois dias. Tenho que sair daqui. E tenho que sair agora.

Depois de outra sessão de grupo, volto ao meu quarto e pego a carteira debaixo do colchão. Enfio-a no bolso e vou ao escritório solicitar minha cota diária de cinco minutos de uso do celular.

Ligo o telefone e vou ao saguão principal para verificar minhas mensagens. Há uma da minha irmã, outra da minha mãe e dois de amigos, todos querendo saber como estou, me dizendo que estão pensando em mim, etc. Agradeço o apoio das pessoas da minha vida, mas a única pessoa que realmente me importo é a que eu não tenho ouvido falar em muito tempo.

Aguardo minha oportunidade, e ela aparece na forma de um funcionário da UPS chegando com duas grandes caixas que distraem a recepcionista e me dão a chance de sair pela porta principal sem que ninguém me veja.

Assim que saio do estacionamento do lado de fora, saio correndo para a estrada principal, parando apenas para chamar um Uber que vai me levar até a casa da minha irmã. Preciso de alguém para conversar e Bianca é minha primeira escolha.

No Uber, vibro de tensão. O desespero é tão intenso que torna difícil respirar, engolir ou fazer qualquer coisa além de olhar pela janela para a cidade familiar. Onde ela está? Em casa com os pais ou de volta a Nova York?

De repente, me lembro que costumávamos rastrear os telefones uns dos outros. E se Dee não desligou isso?

Eu a encontro em meus contatos e clico no botão de informações, esperando com ansiedade que me diga onde ela está.

Que merda ela está fazendo em Scottsdale, no Arizona?

Como não posso esperar os quinze minutos que levarei para chegar à casa de Bianca, ligo para ela.

— Marcus? Como você está?

— Por que a Dee está no Arizona? — Sua longa pausa faz meu coração disparar. Há uma excelente chance de eu ter um AVC a qualquer segundo. — Bianca! O que ela está fazendo lá?

— Ela conheceu outra pessoa, Marcus.

— Não, ela não conheceu. Não há mais ninguém para ela além de mim.

— Você tem que me ouvir.

Minha cabeça começa a latejar e minha boca fica seca.

— Não quero ouvir isso. E como é que você sabe?

— A Maria postou algo no Facebook.

Coloco a chamada no viva-voz e vasculho meu telefone até encontrar meu aplicativo do Facebook. Procuro por Maria e clico em seu nome. Com certeza, o primeiro post é uma foto de Dee com um cara de cabelos escuros, os dois sorrindo como tolos.

Tão feliz por minha doce irmã, Dee, e seu novo amor, o dr. Wyatt! Vocês dois são tão fofos juntos! Ninguém merece ser mais felizes do que vocês. Bjs

Estou tendo um ataque cardíaco. Dee tem outra pessoa. O cara é médico, e mesmo quem não sente atração por outros homens pode ver que ele é um cara bonito. Mas mais do que tudo, a expressão de felicidade no rosto de Dee é o que mais me atinge.

Eu nunca a vi olhar para mim do jeito que ela está olhando para ele.

— Marcus.

Quase me esqueci de que estava no telefone com Bianca.

— Você está aí?

— Estou.

— Você viu a postagem?

— Sim.

— O que posso fazer por você?

— Estou indo para sua casa.

— Marcus! O que você está fazendo? Você não pode simplesmente sair da reabilitação.

— Já saí.

— Não estou em casa, mas a Tara está lá. Ela vai ficar comigo por um tempo. Estou em Keys, na despedida de solteira da Destiny.

Puta merda... A melhor amiga de Bianca desde sempre teve uma queda por mim que eu não podia fazer nada porque minha irmã teria me castrado se eu olhasse para a garota.

Tara é a última coisa de que preciso agora, mas como não posso me esconder em minha casa até descobrir qual será meu próximo passo, não redireciono o motorista. Estou tão mal que tenho certeza de que Tara só vai sentir pena quando me vir pela primeira vez em alguns anos.

Além disso, ela provavelmente seguiu em frente também. Todo mundo segue.

— Quer que eu volte para casa, Marcus? — Bianca pergunta.

— Não. Não faça isso.

— Estou preocupada com você.

— Estou bem. — Digo o que ela precisa ouvir porque não quero interromper seu bom momento.

Ela promete me ligar mais tarde, e encerramos a ligação.

Tenho certeza de que ela está mandando mensagens para todos que conhecemos para que saibam que saí da reabilitação e não estou em um estado de espírito razoável. Houve um tempo em que eu me importaria que as pessoas soubessem dos meus problemas. Mas isso ficou no passado.

Olho para a foto de Dee e seu "novo amor", Wyatt. Eu odeio o cara à primeira vista. Que direito ele tem de olhar para ela desse jeito? Quero ligar para Dee e dizer que ela está cometendo um grande erro com ele, mas não posso fazer isso porque ainda tenho a presença de espírito de saber que não foi ela quem cometeu o grande erro.

Em seguida, estou soluçando em gemidos profundos e doloridos que fazem o motorista me observar pelo espelho retrovisor, provavelmente preocupado com sua segurança.

A pior parte de perceber que sua vida é um desastre é saber que você só pode culpar a si mesmo pelos destroços espalhados ao seu redor.

— Você está bem, cara? — o motorista pergunta.

— Sim, me desculpe. Recebi más notícias.

— Lamento.

— Obrigado.

A má notícia é que o amor da minha vida, aquele cujo coração eu parti ao me casar com uma mulher que não significava nada para mim, encontrou outra pessoa para amar. Fui abençoado por não ter muita experiência com o luto em minha vida, mas essa é a única palavra em que consigo pensar para descrever o sentimento horrível que afundou suas garras tão profundamente dentro de mim e que eu talvez nunca consiga me livrar. Não se segue em frente com esse tipo de dor. É permanente.

Estou mais triste do que nunca enquanto continuo olhando para a foto de Dee e Wyatt como se já não tivesse todos os detalhes memorizados.

Dee tem outra pessoa. Dee está apaixonada por outra pessoa. Ela nunca vai voltar para mim. Não há nada que eu possa fazer ou dizer para consertar as coisas com ela e, de repente, não faz sentido continuar a reabilitação. Era tudo por causa dela.

Enquanto ela estivesse lá fora em algum lugar, eu tinha esperança. Mas agora, sabendo que ela seguiu em frente e está feliz com outra pessoa...

Acabou.

O Uber me deixa no condomínio de Bianca, mas me falta energia para subir os dois lances de escada até a casa dela. Me sento em um banco na frente do prédio, que não tem proteção contra o sol escaldante que bate em mim. Não consigo me importar que eu possa estar ficando gravemente queimado de sol. O que importa?

O que importa alguma coisa?

Não faço ideia de quanto tempo fico assando naquele banco antes que alguém diga meu nome. Me afasto do poço de desespero e olho para Tara que está me encarando, com as sobrancelhas franzidas em confusão. Ela está segurando uma bolsa marrom e seu cabelo loiro claro está preso em um coque.

— O que você está fazendo aqui?

— Eu, uh... eu não tenho outro lugar para ir.

— A Bianca sabe que você está aqui?

— Sim.

— Quer entrar?

Não quero. Não realmente, mas o que mais posso fazer? Assar ao sol até ter uma queimadura de terceiro grau para aumentar minha ladainha de problemas?

— Acho que sim.

Ela estende a mão livre para me ajudar a levantar.

— Vamos.

Dou uma boa olhada na mão dela antes de erguer a minha para pegá-la, esperando não estar substituindo um conjunto de problemas por outro deixando que ela, de todas as pessoas, me ajude.

CAPÍTULO 24

Dee

Wyatt me mandou uma mensagem para me dizer que estava atrasado, o que me deu mais tempo para ter certeza de que tudo estava perfeito para a noite que planejei para nós. Nona me enviou a receita de sua famosa caçarola de frutos do mar, que cozinhei com um pouquinho de azeite em vez da tonelada usual de manteiga, em deferência à prevenção de colesterol de Wyatt.

Tenho tempo suficiente para me preocupar que talvez ele não goste de frutos do mar além de salmão, ou talvez seja alérgico a mariscos. Me pergunto se deveria ter comprado frutos do mar no Arizona, que não é exatamente perto do oceano. Estava em um colapso total de ansiedade no momento em que ouço a chave dele na porta.

Ele entra e para de repente ao ver a mesa posta, velas acesas e eu em um vestido preto e saltos que levei caso fôssemos a algum lugar que exigisse tal coisa.

Passei um tempo preparando a maquiagem e cabelo, que cai em cascata sobre meu ombro em longos cachos.

Ele solta a bolsa de trabalho e as chaves, e vem até mim,

passando os braços ao meu redor e me abraçando com tanta força quanto eu o abraço.

— Estou tão feliz que você ainda esteja aqui.

— Onde mais eu estaria quando você tem meu coração? Eu não posso ir embora sem ele, sem você.

Se afastando, ele olha para mim por um longo momento antes de me beijar com quase vinte e quatro horas de desejo reprimido, desespero e medo. Sua língua roça a minha, e meus joelhos ficam fracos de desejo.

Ele me aperta com tanta força contra si que não há nada que eu possa fazer além de me render à necessidade desesperada de uma vida inteira de sentimentos assim.

— Dee. — Ele passa os lábios de leve sobre os meus. — Eu te amo. Te quero. Quero a nós, mas mais do que tudo, quero que você seja feliz. Se você precisa de bebês para ser feliz, nós os teremos. Vamos fazer dar certo. Enquanto eu tiver você, terei o que preciso.

Estou sobrecarregada de alívio por estar de volta em seus braços e ouvir suas doces palavras. Mas aprendi a ser cautelosa com situações que se resolvem muito rapidamente.

— Nós deveríamos conversar.

Ele me abraça ainda mais forte.

— Vamos fazer isso por mais um minuto primeiro.

Nos abraçamos no brilho suave das velas que coloquei na mesa.

Quando finalmente se afasta de mim, ele diz:

— Você está linda, e tem algo com um cheiro incrível.

— Eu fiz o jantar.

— Como você fez isso quando quase não há comida em casa?

— Aplicativo de mercado.

— Ah, muito diligente.

— Está com fome?

— Faminto, como sempre, mas vamos conversar primeiro. Eu preciso tirar algumas coisas do meu peito.

— Deixe-me desligar o forno e serei toda sua.

Antes que me solte, ele me beija novamente, de leve desta vez.

— Quero que você seja toda minha para sempre.

Coloco a mão em seu rosto bonito.

— Sou todo sua. Tive um longo dia para pensar em voltar à minha vida pré-Wyatt e concluí que não há como voltar a antes de você. Só há como seguir em frente com você.

— Me sinto da mesma forma. Abaixe o forno e vamos conversar sobre isso.

Depois de ver o forno, sirvo uma taça de chardonnay para mim e uma água gaseificada para Wyatt e os trago comigo para me juntar a ele no sofá.

Ele está olhando para o telefone, mas o desliga quando me sento ao lado dele.

— Está tudo certo?

— Perdi um paciente hoje durante um procedimento bastante rotineiro. Uma maneira péssima de terminar meu trabalho lá.

— Sinto muito, Wyatt. Isso deve ser horrível.

— Ter que contar aos familiares que um procedimento de rotina levou à morte é a pior parte do meu trabalho, principalmente quando não há uma boa explicação para isso. Às vezes acontecem coisas que não podemos controlar ou explicar.

— Você se preocupa em ser processado quando isso acontece?

— Sempre, mas temos formulários de consentimento bem herméticos que explicam todos os resultados possíveis da cirurgia cardíaca. E eu sempre, *sempre* digo aos pacientes que vou dar o meu melhor, mas não posso prometer nada. É uma merda quando isso acontece, e eu não ficaria surpreso se a família processasse.

— Argh, isso é horrível.

— Acontece. É por isso que temos seguro de negligência. Esta é a primeira vez na minha carreira que perco um paciente durante o que deveria ter sido um procedimento de rotina de *stent*, mas teste-munhei situações semelhantes em outras duas vezes durante a resi-dência. Nas duas vezes aconteceu da mesma forma. Tudo estava bem até que não estava mais.

— Lamento que tenha acontecido hoje, quando você deveria estar comemorando o fim de um período de sucesso aqui e o início de uma nova aventura.

— Obrigado. Foi uma chatice de último dia, com certeza. Mas meus colegas fizeram uma festa de despedida para mim no final do expediente e todos assinaram um cartão. Eles fizeram uma boa despedida.

— Tenho certeza de que eles vão sentir sua falta.

— Chega de falar de mim. Me diga o que está na sua cabeça e vou te dizer o que está na minha.

Mordisco os lábios, tentando encontrar as palavras que preciso.

— Ouvi o que você disse sobre ter quantos bebês eu quiser, mas ontem à noite, você foi bastante inflexível sobre não ter nenhum. Estou preocupada que você esteja concordando com o que quero, mas talvez ainda sinta o mesmo.

— Estou tentando mudar para essa nova mentalidade de que tudo é possível que você me ensinou. Por muito tempo, me limitei por medo do que poderia acontecer. Você me ajudou a ver que não é assim que se vive, e embora eu ainda tenha as mesmas preocupações sobre deixá-la sozinha para criar filhos sem um suporte financeiro que o seguro de vida forneceria, também tive um longo dia para pensar em voltar para a minha vida antes de você.

Ele se vira para mim e segura minha mão.

— Também não consigo. Você me arruinou para qualquer coisa além de estar com você. Ainda tenho grandes preocupações sobre trazer crianças para este mundo e talvez deixá-las cedo demais, mas também pensei no que você disse ontem à noite sobre elas terem uma vida por minha causa, mesmo que eu não esteja lá para curtir com elas. Isso não é algo pequeno.

— Não, não é. E nossos filhos estariam cercados por uma grande família amorosa e homens como meu pai, meus tios, meus irmãos e amigos como Jason e Austin. Não seria o mesmo que ter você, mas eles ficariam bem. Eu me certificaria disso. E deixaria a mim e todos que te amam com um pedaço seu aqui conosco para sempre.

— Isso é verdade — ele fala com um sorrisinho. — Eu me sinto melhor quando você me lembra que não estaria sozinha, e nem eles. Eles teriam minha família também, e falando neles, você deve ter recebido uma mensagem de texto dos meus pais.

— Sério?

Ele assente enquanto se levanta para pegar meu telefone de

onde eu o deixei na cozinha. Ele o traz para o sofá e o entrega para mim.

Realmente, há uma mensagem de texto de um número de telefone que não reconheço. Olho para Wyatt antes de ler.

Oi, Dee, aqui é Gary Blake, o pai do Wyatt. Estou aqui com minha esposa e gostaríamos de nos desculpar pela maneira como nos comportamos ontem à noite. Não é típico de nós sermos hostis com os amigos de nossos filhos, especialmente alguém que é tão importante quanto você para o Wyatt. Estamos chateados por ele estar se mudando e preocupados com ele por razões que você certamente pode entender. No entanto, nada disso é por sua causa, e esperamos que você nos perdoe por uma primeira impressão terrível e nos dê outra chance. Estamos felizes que você e o Wyatt se encontraram e que ele está tendo essa experiência com você. Ele parece muito feliz e estamos determinados a ficar felizes por ele. De qualquer forma, sentimos muito e esperamos vê-la novamente em breve. Gary e Dawn

— Uau, você deve tê-los repreendido a sério.

Ele sorri, o que faz seus olhos brilharem.

— Meu pai e eu conversamos.

— Obrigada por suavizar as coisas com eles. Eu odeio começar mal.

— Você não começou mal. Eles sim, e meu pai parecia genuinamente arrependido sobre isso. Não posso prometer que não haverá mais problemas porque eles se preocupam comigo em níveis extremamente insalubres. Mas ele prometeu que farão um esforço genuíno para te conhecer e fazer parte da nossa vida.

— Acho que não posso pedir nada mais do que isso, e entendo que eles sejam superprotetores depois do que todos vocês passaram.

— Superprotetor não é uma palavra forte o suficiente para descrevê-los. Mais uma vez, lembro que a minha mãe me mandou uma mensagem quando eu estava em Miami para ter certeza de que estava tomando os remédios.

Embora ele esteja seriamente irritado, não posso deixar de rir disso.

— Não é engraçado!

— É um pouco.

Ele balança a cabeça.

— Nem um pouco.

Faço um sinal de pouco com os dedos.

— Um pouquinho.

— Só não tenha nenhuma ideia sobre se certificar de que estou tomando meus remédios.

— Vou me abster de importunar você sobre isso, desde que eu tenha permissão para importuná-lo sobre todo o resto.

— Tudo bem, baby.

— Então, estamos bem?

— Estamos ótimos.

— Quero que você saiba que aprecio a maneira como lidamos com isso como dois adultos e não transformamos a situação em um pesadelo de vários dias que minaria todas as coisas boas.

— É assim que funcionou para você no passado?

— Às vezes. Confie em mim, isso é muito melhor. — Olho para o telefone. — Deixe-me responder, para que eles saibam que não há ressentimentos.

Obrigada por sua mensagem. Agradeço e espero que vocês possam nos visitar em Miami em breve. Prometo fazer o meu melhor para deixar o Wyatt feliz e cuidar muito bem dele. Significa muito para mim que vocês tenham estendido a mão. Obrigada novamente. Dee

Eu mostro para ele.

— Está bom?

— Adorável e mais do que eles merecem pela maneira como agiram.

— Eles são pais assustados, Wyatt. Não podemos usar isso contra eles. Poderia acontecer conosco algum dia. Nunca se sabe o que pode acontecer. — Outro pensamento me ocorre que eu deveria ter tido antes. É tão grande que me tira o fôlego por um segundo. — A condição que o levou ao transplante. É hereditária?

— Não, não é. Meu problema foi determinado como sendo um defeito de nascença raro que levou a danos ao meu coração. Meus irmãos e pais não têm, e também não havia ligações genéticas.

— Bem, isso é um alívio.

— De fato. Se fosse uma coisa hereditária, ter filhos seria complicado. Não gostaria de submeter uma criança ao que passei, mas nossos filhos precisarão ser examinados. Se eles tiverem um defeito, podemos corrigi-lo antes que cause danos. O dano já havia ocorrido quando o meu foi descoberto.

— Eles precisariam de cirurgia cardíaca se o tivessem?

— Sim, mas é um procedimento bastante básico que evitaria um mundo de problemas no futuro.

Engulo em seco enquanto tento imaginar meu filho fazendo uma cirurgia no coração.

— É um bom presságio para nossos filhos que ninguém na minha família teve o mesmo problema, então não devemos nos preocupar com isso até que seja necessário. Espero que nunca precisemos. — Ele inclina meu queixo para cima para que possa me beijar. — Tudo certo?

— Sim.

— Agora vamos ao jantar que você fez. O cheiro é fantástico e estou morrendo de fome.

— Então vamos comer.

Horas depois, estou deitada nos braços de Wyatt, observando-o dormir e maravilhada com o quanto minha vida mudou em poucas semanas. Meu caso de uma noite se tornou minha única vez na vida, e eu não poderia estar mais feliz em saber que ficaremos juntos a partir de agora, enquanto pudermos. Talvez seja apenas um curto período de tempo. Se for, serei eternamente grata por conhecê-lo e ser amada por ele.

Entregar seu coração aos cuidados de outra pessoa não é algo que qualquer um de nós deve fazer de ânimo leve. É muito importante dar a alguém o poder de machucá-lo. Aprendi essa lição da maneira mais difícil, mas já sei que nunca terei que me preocupar com Wyatt querer alguém além de mim. Ele semeou a chamada aveia selvagem com sua história de encontros fugazes com mulheres. Nós dois estamos prontos para algo mais duradouro.

— O que você está olhando? — ele diz em um resmungo baixo.

— Você.

— Tenho algo no rosto?

— Sim, muito bonito.

O lado de seu rosto que posso ver se transforma em um sorriso.

— Você precisa dormir. Teremos um longo dia amanhã.

— Não quero dormir. Quero olhar para você.

Ele abre os olhos e me puxa para mais perto de si, nossos corpos se entrelaçando como se estivéssemos fazendo isso há anos.

— Você tem uma pequena linha entre suas sobrancelhas. Bem aqui. — Ele se inclina para beijar o local. — Por quê?

— Não tenho certeza.

— Você está com medo, linda?

— De quê?

— De todas as incógnitas e hipóteses?

— Talvez um pouco, mas não é nada que eu não possa lidar.

— Eu realmente, realmente espero nunca partir seu coração, mas se isso acontecer, quero que você saiba que te amar fez valer minha vida inteira. Estamos apenas começando, mas já sei que tudo antes disso estava me levando até você.

— Eu te amo tanto — sussurro. — Não sabia que coisas assim poderiam acontecer, e então lá estava você no casamento da minha prima, bonito demais para que eu pudesse acreditar. Você não tem ideia do que significou para mim naquele dia ter um cara como você prestando atenção em mim depois do que passei. Você me colocou bem pra cima.

— Você me deslumbrou no casamento. Eu me senti como um adolescente perto de você.

— Não acredito.

— Juro! Estava tropeçando em mim mesmo para manter você falando e dançando comigo.

— Nunca imaginaria isso se você não tivesse me contado. Eu estava em um momento horrível naquele dia, e você tornou tudo melhor.

— Fico feliz em ouvir isso. — Ele passa a mão para cima e para baixo nas minhas costas, fazendo círculos suaves. — Preciso agradecer ao seu ex pela primeira noite que passamos juntos?

— O que você quer dizer?

— Se ele não tivesse dito que se arrependeu do que fez e que te queria de volta, você acha que teríamos aquela primeira noite depois do casamento?

Penso nisso por um minuto antes de falar.

— Isso pode ter um pouco a ver com afrouxar minhas inibições, mas posso garantir que nunca teria acontecido se eu não sentisse uma conexão com você. — Com a mão em seu peito, olho em seus olhos. — E se você não tivesse continuado a me enviar mensagens, nada do resto disso teria acontecido. Toda vez que ouvia falar de você depois da nossa noite juntos, sentia as mesmas coisas que você me despertou no casamento. Suas mensagens me deixaram muito feliz durante um período difícil com minha mãe. Comecei a ansiar por elas.

— Eu era como um aluno da oitava série com um celular novo esperando você me responder. Ficava olhando as mensagens de forma obsessiva, sempre que eu tinha chances. Uma das enfermeiras cirúrgicas me perguntou um dia se eu tinha namorada, e isso me chocou. — Ele zomba com uma expressão chocada. — Foi assim que olhei para ela.

— O que você disse? — pergunto a ele, rindo.

— Eu disse a ela que não tinha namorada, mas pela primeira vez na minha vida, pensei que poderia querer uma. Ela disse: "Ah, então você conheceu a pessoa certa, não é?" Eu não tinha ideia do que dizer sobre isso. Foi a primeira vez que entendi que talvez você fosse a mulher certa para mim, e depois disso, tudo em que eu conseguia pensar era voltar para Miami o mais rápido que pudesse. E então, no dia seguinte, Jason me ligou para me contar sobre a abertura da vaga no Miami-Dade. Ele fez uma piada, dizendo que se eu estivesse interessado em me mudar, poderíamos trabalhar juntos novamente. Tomei isso como um sinal do universo e pedi que ele me enviasse as informações de como me candidatar, mesmo quando eu disse a mim mesmo para ficar longe de você porque não seria justo. Eu simplesmente não conseguia ficar longe.

— Isso é incrível. Eu adorava receber suas mensagens, mas não fazia ideia de que você estava pensando tanto em mim.

— Pensei em você o tempo todo. Nunca pensei em ninguém mais do que pensei em você.

— Estou feliz que você voltou para Miami.

— Eu também.

— As coisas ruins de antes de eu te conhecer parecem ter acontecido há uma vida inteira, como se tivessem acontecido com outra pessoa. Isso nem importa mais.

— Ainda é importante porque faz parte da sua história, mas estou feliz por poder ajudá-la a superar algo que lhe causou tanta dor.

— Você ajudou. Achei que estava indo muito bem até aquela noite da despedida de solteira de Carmen e, de repente, estava de volta ao primeiro dia.

— Deve ter sido uma sensação horrível.

— Foi! Eu estava em casa para uma ocasião feliz. Minha querida prima, que passou por tanta coisa depois de perder o primeiro marido, estava se casando novamente com um cara legal. Eu estava pronta para comemorar, e então soube o que o Marcus estava dizendo. — Solto uma respiração profunda. — Ouvir aquilo acabou comigo.

— Você pensou em vê-lo ou voltar com ele?

— Deus, não. Nunca. Meu amor por ele murchou e morreu no segundo em que soube que ele se casou com outra. Mas a dor... Demorou muito mais para passar. A parte difícil foi pensar que eu tinha superado e seguido em frente, para estar de volta naquele espaço doloroso no segundo em que me contaram o que ele andava dizendo. Esse foi o mesmo fim de semana em que descobrimos que minha mãe também estava doente.

— Foi muito de uma vez.

— Foi, mas eu não deveria estar falando sobre ele com você.

— Por quê?

Sorrindo, digo a ele:

— Sei que este é seu primeiro relacionamento oficial, então você pode não saber que falar sobre o ex para o novo namorado é desaprovado.

— Você pode falar sobre qualquer coisa comigo, até mesmo ele. Ele não me ameaça. Pelo menos, não acho que preciso me sentir ameaçado. — Ele me dá um olhar brincalhão. — Certo?

— Você não precisa se sentir ameaçado por ninguém.

Ele me beija, e como todos os beijos com ele parecem fazer, uma coisa leva rapidamente a outra, e ele está em cima de mim, estocando em mim, me deixando louca do jeito que só ele pode. Em momentos como esses, quando ele está tão vital e vivo, acho fácil esquecer a ameaça à saúde dele que fará parte de nossa vida juntos.

Não quero pensar sobre isso ou qualquer outra coisa entre nós, não quando tudo sobre isso parece tão bom.

CAPÍTULO 25

Wyatt

A equipe de mudança é rápida e ao meio-dia o caminhão está pronto. Depois que fecharmos a casa em Miami, eles entregarão os móveis da minha casa. Dee arrumou tudo na cozinha, chamando de nosso *kit inicial*. Não sou muito de cozinhar, mas ela diz que podemos conseguir o resto do que precisamos quando estivermos prontos.

Isso está realmente acontecendo.

Estou deixando Phoenix para começar uma vida com Dee em Miami.

Algumas semanas atrás, nada disso me parecia viável, mas agora ela me mostrou que tudo é possível. Tudo o que tenho que fazer é acreditar. Talvez nós dois estejamos sendo ingênuos sobre o que provavelmente está por vir para mim – e para nós – mas não consigo encontrar os meios para me importar dentro da bolha feliz com ela.

Meus pais nos surpreendem com o almoço. Os dois abraçam Dee, o que ajuda a reparar o dano que fizeram na outra noite. Minha doce menina é tão indulgente, tão amorosa. Ela os trata como velhos amigos, mesmo depois da maneira como se comportaram no primeiro encontro.

— Vocês saíram do trabalho para nos trazer o almoço? — pergunto enquanto estamos ao redor da ilha da cozinha para comer as saladas que eles trouxeram.

— Sim — meu pai diz. — Queríamos ver vocês antes de irem.

— Estou feliz que vocês tenham vindo.

Minha mãe fica um pouco emocionada ao ver a sala vazia.

— Uau, você está realmente se mudando.

— Estou e mal posso esperar até que vocês possam vir a Miami, e conhecer a família incrível da Dee e comer em seu restaurante. É a melhor comida que vocês terão comido em qualquer lugar. E esperem até ver a casa que a Dee encontrou para nós. Tem uma segunda suíte master que será toda sua sempre que quiserem nos visitar.

— Parece muito bom — minha mãe diz.

Eu a conheço bem o suficiente para entender que ela está fazendo um esforço por mim e talvez por Dee, mas ela ainda está com o coração partido por eu estar indo embora.

— Tem uma piscina e fica bem perto de um campo de golfe, pai.

— Você está falando a minha língua.

Conversamos com eles por mais meia hora. Eles saem após nos abraçar e prometem ir para Miami assim que estivermos instalados em nossa nova casa.

— Por favor, entre em contato com frequência, ou vou me preocupar — minha mãe diz quando ela me abraça pela segunda vez.

— Eu vou. Prometo.

Dee e eu os levamos para fora e acenamos enquanto eles se afastam.

— Foi legal da parte deles virem — ela diz.

— Foi. Estou feliz que você tenha visto os pais que conheço e não aquela versão estranha deles da outra noite.

— Eu também.

Temos uma reunião rápida com o corretor de imóveis que vai vender minha casa, para que eu possa assinar o contrato que a coloca no mercado. E com isso, é hora de ir.

Às duas horas, carregamos malas, mochilas e outras coisas de que precisaremos na estrada, incluindo uma bolsa inteira dedicada à minha medicação, no SUV. Fazemos uma última revisão para ter certeza de que não esquecemos nada. Ao fechar e trancar a porta da minha casa em Phoenix pela última vez, muitas emoções me dominam.

A principal delas é a empolgação com o que está por vir, e isso, por si só, é uma sensação bem-vinda. Desde que ultrapassei a marca dos onze anos, tenho vivido nesse estranho estado de animação suspensa, esperando o céu cair. Não há muito espaço para coisas como esperança ou entusiasmo dentro dessa mentalidade.

Dee mudou tudo para mim. Ela me mostrou um caminho diferente, um caminho melhor, e quando desço as escadas para o estacionamento, não olho para trás. Só olho para a frente, para Dee, que está de pé ao lado do carro esperando por mim. Com o sol caindo sobre ela, parece um anjo enviado para me mostrar o que significa realmente viver em vez de apenas existir.

Eu a surpreendo quando vou até ela ao invés do lado do motorista do veículo.

— Antes de irmos, só quero agradecer.

— O quê?

— Por me mostrar outra maneira de viver.

— Você gosta mais dessa?

Assentindo, eu a beijo de leve.

— É muito melhor. Obrigado por tudo que você fez para me preparar para a mudança. Eu nunca teria conseguido sem a sua ajuda.

— Nós somos uma boa equipe.

— Sim, nós somos.

— Devemos pegar a estrada?

— Com certeza. — Seguro a porta do passageiro e espero até que ela se acomode para roubar outro beijo. — Vamos para casa.

Marcus

Durmo melhor do que em semanas e acordo doze horas depois,

com a luz do sol entrando no quarto da minha irmã. Como ela está fora da cidade, dormi em seu quarto depois de conversar com Tara por horas sobre tudo o que aconteceu desde a última vez que nos vimos.

Ao contrário da dra. Stern e do pessoal da reabilitação, Tara me ouviu sem me interromper. Ela me deixou falar até que eu não tivesse mais palavras, e então ela perguntou o que eu precisava.

— Não sei. Eu simplesmente não sei.

— Talvez você devesse dormir e ver como se sente pela manhã.

Fiquei exausto depois de ver o post de Maria sobre Dee e conversar com Tara, então aceitei sua oferta de um lugar para passar a noite e dormi como um homem morto.

Me sinto um pouco melhor hoje, mas estou tão cansado de mim mesmo e da minha interminável ladainha de problemas. Fiz uma confusão terrível da minha vida. Isso é a única coisa que eu sei com certeza.

No banheiro, pego emprestado uma escova de dentes fechada e tomo banho.

Usando as roupas de ontem, saio do quarto para descobrir o que fazer a seguir.

Tara está na cozinha vigiando algo no fogão.

— Café?

— Claro, obrigado.

Ela despeja café em uma caneca e a coloca no balcão junto com creme e um açucareiro.

— Como você dormiu?

— Muito bem pela primeira vez em muito tempo.

Enquanto a vejo se movimentar na cozinha, tenho o mesmo pensamento que tive ontem à noite. A linda jovem que costumava me seguir como um cachorrinho se tornou uma linda mulher. Não a vejo há anos, e a mudança nela é notável.

— Sinto muito por só falar sobre mim ontem. Eu nunca perguntei onde você esteve desde a última vez que te vi.

— Estive no Equador por três anos com o Corpo da Paz.

— Uau. Isso é incrível.

— Foi ótimo. Ensinei inglês como segunda língua para crianças do ensino fundamental. Adorei cada minuto. Voltei há duas semanas e vou me mudar para minha nova casa no final do mês. Bianca foi muito legal em me deixar dormir na casa dela enquanto isso.

Então, enquanto eu estava bebendo até cair no esquecimento e fazendo um desastre total da minha vida, Tara estava salvando o mundo.

— Isso é muito legal. Estou impressionado.

Ela sorri, o que faz seus olhos brilharem.

— Obrigada. Foi divertido, mas agora tenho que descobrir o que vem a seguir. Eu me inscrevi em vários lugares e estou esperando respostas. A espera está me deixando louca. Eu sempre preciso ter um plano.

Quando ela pega os pratos do armário, sua camiseta sobe nas costas, revelando duas marcas sensuais na base de sua coluna. Não que eu deva notar as curvas sensuais de Tara. *Beba seu café, Marcus, e tire os olhos da amiga de sua irmã.*

Tara serve ovos mexidos, bacon de peru e torradas com manteiga.

— Muito obrigado por tudo, Tara. Eu realmente gostei disso.

— Sem problemas. — Depois de reabastecer meu café, ela se junta a mim e comemos em silêncio até ela largar o garfo e me olhar. — O que você vai fazer?

— Não sei. Eu realmente não sei.

— Posso oferecer uma sugestão?

— Claro. Afinal, você ouviu meus lamentos ontem à noite. Estou interessado em sua opinião.

— Você precisa voltar para a reabilitação e terminar o que começou lá.

Essa é a última coisa que quero fazer.

— Tudo o que você falou ontem à noite volta para uma coisa: você precisa lidar com o alcoolismo antes de se preocupar com qualquer outra coisa.

Ela está certa. Sei que está, mas ainda assim não quero voltar para lá, mesmo que eu saiba que preciso. Eles ligaram seis vezes desde que saí, mas recusei as chamadas e não ouvi as mensagens da clínica ou da dra. Stern, que ligou três vezes.

— Posso te dar uma carona se você quiser.

Quero dizer *não, obrigado*. Eu quero dizer a Tara que não vou voltar, mas ela me olha de um jeito que me deixa saber que ela não vai desistir.

— Fui injusto com você.

Isso parece surpreendê-la.

— Como assim?

— Quando éramos mais jovens, sempre senti que você estava a fim de mim, e passei horas ontem à noite falando com você sobre Dee e como estou chateado por ela ter encontrado alguém.

— Eu era a fim de você.

— Oh.

— Então, para você, não foi nem engraçado — ela diz, rindo. — Mas você sempre esteve com a Dee.

— Desculpe se fui ignorante.

— Está bem. Eu superei.

Por alguma estranha razão, fico triste em saber que ela me esqueceu, o que é ridículo em vista de tudo o que estou acontecendo.

— Lamento que você tenha descoberto que a Dee seguiu em frente através de um post no Facebook.

— Isso foi mais do que ela teve de mim quando me casei com outra pessoa.

— Verdade. Esse não foi o seu melhor momento.

Ela é fofa, engraçada, inteligente e perspicaz. Se as coisas fossem diferentes, eu gostaria de me sentar aqui o dia todo e conversar com ela sobre tudo e qualquer coisa.

— Sei que você está se culpando por tudo o que aconteceu, e embora você deva se sentir mal com o que aconteceu com a Dee, não precisa carregar isso com você pelo resto de sua vida. Aconteceu. Acabou. Ela seguiu em frente. Você está seguindo em frente. A vida continua. Você precisa se esforçar para se perdoar por coisas que aconteceram quando você estava lidando com uma doença.

— Não tenho certeza se algum dia vou me perdoar pelo que fiz com ela.

— Você precisa, Marcus.

— Sinto que preciso vê-la para que isso aconteça.

Tara balança a cabeça.

— Não, você não precisa. Não é disso que ela precisa. Ela seguiu em frente. Te ver não seria bom para ela.

Solto uma respiração profunda quando finalmente caio em mim de que não há nada que eu possa fazer no que diz respeito a Dee além de deixá-la em paz e desejar-lhe felicidade. Meu telefone toca com mais uma ligação da clínica de reabilitação. Decido atender.

— Alô.

— Marcus, é a dra. Stern. Estamos tentando falar com você.

— Eu sei. Sinto muito. Eu tinha que cuidar de algumas coisas.

— Gostaríamos que você voltasse. Você tem um meio de transporte?

Olho para Tara quando digo:

— Sim, eu tenho.

— Podemos esperar você de volta hoje, então?

Respiro fundo e solto.

— Sim, estarei aí em breve.

— Estou ansiosa para vê-lo.

Depois que terminamos a ligação, coloco o telefone no balcão.

— Você está fazendo a coisa certa — Tara afirma. — Você não pode se preocupar com mais nada até que esteja saudável novamente.

— É mais fácil falar do que fazer. — Olho para ela. — Provavelmente é melhor irmos antes que eu tome outra decisão ruim e me convença a não voltar.

— Não vou deixar você fazer isso. — Ela retira os pratos e os coloca na pia. — Estarei pronta em um minuto.

Depois que ela vai para o outro quarto, eu me forço a sentar e esperar por ela quando tudo o que quero é fugir. Por alguma razão, sinto que isso decepcionaria Tara, e não quero desapontá-la, nem a ninguém. Já fiz bastante disso.

Tara sai vestindo legging e uma regata que se agarra aos seios fartos. Ela floresceu de uma garota estranha para uma mulher linda desde a última vez que a vi. E a melhor parte é que ela é linda por dentro também.

Enquanto ela me leva para a clínica de reabilitação no seu Hyundai Sonata prata, nós dois ficamos quietos.

Observo a paisagem passar – palmeiras, shoppings, flores coloridas e lagos com fontes em frente a condomínios. É tudo tão familiar e estranho também. Quando foi a última vez que me dei ao trabalho de prestar atenção à paisagem? Quando foi a última vez que tive espaço para pensar em outra coisa além de ficar bêbado ou consertar as coisas com Dee? Já faz muito, muito tempo.

Tara para na porta principal da reabilitação e estaciona o carro.

— Desbloqueie seu telefone e me deixe vê-lo.

Faço o que ela pede, mesmo que não tenha certeza do porquê.

Ela digita na tela e depois a devolve para mim.

— Programei no meu número. Se você precisar de uma visita ou uma amiga para conversar, ligue ou envie uma mensagem.

— Obrigado, Tara. Você nunca saberá o que fez por mim apenas ouvindo.

— Estou feliz por estar ao seu lado quando você precisou de um amigo.

Olho as portas principais com apreensão.

— Bem, aqui vai nada.

— Não, Marcos. — Ela coloca a mão no meu braço e me olha com olhos castanhos quentes. — Aqui vai tudo.

Ela coloca um enorme nó na minha garganta com isso.

— Obrigado novamente — consigo dizer antes de sair do carro e entrar sem olhar para trás. Se eu olhar, suspeito que ela ainda estará lá, se certificando de que entrei antes de ela ir embora.

É uma coisa bem estranha. Ontem, descobri que Dee tinha outra pessoa e quase enlouqueci. Fugi da reabilitação, fui parar na casa da minha irmã e encontrei uma velha amiga que me deu o apoio e o conforto de que eu precisava. Hoje, me pergunto quando ou se vou ver Tara novamente.

Eu realmente espero que sim.

CAPÍTULO 26

Dee

Como começamos tarde, dirigimos por seis horas até Albuquerque no primeiro dia e chegamos por volta das nove da noite. E sim, sabemos que Albuquerque é fora do caminho, mas nenhum de nós nunca esteve lá, então resolvemos fazer um desvio para o norte para marcar um item na lista de todos os lugares que queremos ir juntos, que fizemos durante a viagem. Decidimos ir jantar em um restaurante local e encontramos um lugar bem simples ao lado do nosso hotel que tem algumas das melhores comidas que já provei fora do Giordino's. Voltamos para o hotel e caímos na cama, exaustos do longo dia.

De manhã, levamos algumas horas para explorar Albuquerque. Vagamos pela Cidade Velha, e Wyatt me compra uma linda tigela de uma das galerias que visitamos e dois pequenos cactos para nossa nova casa. No entanto, não aceito sua sugestão de conferir o Museu da Cascavel.

— Não posso acreditar que você não quer aprender sobre cascavéis — ele diz com um beicinho brincalhão.

— Eu teria pesadelos por dias se fôssemos lá, especialmente quando estamos dirigindo pelo país das cascavéis.

— Se você insiste...

— Insisto mesmo.

Como nosso objetivo hoje é chegar a Austin, no Texas, não demoramos muito na Cidade Velha e pegamos a estrada pouco antes das dez para a viagem de onze horas até Austin.

Wyatt parece cansado depois de dirigir ontem, então insisto em pegar o primeiro turno.

Abaixamos as janelas e cantamos junto com a seleção eclética de músicas que ele coloca para tocar no Bluetooth. Toca de tudo, de Lil Wayne a CCR, Eminem, Tim McGraw e Selena. Ele fica impressionado quando canto a música da Selena para ele em espanhol.

— Seu gosto musical é bem diversificado — digo a ele.

— Eu gosto de músicas, não de gêneros. Se uma música me toca, eu a adiciono à minha playlist. Não me importa quem canta ou se alguém da minha idade deve gostar. Meu avô é um grande fã do Rat Pack. Ele me fez ouvir Sinatra, Dean Martin e Sammy Davis Jr. quando eu era criança. Eu sabia todas as letras de suas músicas quando eu tinha oito anos.

— Isso é muito fofo.

— Esta é a favorita dele. — Ele toca "My Way" e canta junto.

Ele tem uma ótima voz, que descobri naquela noite em Miami, quando ficamos acordados a noite toda ouvindo música. Desde que saímos de Phoenix, também descobri que ele gosta de parar em todas as armadilhas para turistas que passamos na estrada, o que me faz chamá-lo de Clark W. Griswold, o personagem, interpretado pelo ator Chevy Chase, do filme *Férias Frustradas*.

— Se você não quer ver a maior cabana de barro do mundo, não tenho certeza se podemos fazer esse relacionamento dar certo.

— Vou aproveitar minhas chances.

Nós rimos, brincamos, provocamos um ao outro, cantamos e comemos o mix de nuts saudável que ele compra na loja de conveniência quando eu teria ido comer chocolate e batatas fritas. Já posso ver que a influência dele vai ser boa para mim.

Estar na estrada com ele é a coisa mais divertida que já fiz em toda a minha vida.

Muito mais tarde naquela noite, estamos dirigindo pela cidade fantasma que é o oeste do Texas quando vemos uma placa de um ponto de ônibus que nos faz rir.

— Quem vem para o meio do nada para pegar ônibus? — Wyatt pergunta.

Ele assumiu a direção quando chegamos ao Texas algumas horas atrás, e estou cuidando da playlist.

Adicionei algumas das minhas músicas favoritas de salsa e hip-hop para manter as coisas interessantes enquanto dirigimos por quilômetros sem ver outro carro.

— Eu poderia colocar o carro no piloto automático, apoiar os pés no painel e tirar uma soneca, e estaríamos totalmente bem — ele diz.

— Exceto que você não vai fazer isso.

— Mas eu poderia. Você já esteve em uma estrada mais isolada que essa?

— Acho que não. — Fico checando o celular para ter certeza de que ainda temos sinal aqui. Até agora, tudo bem, mas eu não ficaria surpresa em perder o sinal em algum momento.

Dirigimos pelo que parece uma eternidade antes de vermos faróis vindos da outra direção.

— Olhe! — Wyatt salta no banco do motorista. — Alguém mais sobreviveu ao apocalipse zumbi!

— Isso é um alívio. Talvez possamos formar uma nova comunidade com os outros sobreviventes.

À medida que o veículo se aproxima, as luzes brilhantes nos cegam depois de tanta escuridão.

— O que é que ele está fazendo? — Wyatt pergunta enquanto o outro carro se aproxima de nós.

O carro parece estar parcialmente em nossa pista.

— Não posso dizer se meus olhos estão pregando peças em mim ou o quê.

Wyatt diminui a velocidade e se aproxima do lado direito da estrada quando o outro veículo chega tão perto de nós que quase nos bate. Ele não tem escolha a não ser puxar o volante para a direita, o que nos faz sair da estrada e cair no mato.

Grito enquanto agarro a alça acima da janela da porta do passageiro e seguro até que o carro pare bruscamente a cerca de três metros da estrada. Felizmente, os airbags não são acionados.

Atrás de nós, ouvimos um estrondo alto quando o outro veículo bate.

— Você está bem? — Wyatt pergunta, com a expressão em pânico.

— Acho que sim. E você?

— Sim, o cinto de segurança apertou um pouco o meu peito, mas por outro lado, estou bem. Eu deveria verificar o outro motorista. Ele dá a ré no SUV, dirige até a estrada e volta para onde o outro veículo parou. — Tente ligar para a emergência e veja se há sinal aqui.

Quando faço a ligação, percebo que minhas mãos estão tremendo. Felizmente, a ligação é completada e posso relatar o acidente, embora não tenha ideia de onde estamos.

— Usaremos o GPS para localizá-la, senhora — o operador avisa. — Apenas se mantenha na linha.

— Meu namorado é médico. Ele vai voltar para verificar o outro motorista.

Wyatt estaciona nosso carro e acende as luzes do alerta antes de sair para correr até o outro veículo. Ele volta alguns minutos depois. — Vou pegar o kit de primeiros socorros. A cabeça dele está sangrando. Ele disse que adormeceu e pediu desculpas.

Quando percebo o quanto chegamos perto de um acidente devastador, não consigo parar de tremer enquanto transmito as novas informações ao operador do atendimento da emergência.

A ajuda chega quinze minutos depois em um helicóptero que pousa na estrada.

Depois de dizer ao operador que o helicóptero chegou, encerramos a ligação e desço do carro para ver. Através das luzes brilhantes que vêm do helicóptero, posso ver Wyatt conversando com os paramédicos. Eu me pergunto se o outro motorista sabe que teve sorte por quase colidir com um carro dirigido por um médico.

Com os paramédicos trabalhando, Wyatt volta ao nosso carro, segurando o kit de primeiros socorros.

— Ele vai ficar bem?

— Sim, ele pode estar com uma concussão e ter algumas costelas quebradas, mas ele vai ficar bem. — Ele joga o kit dentro do carro e, em seguida, me abraça. — Isso foi assustador.

Eu me agarro a ele enquanto a adrenalina parece deixar meu corpo de uma vez.

— Claro que foi. Você fez um bom trabalho evitando o acidente.

— Tudo o que eu conseguia pensar era no que faria se algo acontecesse com você.

— Estou bem. Você está bem. Estamos bem.

— Continue me lembrando disso. — Ele afasta o cabelo do meu rosto. — Você se referiu a mim como seu namorado.

Rindo, eu digo:

— Bem, você é.

— É a primeira vez para mim. Preciso de um minuto para apreciá-lo.

— Vou dizer isso todos os dias, se você quiser.

— Isso seria bom.

Ficamos ali, abraçados até o helicóptero partir, deixando-nos mais uma vez sozinhos no escuro.

— Vamos — ele diz —, vamos embora. — Ele segura a porta para mim e a fecha depois que eu me acomodo.

Quando Wyatt entra no carro, ele olha para mim.

— Tem certeza de que não está machucada? — Ele esfrega o peito enquanto pergunta.

— Eu estou bem, mas você está? Devemos verificar seu peito?

— Acho que não precisamos. Só está machucado pelo cinto de segurança.

— Tem certeza?

— Tenho. Não me arrisco nessa área. Não há nada para se preocupar. — Ele vira o carro de volta para Austin, e partimos, os dois nervosos depois da situação.

— Sabe — digo um pouco depois —, isso foi um sinal.

— O que você quer dizer?

— A Nona acredita muito que o universo nos envia sinais, como o que você recebeu quando o Jason ligou para falar sobre o trabalho em Miami. Pense no que acabou de acontecer. Estamos no meio do nada, sem nenhum outro carro à vista, e o único que encontramos quase nos atinge de frente. Um ou nós dois poderiam ter sido mortos. É a prova de que estamos fazendo a coisa certa.

— Estou feliz por estarmos fazendo a coisa certa – e cá entre nós, eu já sabia disso – mas não tenho certeza se estou entendendo como isso pode ser um sinal.

— Poderíamos ter morrido bem aqui nesta estrada solitária no oeste do Texas, Wyatt. Todos nós vamos morrer um dia. Você pode ir mais cedo do que o resto de nós, mas poderia ter sido eu hoje se aquele carro tivesse nos acertado.

— Nem mesmo diga isso. Não suporto pensar em nada acontecendo com você.

— Eu também não suporto pensar em nada acontecendo com você, mas vai acontecer. Algum dia. Enquanto isso, temos que aproveitar cada momento de felicidade e alegria do tempo que temos sem gastar mais um segundo nos preocupando com quando tudo pode acabar.

— Parece tão simples quando você diz assim, mas por tantos anos, eu simplesmente não achava que isso fosse possível.

— Isso é porque você estava planejando o pior caso em vez de viver o melhor caso. Você só precisava de mim para te mostrar isso.

Ele me surpreende quando para o carro e liga o alerta.

— O que você está fazendo? — pergunto.

Se inclinando para mim, ele levanta meu queixo para receber seu beijo.

— Estou muito, muito agradecido por ter te encontrado e você ter me mostrado como viver.

Coloco a mão em seu rosto doce e bonito e retribuo o beijo que o faz suspirar.

— Já fez isso no deserto?

— Não no deserto do Texas.

Isso me faz rir mesmo enquanto continuo a beijá-lo.

— Por mais que eu fosse adorar batizar o deserto do Texas, teria medo de alguém bater no carro.

— Bom ponto.

Nos separamos com relutância, mas ele segura minha mão e não a solta.

Espero que ele nunca solte.

EPILOGUE

Dee

*E*stamos nos mudando para nossa linda nova casa hoje, e toda a família veio nos ajudar. Wyatt teve sua primeira semana no Miami-Dade e adorou seus novos colegas de trabalho e pacientes. Ele acha que vai ser muito feliz lá, o que é um grande alívio para mim. Quero que ele seja feliz em sua nova cidade. Quero que ele fique tão feliz quanto eu desde que voltamos para Miami para ficar.

Desde a noite no deserto, quando o universo nos enviou um sinal, Wyatt não mencionou mais nenhuma preocupação com o futuro. Estamos muito ocupados amando o presente para gastar nosso precioso tempo nos preocupando com coisas que não podemos controlar.

Maria me disse que Marcus está progredindo na reabilitação, o que é uma boa notícia. Apesar do que aconteceu entre nós, só quero coisas boas para ele.

Quando meus pais vêm nos ajudar com a mudança, minha mãe me entrega uma carta enviada para a casa deles. Posso dizer que é de Marcus, mas ainda não abri. Hoje é um dia de novos começos, e não quero trazer meu passado doloroso para isso. Vou ler depois.

— Onde você quer que coloque essa caixa? — Milo pergunta, carregando uma das muitas caixas que meu primo Domenic enviou do meu antigo apartamento em Nova York.

— Na cozinha, por favor.

— Pode deixar.

Jason e Austin ajudam Wyatt e Nico a mover o sofá de Phoenix para três locais diferentes na grande sala antes que eu encontre o lugar perfeito.

— Graças a Deus — Nico diz, franzindo a testa para mim.

— O que foi? Eu queria deixar no lugar certo enquanto temos a ajuda. — Estou preocupada que Wyatt esteja se esforçando muito, mas nunca diria isso a ele. Ele não apreciaria.

Organizamos os móveis de sua casa em Phoenix, guardamos os itens que compramos na última semana e desempacotamos as caixas do meu apartamento em Nova York. Nona e *Abuela* assumem a cozinha, e fico feliz em deixar nas mãos das especialistas. Minha mãe e tia V arrumam nossa cama enquanto tio V e meu pai montam a mesa de Wyatt no quarto que planejamos usar como escritório.

Minha mãe está se sentindo muito melhor desde que terminou de tomar os antibióticos. Ela insistiu em vir ajudar hoje, e sou grata por ela estar bem.

Carmen e Maria me ajudam a arrumar o banheiro principal e a arrumar as toalhas que trouxemos da casa dele e do meu apartamento.

— É legal que suas toalhas combinem com as dele — Maria comenta, observando que o padrão na minha complementa o marinho na dele.

— É normal estar tão feliz que você sente que vai explodir? — pergunto a elas.

— Inteiramente normal — Maria responde. — Ainda me sinto assim com o Austin. Como se fosse demais para conter dentro de um coração.

Estou aliviada por ela ter colocado em palavras para mim.

— Sim, é assim mesmo.

— Para mim também — Carmen afirma. — Quando estou com

o Jason e mesmo quando não estou. Foi assim que eu soube no começo que ele era especial.

— Você vai ler a carta do Marcus? — Maria pergunta.

Eu tive que contar a elas sobre isso.

— Vou. Tenho certeza de que é outro pedido de desculpas, o que é legal, mas tudo isso agora é passado.

— Ouvi dizer que a amiga da Bianca, Tara, foi vê-lo algumas vezes.

— Eu me lembro dela! Ela é uma garota legal.

— Acho que ele merece uma boa garota depois de se casar com a vaca — Maria diz a contragosto.

Nós compartilhamos uma boa risada, e me surpreende que uma conversa que teria doído tanto não há muito tempo não tenha nenhum impacto em mim. Encontrei meu felizes para sempre com Wyatt e quero que Marcus encontre o dele. Apesar da dor que ele me causou, estou torcendo por ele e por sua sobriedade.

É um dia longo, mas fazemos um esforço considerável em transformar nossa casa em um lar.

Na hora do jantar, Wyatt usa seu telefone para fazer um pedido enorme de comida para todos os nossos ajudantes. Comemos comida mexicana ao lado da piscina, sentados em móveis que ele montou ontem à noite, depois que chegaram em seis caixas diferentes.

Estou emocionada por ter minha família em minha casa para o jantar. O fato de eles parecerem amar Wyatt tanto quanto eu faz do primeiro dia em nossa nova casa um dos melhores da minha vida.

— Todos nós deveríamos ir passar o fim de semana em algum lugar — Carmen diz enquanto bebe sua segunda margarita. Ela e Jason trouxeram a mistura de bebida e tequila junto com um liqui-dificador super chique como presente de inauguração.

— Ah, deveríamos — Maria fala. — Antes da temporada do Austin começar.

— Minha temporada já começou, baby — Austin diz.

Eles deixaram Everly com seus pais hoje para que pudessem nos ajudar.

— Eu sei, mas não a temporada regular. Você terá pelo menos um fim de semana livre entre agora e o início oficial, não é?

— Verei o que posso fazer.

— Para onde devemos ir? — Jason pergunta.

— Key West — Carmen sugere. — Ou Islamorada. Qualquer um seria incrível.

— Estou de acordo com isso — Wyatt fala. — Precisamos de férias depois de nos mudarmos.

— Eu quero ir — Milo diz.

— Eu também — Nico acrescenta. — Vou levar a Sofia e o Mateo. Ele adoraria brincar com a Everly.

Não posso acreditar que Nico solta isso tão casualmente, como se ele levar Sofia e Mateo para uma viagem não fosse grande coisa.

— Quando pensávamos que tínhamos contratado nossa saída do trabalho, ela já está planejando férias — Vincent diz com um sorriso provocante.

— Caramba, eu nem pensei em trabalho — digo a ele.

— É muito difícil conseguir uma boa ajuda hoje em dia — Vivian diz, e todos nós rimos.

— Prometo que vou garantir que tudo esteja totalmente coberto se eu sair para um fim de semana — digo aos meus novos "chefes".

— Não estamos preocupados com isso, querida — Vincent afirma. — Vai demorar um pouco para nos acostumarmos a não trabalhar o tempo todo. Estaremos por perto.

— Vocês vão fazer a viagem para a Itália neste outono, certo? — Carmen pergunta ao pai.

Os pais dela e os meus programaram a viagem para setembro, com todos esperando que os tratamentos da minha mãe fossem concluídos até lá. Eles precisam de algo para esperar, além do casamento de Maria e Austin em novembro, e não poderíamos estar mais animados por eles.

— Claro que sim. Está tudo certo. Duas semanas na Toscana, uma em Amalfi e outra na Sicília.

— Estou com muita inveja — Wyatt diz. — Vai ser incrível.

Decido ali mesmo começar a economizar para levá-lo para a Itália o mais rápido possível.

— Tenho grandes novidades. — Quando Nona tem a atenção de todos, ela abre um sorriso tão grande como jamais a vi sorrir. — Começo minhas aulas de voo amanhã à tarde.

— Isso é ótimo, Nona — Carmen comemora. — Estamos muito orgulhosos de você.

— Não sei sobre isso. — Meu pai olha para Vincent. — Tem certeza disso, mãe?

— Tenho — Nona afirma. — Mal posso esperar.

— Deixe-a em paz e fique feliz por ela, Lorenzo — *Abuela* resmunga. — Ela queria fazer isso desde que a conheço.

— Como você sabe disso, mas os filhos dela não? — Vicente pergunta.

— Porque ela me contou, e não contou a vocês porque não queria que se preocupassem com ela fazendo algo que a deixaria feliz.

— Isso é tudo culpa sua — meu pai diz a Vincent. — Você decidiu que todo mundo precisava ter uma vida fora do trabalho, e agora nossa mãe vai ter aulas de voo.

Vincent ri do soco bem-humorado de seu irmão.

— Eu assumo a culpa se isso a deixa feliz.

— Obrigada, Vincent — Nona diz. — Não fico tão empolgada com algo há anos.

— Isso é lindo, Nona — Milo fala. — Mal posso esperar para ver você voar.

Ela sorri de forma amorosa para ele. Nós brincamos que ele é o favorito dela.

— Muito obrigada, querido.

— Falando em ter uma vida, como está o sr. Muñoz, *Abuela*? — Carmem pergunta.

Abuela lhe dá um olhar fulminante.

— Não é da sua conta.

— Desde quando a sua vida não é da minha conta? — Carmen pergunta com uma expressão inocente.

— Desde que ela começou a namorar o sr. Muñoz — digo, ganhando uma carranca de *Abuela*.

— Onde erramos com essas crianças? — *Abuela* pergunta aos

nossos pais. — Elas são tão impertinentes.

— Essa é a palavra do vocabulário da semana dela — Nona comenta.

Desde que os pais de Carmen levaram *Abuela* e sua irmã de volta a Cuba para uma visita que partiu seus corações, *Abuela* está determinada a falar apenas inglês. Ela aceitou que nunca mais vai "para casa".

— É engraçado como é impertinência quando queremos saber da vida dela, mas não é impertinência quando ela quer saber da nossa — Maria fala, fazendo todos rirem.

— Fale de outra pessoa. — *Abuela* acena com a mão. — Não há nada para saber daqui.

— Onde há fumaça, há fogo — Jason diz.

— E eu que achava que gostava de você — Abuela diz, nos fazendo morrer de rir.

A família sai por volta das oito com promessas de voltar amanhã depois do *brunch* para nos ajudar a terminar de arrumar tudo. Vou para o banho com todos os músculos do meu corpo doloridos depois de trabalhar sem parar a maior parte do dia.

Quando saio do chuveiro, encontro uma sacola de presentes no balcão que Wyatt deve ter colocado lá. Olho para o quarto, mas não o vejo. Há um cartão na bolsa que abro primeiro. Diz:

Parabéns pela sua nova casa! Que você encontre apenas o amor e a alegria ao criar novas memórias.

Estamos muito, muito, muito felizes por você e o Wyatt, e queríamos ajudá-la a aproveitar sua primeira noite em sua nova casa. Nós te amamos muito e estamos felizes em tê-los aqui conosco, onde vocês pertencem! Amamos vocês dois! Car e Mari

Tenho lágrimas nos olhos quando puxo o papel de seda da sacola de presentes e encontro uma camisola de seda sexy no mais claro tom de rosa, vela perfumada e uma garrafa de champanhe.

Minhas meninas são as melhores, e eu não poderia estar mais feliz por estar morando perto delas novamente. Coloco a camisola e levo a vela e o champanhe comigo para o quarto, onde encontro outro presente, uma grande caixa branca com uma fita vermelha.

— Waytt?

Ele entra no quarto e para ao me ver de pé ao lado da cama, com os olhos quentes de desejo.

— O que temos aqui?

Eu faço uma pose.

— Essa coisa velha? Apenas um presente da minha irmã e prima.

Caminhando em minha direção, ele abre o sorriso quente e sexy que eu tanto amo.

— Já mencionei o quanto adoro sua irmã e sua prima?

— Eu também. Elas também nos deram esta vela perfumada e uma garrafa de champanhe.

Ele me beija.

— Fique aqui. Preciso tomar um banho e depois vou encontrar um isqueiro e taças.

— O que tem nessa caixa?

Por cima do ombro, ele diz:

— Você vai ter que abrir para descobrir.

— Eu não te dei nada.

Ele para e se vira para mim, olhando para mim de um jeito que faz meus joelhos fraquejarem.

— Por favor, Dee. Você me deu tudo.

— Volta logo.

— Não vá a lugar nenhum.

— Não gostaria de estar em nenhum outro lugar do que aqui com você.

Depois que ele entra no banheiro para tomar banho, empurro a caixa em direção ao centro da cama e descubro que é mais leve do que o esperado. Vou para a cama e espero por ele, dando uma olhada no grande e lindo quarto que vamos dividir. Eu não posso acreditar que esta é a minha casa, que esta é a minha vida, que *ele* é a minha vida.

Enquanto tenho um segundo para mim, decido ler a carta de Marcus. Não que importe o que ele tem a dizer, mas como ele se deu ao trabalho de escrevê-la, o mínimo que posso fazer é lê-la. Sua caligrafia familiar me leva de volta no tempo para quando eu pensei que ia passar minha vida com ele.

Dee,

Sinto muito. Se eu disser isso um milhão de vezes, ainda não será sufi-ciente. Estou profundamente arrependido pelo que fiz a você e a nós com meu comportamento impensado. Tenho certeza de que você já soube que estou em reabilitação, recebendo tratamento para o que se tornou alcoo-lismo total nos últimos anos. E sim, escondi isso de você. Não queria que você soubesse o quanto eu estava confuso. Estou tentando me recuperar disso agora e também tentando aceitar que nunca poderei consertar o que fiz com você, a pessoa mais preciosa da minha vida.

Sinto muito pelo que fiz, que você tenha tido que ouvir isso dos outros e que eu nunca tenha entrado em contato com você. Fiquei tão chocado e envergonhado de mim mesmo, que não consegui te procurar. Fui um covarde, Dee. Eu não poderia suportar saber o quanto devo ter te magoado.

Fiquei sabendo que você conheceu outra pessoa e está feliz. Isso é tudo que eu sempre quis para você. Espero que se nos reencontrarmos algum dia, possamos ser amigos ou pelo menos ser cordiais. Isso pode ser mais do que mereço, mas vou esperar por isso de qualquer maneira.

Por favor, aceite minhas desculpas e saiba que eu te amo muito. Eu sempre vou te amar.

Marcus

ME SINTO PROFUNDAMENTE COMOVIDA POR SUAS PALAVRAS SINCERAS e aliviada por saber diretamente dele sobre como ele se sente sobre mim e o que aconteceu. Não muda nada, mas é bom ouvir depois de todo esse tempo. Coloco a carta na gaveta de cabeceira e volto meu foco para o presente.

Dez minutos depois, Wyatt sai do banheiro com uma toalha enrolada na cintura.

— Espere um instante que vou pegar o fósforo e taças.

— Estou esperando.

Ele volta com as taças e um acendedor que compramos quando fomos ao Home Depot para comprar baterias, latas de lixo e outras necessidades domésticas. Enquanto ele abre o champanhe, eu acendo a vela "Lar Doce Lar" que exala um aroma doce e picante.

Wyatt se senta na beirada da cama e me entrega uma taça.

— Aqui está o lar doce lar e felizes para sempre.

Toco minha taça na dele, mais do que disposta a beber por isso.

Ele me surpreende quando toma um gole de champanhe.

— Você está quebrando outra regra?

— Apenas um gole para ser educado. — Ele coloca sua taça na mesa e pega a minha para colocá-la ao lado do dele. — Abra seu presente.

Pego a caixa e a trago para mim.

— Quando você fez isso?

— Na outra noite, quando eu tive que "trabalhar até tarde".

— Ah, então você já está mentindo para mim, hein?

Seu sorriso é grande, pateta e adorável.

— Sim.

— Vou permitir isso sempre que presentes estiverem envolvidos. — Puxo o laço da caixa e a abro, encontrando apenas papel de seda que puxo até encontrar outro pacote menor embrulhado em papel prateado brilhante. Sou cuidadosa enquanto tento tirar o papel, e meu coração quase para quando revela uma caixa de veludo azul marinho. — Wayt...

Ele pega a caixa de mim, fica de joelhos ao lado da cama e segura minha mão.

Meu coração está batendo tão rápido que tenho medo de hiperventilar.

— O-o que você está fazendo?

Wyatt beija as costas da minha mão.

— Fiquei tão emocionado quando o Jason me pediu para estar em seu casamento. Ele é um dos melhores amigos que já tive, e eu estava ansioso para compartilhar seu grande dia com ele. Mas eu não tinha ideia de como aquele fim de semana em Miami mudaria minha vida para sempre. Passei um dia e uma noite com você, e tudo o que sabia era que precisava mais de você. Quando o Jason me disse que havia uma vaga em seu hospital, ele estava brincando. Era um pensamento desejoso, ele disse. Ele não esperava que eu pedisse para me conseguir uma entrevista porque ele ainda não sabia que eu tinha me apaixonado pela prima de sua esposa.

— Wyat. — Uso a mão livre para enxugar as lágrimas do meu rosto.

— Você não pode imaginar o que fez por mim, Dee, como você me deu coisas que nunca ousei sonhar ser possível para mim. Antes de conhecer você, eu estava vivendo meia vida, e agora... — Sua voz falha, e ele leva um segundo para lidar com suas emoções. — Agora, meu novo coração não tem espaço suficiente para todo o amor que tenho por você e pela vida que estamos construindo juntos. Quando eu disse que você me deu tudo, falei sério. Você me mostrou que as coisas que me neguei são as melhores, as coisas que fazem a vida valer a pena. Sei que tudo aconteceu rápido, mas como você disse, não temos tempo a perder. Eu já sei o que quero, e é passar o resto da minha vida com você. Você quer se casar comigo, Dee?

— Sim! Ah meu Deus, Wyatt! Sim, sim, sim, um milhão de vezes sim.

Sorrindo, ele se levanta e se deita na cama para me beijar e me abraçar com tanta força que mal consigo respirar.

— Obrigado por tudo. Mal posso esperar para me casar com você.

Eu me afasto para que eu possa ver seu rosto lindo.

— Você diz que te dei muito, mas você fez o mesmo por mim. Quando penso em como estava me sentindo naquela sexta à noite quando você voltou para Miami, parece outra vida depois de tudo o que aconteceu desde então.

— Nada disso teria acontecido se você não fosse a pessoa mais forte e corajosa que eu já conheci. Você nem piscou quando eu lhe contei sobre a minha situação. Apenas me agarrou pela mão e exigiu que eu vivesse o máximo possível pelo maior tempo possível.

— E você... Você restaurou minha fé e me restaurou.

Ele balança a cabeça.

— Você fez isso por conta própria. É por isso que você estava pronta para mim quando eu cheguei.

— Eu gosto do jeito que pareço para você.

— Eu amo o jeito que você parece para mim. — Dando um sorriso malicioso, ele passa a mão pelas minhas costas para segurar minha bunda e me puxa com força contra sua ereção. — Espere! Esquecemos a aliança!

Eu caio em gargalhadas. No passado, a aliança poderia ter sido a parte mais importante deste momento. Não mais. Não com ele.

Ele encontra a caixa de veludo e a abre para revelar um anel de diamante deslumbrante que ele desliza no meu dedo, segurando-o para admirar a aparência.

— O que você acha?

Mal posso acreditar que estamos noivos ou como a aliança é linda.

— Amei, Wyatt. Quase tanto quanto eu te amo.

— A Carmen e o Jason me ajudaram a escolher.

— Ela sabia disso e não me contou?

— Eu a fiz jurar segredo. Queria que sempre nos lembrássemos da primeira noite que passamos em nossa nova casa.

— Com certeza nunca mais vou me esquecer disso.

— Vamos nos certificar disso, sim?

Quando ele me beija, eu envolvo meus braços e pernas em volta dele, querendo Wyatt e nossa vida juntos mais do que já quis qualquer coisa. Por mais que dure, ser amada por ele me faz sentir a mulher mais sortuda que já existiu.

Fim.

AGRADECIMENTOS

Obrigada por ler *Até que você me ame*! Espero que tenham gostado desta nova parte da série Noites em Miami. Estou me divertindo com essa família e essas histórias. Espero continuar esta série com mais livros, portanto, se certifique de estar na lista de e-mails do meu boletim informativo em marieforce.com para saber sobre futuros livros. Além disso, fique de olho no grupo *Miami Nights Reader* em facebook.com/groups/MiamiNightsSeries, para receber informações sobre os próximos livros e junte-se ao *How Much I Love Reader Group* em facebook.com/groups/howmuchilove/ para discutir a história de Dee e Wyatt com spoilers permitidos. Temos algumas mercadorias divertidas da série Noites em Miami na loja, incluindo box de séries oferecidas com e sem os livros. Confira a coleção em http://bit.ly/MiamiMerch.

Adorei o que minha leitora beta Dinorah me disse em sua nota sobre o livro: "Obrigada por esta série incrível. Você me fez chorar, rir e me sentir esperançosa em apenas algumas horas. Acho que este é um ótimo livro para todos lerem, especialmente após o que todos passaram com essa pandemia. Precisamos lembrar que temos que viver cada dia ao máximo e não nos preocuparmos muito com o que pode ou não acontecer. O futuro não é nosso. O que tiver que ser, será." Estou muito feliz que ela pegou essa mensagem da história de Dee e Wyatt porque é a verdade. Como diz a Dee, tudo o que temos é o agora. Se este último ano nos ensinou alguma coisa, é que temos que aproveitar cada momento da melhor maneira possível.

É preciso de suporte para escrever e publicar livros, e sou incrivelmente grata pelo que tenho. Um grande obrigada a Dan, Emily e Jake por sempre defenderem minha carreira de autora, bem como a equipe que me apoia todos os dias: Julie Cupp, Lisa Cafferty, Tia Kelly, Jean Mello, Andrea Buschel, Ashley Lopez e Nikki Haley, bem como minhas maravilhosas editoras, Linda Ingmanson e Joyce Lamb. Kristina Brinton, obrigada pelas lindas capas da série. Eu as amo!

Sou grata a muitas pessoas que me ajudam nos bastidores. Mona Abramesco, moradora de Miami de longa data, me ajudou a encontrar um dia divertido para Dee e Wyatt que os levou a pescar na Black Point Marina. Sarah Hewitt, enfermeira da família, foi de grande ajuda para garantir que eu entendesse corretamente a situação de Wyatt. Fiz muitas pesquisas sobre as experiências de pacientes de transplante cardíaco e li várias histórias inspiradoras. Provavelmente, nunca mais terei um coração saudável e pulsante como garantido depois de ter escrito este livro. Um enorme obrigada às minhas leitoras beta Anne Woodall, Kara Conrad e Tracey Suppo, e às betas da Série Noites em Miami Mona Abramesco, Dinorah Shoben, Miriam Ayala, Emma Melero Juarez, Carmen Morejon, Stephanie Behill e Angelica Maya.

E para os leitores que me seguem onde quer que minha inspiração me leve, mesmo ao sul da Flórida, muito obrigada por terem vindo para esta jornada maravilhosa. Vocês tornam tudo muito divertido, e eu aprecio cada um de vocês!

Beijos,

Marie

SOBRE A AUTORA

Marie Force é autora best-seller do New York Times de romance contemporâneo, suspense romântico e romance erótico. Suas séries incluem Gansett Island, Fatal, Treading Water, Butler, Vermont e Quantum

Seus livros venderam mais de dez milhões de cópias em todo o mundo, foram traduzidos para mais de doze idiomas e apareceram na lista de bestsellers do The New York Times trinta vezes. Ela também é campeã de vendas do USA Today e do Wall Street Journal, bem como um best-seller do Spiegel, na Alemanha.

Seus objetivos na vida são simples: terminar a criação de dois jovens adultos felizes, saudáveis e produtivos, continuar escrevendo livros o máximo que puder e nunca estar em um voo que vire notícia.

Junte-se à newsletter de Marie Force em seu site, www.marieforce.com, para receber informações sobre novos livros. Siga-a no Facebook em MarieForceAuthor e no Instagram @marieforceauthor. Envie um e-mail para Marie em marie@marieforce.com.